No cerramos en agosto

Eduard Palomares
No cerramos en agosto

Libros del Asteroide

Primera edición, 2019
Cuarta reimpresión, 2023

Queda rigurosamente prohibida, sin la autorización
escrita de los titulares del *copyright*, bajo
las sanciones establecidas en las leyes, la reproducción
total o parcial de esta obra por cualquier medio
o procedimiento, incluidos la reprografía
y el tratamiento informático, y la distribución
de ejemplares mediante alquiler o préstamo públicos.

Copyright © Eduard Palomares Viale, 2019

© de esta edición, Libros del Asteroide S.L.U.

Ilustración de cubierta: © Toni Benages
Fotografía del autor: © Fernando Bagué

Publicado por Libros del Asteroide S.L.U.
Santaló, 11-13, 3.º 1.ª
08021 Barcelona
España
www.librosdelasteroide.com

ISBN: 978-84-17007-81-2
Depósito legal: B. 9.759-2019
Impreso por Liberdúplex
Impreso en España - Printed in Spain
Diseño de colección: Enric Jardí
Diseño de cubierta: Duró

Este libro ha sido impreso con un papel ahuesado, neutro y satinado
de ochenta gramos, procedente de bosques certificados FSC® bien manejados,
materiales reciclados y otras fuentes controladas, con celulosa 100 % libre de
cloro, y ha sido compaginado con la tipografía Sabon en cuerpo 11.

Al uno y a la tres

—Lo que más me gusta de ti, aparte de tu tremendo encanto personal, es que cuando no sabes una respuesta, te la inventas.

RAYMOND CHANDLER, *El lápiz*

1

Siempre me han fascinado los detectives de novela. Personalidad de hierro, poco aprecio por la autoridad, empatía con el débil, talento para nadar a contracorriente y esa habilidad innata para crear metáforas tan afiladas como una maquinilla de afeitar recién estrenada. Son brillantes, duros, tenaces, ingeniosos, cínicos, íntegros, carismáticos... Pero hay una cosa que siempre me he preguntado: ¿cómo han llegado a ser así? Quizás ya les viene de serie. O no, tal vez han tenido buenos maestros o han ido mejorando con el tiempo. Eso nunca aparece en los libros. Seguramente porque a nadie le importa.

Sin embargo, a mí, Jordi Viassolo, sí que me importa. Porque hoy, con veinticinco años recién cumplidos, comienzo mi carrera como detective en la agencia Private Eye gracias a un *generoso* contrato de becario de dos meses, con un sueldo de doscientos cincuenta euros, sin alta en la Seguridad Social y con escasas posibilidades de continuidad tras el verano, periodo al que se circunscribe dicha colaboración.

Aunque el problema no es este.

El problema es que no soy extremadamente inteligente, ni atrevido, ni insolente, ni rebelde, ni mucho menos duro. Tampoco tengo una personalidad arrolladora y hasta ahora siempre he intentado no meterme en líos. De hecho, soy bastante inseguro, cosa que no juega muy a mi favor a la hora de convertirme en un implacable sabueso. Pero estoy trabajando en ello, de verdad.

Voy pensando en esto mientras subo por las escaleras de la estación de metro de Marina y pongo rumbo al Port Olímpic, uno de los epicentros de la Barcelona turística, que a principios de julio se encuentra en plena efervescencia.

Llego allí después de caminar un cuarto de hora bajo el sol, soportando además el pegajoso bochorno que invade la ciudad en esta época y que supone añadir a tu propio peso veinte kilos de más. Para sacárselo de encima, algunos turistas giran a la derecha para bañarse en la playa de la Barceloneta. Otros prefieren ir hacia la izquierda, en busca de la Nova Icària. Sea como sea, todos tendrán que pelearse por un trozo de Mediterráneo. Eso si las medusas o esa espumita que aparece de vez en cuando sobre la superficie del agua lo permiten, claro.

Mi destino, en cambio, se encuentra en el piso 22 de una de las torres que presiden la zona (la de la izquierda), donde están situadas las oficinas de la agencia.

Soy consciente de que, a priori, mi carácter no augura un futuro brillante en el sector, pero en mi defensa diré que estoy a punto de sacarme el grado de Investigación Privada de la Universitat de Barcelona con relativa facilidad (solo me queda una asignatura por aprobar, la de grafología). Tengo capacidad de observación, soy creativo, honesto y estoy muy motivado, sobre todo porque soy un fanático de la novela negra.

No obstante, la confusión propia de la adolescencia

me llevó a escoger la carrera de Periodismo antes que mi verdadera vocación. Pronto me di cuenta de mi error y solo fui capaz de sacarme el primer curso en dos años. Dejé los estudios y empecé a vagar entre empleos temporales mal pagados: teleoperador, repartidor de comida a domicilio o dependiente en la librería de El Corte Inglés de la plaza de Catalunya. Hasta que decidí, por una vez, seguir mi instinto.

Expliqué todo esto, así como mis influencias en el terreno de la investigación privada, en la entrevista de trabajo que me hicieron hace tan solo un par de días. Parece ser que en la agencia tenían prisa por encontrar a alguien que se comiera el marrón de pasar el verano encerrado en las oficinas sin nada que hacer. Y es que las clases adineradas, las únicas que se pueden permitir un detective hoy en día, huyen a sus segundas residencias en cuanto el asfalto empieza a convertirse en un géiser.

—La mayoría de críos que me envían de la universidad creen que este trabajo es como el que ven en la tele. Que investigarán asesinatos, conspiraciones, chantajes o qué sé yo. Y que en unos días habrán resuelto todo. No tienen ni idea. Pero he de reconocer que pocos vienen citando a Chandler o Simenon, como tú. Pues bien, tampoco tienes ni idea, así que olvídate de todo lo que hayas visto o leído. Método, paciencia y discreción, así funcionamos. Supongo que algo de esto te enseñan, ¿no?

Esta es Marina del Duque, propietaria de la agencia, vestida de forma impecable con traje de chaqueta azul marino y blusa blanca, como mandan los cánones. Todo en ella parece sacado del manual de alguna escuela de negocios de élite: espalda en perfecta posición vertical, movimientos asertivos que transmiten seguridad y un ritmo al hablar que deja claro quién manda aquí. Como si yo fuera a ponerlo en duda.

A su pregunta le contesté que en la facultad he aprendido conceptos básicos de derecho, el marco legal vinculado a la investigación privada, criminología y criminalística, algo de sociología aplicada al individuo, unas dosis de medicina legal, psicología forense, metodología investigadora y técnicas de obtención de pruebas concluyentes. Preferí no mencionar otros detalles, como que hemos pasado de puntillas por todas las asignaturas, que el grado abarca mucho pero no concreta nada y que peca de una alarmante falta de práctica.

Cuando mi futura jefa acabó de adoctrinarme sobre el comportamiento de todo buen empleado, me reveló las claves de mi futura contratación:

—No quiero chulitos ni gente con ansias de gloria. Necesito personas normales, sin ningún rasgo que destaque por encima de otro. Que desaparezcan de la memoria de la gente, creo que tú encajas bastante bien en ese perfil.

No es que me hiciera especial ilusión esta última frase, pero bueno, eso me dijo.

Sin embargo, es falso que no tenga ninguna característica física especial. No soy ni alto ni bajo, tiro a delgaducho y mi cara resulta bastante ordinaria, excepto por una nariz que se desvía hacia la izquierda como si quisiera esquivar una pedrada. Para compensarlo, un peluquero con ínfulas de catedrático me convenció de que me dejara flequillo y me lo peinara ladeado hacia la derecha. Así lo hago desde entonces, aunque como contrapartida he adquirido el tic de toquetearme ese flequillo una y otra vez, sobre todo cuando estoy nervioso. En esa entrevista lo estaba, sin duda.

—Viassolo, ¿no? ¿Eres italiano?

—No —contesté con la lección aprendida, porque todo el mundo me lo pregunta—. De joven, mi bisabuelo emigró de Italia para instalarse en Barcelona, conoció a una catalana y nunca más se preocupó de volver a su pueblo. Fueron como el antecedente de las parejas Erasmus de hoy en día, ya sabe…

No, no sabía. De hecho, es una broma que no todo el mundo entiende. O quizás soy yo que no pongo la entonación adecuada.

—Veo en tu currículum que empezaste la carrera de Periodismo, pero luego no continuaste. ¿Por qué?

Aquí sí me puse en estado de alerta: a los entrevistadores no suelen gustarles la inconsistencia ni la falta de voluntad. Me arreglé el flequillo para que permaneciera en la posición adecuada y recité la respuesta preparada con antelación:

—Creo que siempre he querido ser detective, pero no me atrevía a tomármelo en serio. Tenía miedo de que solo fuera un sueño infantil, como cuando dices que quieres ser bombero o futbolista. Además, a mis padres no les hubiera hecho nada de gracia en ese momento, porque no paraban de recordarme los esfuerzos que habían tenido que hacer para darme una buena educación. Pensé que un periodista era lo más parecido a un detective, pero las clases me aburrían. Me parece mucho más interesante el tipo de trabajo que llevan a cabo en agencias de detectives como la suya.

—Prefiero definirnos como Consultoría de Inteligencia y Seguridad y, además, estoy buscando precisamente a alguien que tenga nociones de periodismo —respondió de forma seca, con una mirada que venía a significar «mierda, tendré que buscar a otro».

—Ehhh, bueno, si a mí siempre me ha gustado el periodismo —intenté rectificar, con las mejillas convertidas en fuego—. Solo digo que lo que enseñaban en la facultad me decepcionó y nunca acabé de sentirme a gusto. Pero sigo en contacto con muchos compañeros de clase. Además, ellos aseguran que las cosas realmente útiles se aprenden el primer año y que el resto es de relleno. También sigo con atención todos los medios de comunicación, me interesa la actualidad y todo eso. De verdad.

—Ya... Mira, te seré sincera. No tengo mucho tiempo para buscar a alguien. Este verano ha coincidido que una de nuestras especialistas se ha casado, otro acaba de ser padre y los demás disponen de días libres acumulados. En agosto nunca hay mucho trabajo, pero no puedo cerrar la agencia porque daría mala imagen, así que tengo que contratar a un sustituto. Como no quiero que esté de brazos cruzados, voy a poner en marcha una idea que me ronda la cabeza desde hace tiempo.

Silencio expectante. Luego continúa:

—Hacerse pasar por periodista es una estrategia que nos suele funcionar muy bien para extraer información de empresas, políticos o incluso particulares. ¿Sabes por qué?

—Bueno...

—Porque a todo el mundo le gusta que le hagan una entrevista. Cosas del ego. Y se les suelta la lengua. Utilizamos otras técnicas, pero esta es la más eficaz. El problema viene cuando nos preguntan dónde y cuándo se va a publicar, y nos vemos obligados a inventarnos alguna excusa. Y cada vez nos cuesta más. Así que he pensado que lo mejor será crear nosotros mismos un periódico digital. ¿Tú serías capaz de hacerlo?

—Sí, sí, sin duda —repliqué rápidamente, todavía algo avergonzado por mi súplica anterior. Eso sí, consciente de que me estaba metiendo en un lío porque obviamente no tenía ni idea de cómo hacerlo.

—Tomo nota. Si pasas a la siguiente fase te avisaremos y nos volveremos a reunir para proseguir con las pruebas de selección —remarcó mientras se levantaba, me tendía una mano, abría la puerta con la otra y me invitaba a salir, todo al mismo tiempo y con precisión de controlador aéreo.

Eso sucedió el miércoles por la tarde, y hoy viernes, a primera hora, ya recibía una llamada de la agencia convocándome de inmediato para firmar el convenio de prácticas y enseñarme «cómo funciona todo». Sin más pruebas, ni preguntas, ni test psicotécnico. Aunque tendría que haberme puesto a dar botes de alegría, he acogido la noticia con bastante indiferencia, seguramente porque anoche bebí un poco más de la cuenta.

Para ser exacto, no fue tanto la cantidad sino la mezcla ingerida, cosa habitual en la típica fiesta de piso de estudiantes de la que se suele enterar mi amigo Berni, que ha encontrado en el hecho de cursar un doctorado de Sociología la excusa perfecta para convertirse en un eterno estudiante.

Se trata de ese tipo de convocatoria en la que cada invitado debe llevar alguna botella, algo que se traduce en una gran diversidad alcohólica, si bien de calidad ínfima. Lo primero que se termina suele ser la cerveza, así que continuamos con el vino peleón comprado en cualquier *paki*, mientras engullimos las pizzas congeladas que salen del horno con una regularidad digna de la cadena de montaje de la Seat. Después aparece alguna botella de licor de manzana o melocotón, toque anacrónico de cada velada, para finalmente atacar los destilados de marcas sospechosas.

Cuando te has acabado el primer gintónic y pretendes servirte el siguiente, ya no queda ni una gota de ginebra. Así que te pasas al whisky. Pero luego sucede lo mismo, y tienes que buscar otras alternativas. Aparte, como los refrescos para mezclar se acaban a las primeras de cambio, terminas con chupitos a palo seco. Y yo, como cuando bebo me vuelvo más extrovertido, algo que me gusta, sigo adelante aunque sepa que a la mañana siguiente me encontraré fatal. Total, tampoco tenía nada que hacer. Hasta ahora.

La resaca me suele llenar la cabeza de ideas pesimistas. Dudo de si seré capaz de dar la talla. También me da pánico introducirme en un grupo de adultos que no tienen por qué perder el tiempo con becarios recién salidos del cascarón. Y, por si fuera poco, estoy convencido de que la premura con la que me han llamado no se debe a que la señora Del Duque haya quedado impresionada por mi potencial, sino a que no ha podido encontrar a nadie más dispuesto y barato que yo.

No obstante, aquí estoy, vestido con unos pantalones tejanos que se me pegan a las piernas a causa de la humedad y una camisa azul de manga larga comprada a toda prisa en el Zara, acercándome a la imponente torre de la forma más lenta posible.

Intento así retrasar el momento de cruzar las puertas de esta nueva etapa. La cosa empieza a ir en serio e imagino una jungla de depredadores ansiosos por zamparse al indefenso cachorrillo.

Suerte que un grupo de turistas a bordo de sus *segways* se me cruza a una velocidad de vértigo y me saca del estado de autosabotaje.

Respiro hondo un par de veces, me abrocho el penúltimo botón de la camisa, me retoco el peinado, recito diversas frases de ánimo y cruzo las puertas giratorias con cuidado, como si fuera el portal de entrada a una dimensión desconocida. Luego me dirijo hacia el ascensor que me conducirá al piso 22, sede de la agencia de detectives Private Eye, donde el plan es pasar un soporífero verano como becario para volver en septiembre a un futuro laboral incierto.

Aunque como dicen mis padres, «lo importante es meter un pie y luego, un paso tras otro».

2

No es que me esperara una puerta de cristal esmerilado con el nombre de la agencia grabado en letras negras, pero lo cierto es que Private Eye no tiene pinta de agencia de detectives. Aunque tampoco había estado antes en ninguna, ni siquiera cuando me hicieron la entrevista de trabajo. Por motivos de confidencialidad, llevan a cabo estos trámites en unos despachos de uso común situados en la planta baja.

Me imaginaba un despacho de decoración espartana, con muebles pasados de moda y sin apenas luz natural, pero me encuentro con todo lo contrario: una amplia sala cubierta con una moqueta de color naranja rojizo, que contrasta con el blanco impoluto de sillas, mesas y estanterías. Incluso los teléfonos y los ordenadores mantienen la línea cromática, solamente rota por las personas que se sientan ante ellos, que no han tenido el detalle de vestirse también de blanco.

Si bien la combinación de colores resulta más que suficiente para llamar la atención, hay algo que aún despierta un mayor interés visual: unas impresionantes vistas del Mediterráneo, que hacen que incluso me plantee si se podrá ver Mallorca en los días claros. Pensaba que una agencia de detectives preferiría protegerse de las miradas indiscretas, pero los amplios ventanales del lado izquierdo y del fondo desmienten esa teoría.

También me sorprende que no disponga de recepción. Imagino que actualmente nadie aparece en un lugar como este sin cita previa. Entonces, ¿ahora qué hago?

Por teléfono me han pedido que me pasara a mediodía. Pensaba que habría una secretaria a la que dar mi nombre y que ella avisaría a quien correspondiera. Pero no es así, por lo que tengo que espabilarme solo, cosa que no me resulta nada fácil.

A la izquierda se sitúan tres mesas en posición horizontal desde los ventanales hacia el centro, con seis puestos de trabajo —tres por banda—, separados por una pequeña mampara. Todos los ocupantes mantienen la mirada fija en el ordenador, excepto un par que están de pie conversando sobre algún tema polémico a juzgar por el tono de voz.

A la derecha veo diversos despachos con paredes de cristal y, al fondo, una sala de reuniones. Junto a ella se encuentra el que probablemente sea el despacho de Marina del Duque. Doy un prudente paso adelante con la esperanza de que alguien se fije en mí. Nadie lo hace. Transcurren unos segundos y todo sigue igual, así que comienzo a pensar que lo mejor sería dar un paso atrás y largarme de aquí cuanto antes. Me obligo a no hacerlo.

Con las pulsaciones acelerando como si quisieran ascender a la estratosfera, me arreglo el flequillo y me dirijo a la persona más cercana:

—*Bon dia...*

Silencio.

—Ehh, perdona, me llamo Jordi Viassolo y vengo a firmar el convenio de prácticas. Me han dicho que me pase por aquí, pero no sé por quién tengo que preguntar —le explico con voz entrecortada.

El tipo me mira como si le estuviera anunciando que pronto viajaré al Polo Norte y quisiera saber su opinión sobre qué meter en la maleta. Balbucea algo parecido a «y a mí qué me cuentas» mientras se encoge de hombros. Justo antes de morirme de vergüenza, aparece de detrás de la mampara una cabeza de mujer que me mira divertida, señala uno de los despachos y me recomienda que pregunte en Administración.

Tras darle las gracias efusivamente me dirijo al despacho en cuestión, ocupado por dos mesas situadas en forma de L. Como la puerta está abierta, entro sin llamar y me vuelvo a presentar, esta vez de forma más detallada. Una chica que luce un vestido de flores que parece sacado del armario de su abuela me explica que fue ella quien se puso en contacto conmigo, pero que tampoco sabe mucho más:

—Marina me pidió que te llamara para la firma del convenio, pero no lo tenemos aquí. Ella se encargó de las gestiones. Pregúntale tú mismo, es el despacho del fondo a la izquierda —me aconseja con una leve sonrisa para luego continuar con lo que estaba haciendo.

¿De verdad que nadie va a ser capaz simplemente de descolgar el teléfono y avisarle? Estas cosas me indignan por una doble razón: porque la gente va a la suya y porque pienso que soy el único capullo del mundo para el que una situación como esta representa un problema. Mis amigos Berni y Pol no tendrían ningún tipo de reparo e incluso le hubieran soltado algo gracioso a la chica del vestido *vintage*. Y ya no te digo cualquier detective duro y sarcástico.

No me queda otra que cruzar la sala. Siento cómo el sudor me enfría la espalda y temo que mi flequillo esté despeinado, lo que me genera aún más inseguridad.

Uno, dos, tres... seguramente serán unos veinticinco pasos antes de llegar al despacho. A mi izquierda quedan las mesas de los detectives. Ni me miran, atentos a sus pantallas y aislados del entorno gracias a unos auriculares dignos del mejor DJ (blancos, por supuesto). Yo tampoco alzo la vista para pasar desapercibido, aunque me es imposible no fijarme en la última mesa, situada junto al ventanal desde el que se puede ver, a lo lejos, la costa del Maresme. Es la única que no tiene ordenador.

El puesto está ocupado por un tipo que desentona, como en esos tests en los que te preguntan «manzana, pera, anchoa, limón y plátano. ¿Qué sobra?». La anchoa es aquí este personaje que rondará los sesenta años. Si son menos es que la vida lo ha tratado fatal. Los escasos pelos blancos que aún le quedan los lleva peinados hacia atrás, con algo de melena que se curva al alcanzar la nuca. Tiene la cara demacrada, parece alto y delgado y luce una camisa amarillenta que podría haber estado de moda en los setenta. Está leyendo el diario doblado por la mitad, como si estuviera tomando un café en el bar.

De repente, levanta la vista y se cruza con mi mirada, que aparto a la velocidad de la luz. Pero en esa centésima de segundo siento que sus penetrantes ojos de viejo lobo ya han realizado un escáner completo, valorando a ese elemento extraño que se cruza por su territorio. La conclusión debe de ser que no represento ningún peligro, porque cuando vuelvo a mirar está enfrascado de nuevo en la lectura.

La puerta del despacho de Marina del Duque está cerrada, pero puedo ver cómo ella habla por teléfono con cierta tensión. Vaya suerte de mierda, pienso, a la vez que me aparto para no molestar y trato de distraerme mirando el mar. Las embarcaciones se mueven en una coreografía improvisada: grandes cargueros, un barco de vela que parece sacado de un museo, tres lanchas, el inmenso yate de algún multimillonario, motos de agua, una especie de barco-discoteca para turistas y un grupo de aprendices de windsurf.

Miro de nuevo y la directora sigue hablando, así que mi incomodidad asciende a un nivel superior mientras yo me encojo por segundos.

—Siéntate aquí, *nano* —me aconseja entonces la voz ronca del viejo lobo, sin duda modelada a base de tabaco negro y alcohol, mientras me acerca la silla de una patada.

—Ah, sí, genial —le respondo con una tímida sonrisa y toneladas de gratitud, aunque ya ha dejado de mirarme y vuelve a estar concentrado en su diario.

Doy un vistazo rápido a su mesa y observo una abultada agenda, una libreta de tapa dura, algunos bolígrafos, un paquete de Ducados moribundo y una taza vacía del mismo color que la moqueta. En cada puesto de trabajo hay una igual.

Pasa otro rato hasta que Del Duque cuelga el teléfono y me mira, levantando el dedo índice para pedirme que espere un minuto. Apuesto a que serán unos cuantos más y acierto. Finalmente se levanta, abre la puerta, me dirige una sonrisa de cortesía y me asegura que me estaba esperando. Sí, ya se nota, pienso, pero no digo nada y entro al despacho, que es igual de minimalista que el resto de la agencia, aunque con un ordenador de pantalla más grande y dos marcos de fotos sobre la mesa. Una es de su familia y la otra de un tipo calvo, con bigote y pinta de facha.

—Tengo aquí el convenio, solo falta tu firma. Como te comenté en la entrevista, la remuneración es de doscientos cincuenta euros, el salario estándar para las prácticas en el sector. Además, desde la crisis nos hemos visto obligados a adoptar medidas de austeridad. Las contrataciones están congeladas y no solemos aceptar becarios. Cuesta mucho trabajo formarlos para que luego se vayan en unos meses. Así que considérate un privilegiado porque vas a conocer la realidad del oficio, adquirir experiencia y aprender de grandes profesionales —me sermonea Marina del Duque, muy convencida.

—Sí, por supuesto, estoy muy agradecido por la oportunidad —respondo pensando que, efectivamente me muero de ganas de convertirme en detective privado, aunque sea con estatus de becario, cosa que no quita que la paga sea una miseria y que la empresa utilice esta figura de aprendiz para ahorrarse un sueldo.

—Es difícil que podamos contratarte cuando te saques el título, pero si trabajas duro siempre puede surgir alguna oportunidad. Una colaboración para hacer calle, es decir, seguimientos. Ya se verá, lo importante ahora es que te impliques al cien por cien. No hay nada imposible, al fin y al cabo.

No digo nada, y ella cambia de tema, conscientes los dos de que acaba de soltar la definición misma de la precariedad en el siglo XXI: esfuérzate al máximo pero no esperes nada a cambio.

—Bueno, hablemos de tu tarea —continúa, manteniendo la espalda tan recta como si estuviera fijada a una tabla de madera—. Este mes de julio apoyarás al resto de detectives, pero sobre todo empezarás a trabajar con el informático en el periódico digital que te comenté. Quiero enfocarlo a temas económicos, de empresa, finanzas… En agosto te concentrarás en ello, porque lo quiero listo al volver de vacaciones.

—¿Tendré que escribir noticias de verdad, entonces? —pregunto alarmado.

—Eso es cosa tuya. Pero antes necesitamos un *background*, así que copia tantas noticias como puedas para que parezca que hace tiempo que está en marcha. Incluso de publicaciones extranjeras. Hablas inglés, ¿no? Que sea serio y riguroso, con noticias de actualidad, análisis y reflexión. No sé, tú sabrás más de eso. El informático manipulará las redes sociales para que parezca que tenemos muchos seguidores. Es importante que los entrevistados estén convencidos de que están ante algo real.

—¿Y no sospecharán de que no somos periodistas?

—Eso es cosa del equipo operativo. Tu trabajo consiste en crear ese diario digital, y punto. No te compliques más de la cuenta. De todos modos, la gente se cree cualquier cosa si se le presenta de la forma adecuada. Y en eso consiste nuestro trabajo: jugar con las apariencias, buscar puntos débiles, crear confusión, averiguar los deseos del otro… A veces tenemos que ser invisibles, otras veces todo lo contrario.

—Sí, sí, por supuesto.

Me mira socarrona y continúa el monólogo:

—Podemos controlar cualquier situación, sobre todo si somos capaces de dominar nuestra postura corporal. Por ejemplo, tú ahora estás encogido, con los hombros caídos, las manos entrelazadas y sacudiendo la pierna derecha… Estás nervioso y no te sientes cómodo. Eres transparente para mí porque la mente dicta tu postura. Pero puedes lograr que sea al revés. A ver, ¿qué harías si te dijera que necesito que me transmitas fuerza y seguridad?

—¿Có-có-cómo? —tartamudeo.

—Levántate, coloca la espalda recta, separa las piernas, pon las manos en las caderas. Siente que eres poderoso, que tienes el control… Ahora sitúa las manos sobre la mesa como si estuvieras exigiendo algo, como si fueras tú quien manda.

Hago lo que me dice, sin gracia ni convencimiento.

—¿Sientes cómo cambia tu estado de ánimo?

—Bueno, no sé…

—La mente domina el cuerpo, pero la conexión también funciona a la inversa. Si quieres transmitir una sensación determinada, adopta una postura que la refleje. La mente irá detrás. Primero tendrás la sensación de fingir, pero luego conseguirás que se convierta en realidad. Pruébalo algún día. En fin, firma el convenio y nos vemos el próximo lunes a las nueve. Buen fin de semana —zanja Del Duque.

Todavía confundido por la lección enfilo la puerta de salida. Antes de alcanzarla, la directora sale del despacho y me grita que aproveche estos dos días para ir pensando en nombres para el periódico, porque ella «no tiene tiempo para estas cosas». Asiento y salgo de Private Eye igual que he entrado —a paso rápido y sin mirar a nadie—, no sin antes fijarme en que el tipo demacrado de antes ya no está en su mesa. Tampoco queda ni rastro de la agenda, la libreta, el paquete de tabaco… Solamente se mantiene firme en su puesto la taza anaranjada.

—¡Jordi Viassolo convertido en un auténtico detective privado, sí, señor! Que se prepare el puto crimen de esta ciudad, porque a partir de ahora está bien jodido.

Este es Berni, brindando con una cerveza en la mano, mientras Pol y Samu gritan «Solo, Solo, Solo…». Son mis amigos de siempre —nos conocimos en preescolar y estuvimos en la misma clase hasta acabar la ESO— y así me llaman desde que vimos juntos la primera trilogía de *La guerra de las galaxias* en DVD. El mote viene de Viassolo, pero también de Han Solo, porque compartimos personalidad atrevida y desvergonzada. Es coña, más bien todo lo contrario. Así pueden recordarme que hace tres años que me dejó mi novia de adolescencia y que desde entonces no se me da muy bien conocer a otras chicas.

—¡A por ellos, Solo, que dejen paso a las nuevas generaciones! Aunque el sueldo de doscientos cincuenta euros es para joderse. Así cómo coño quieren que nos emancipemos. ¡Si por cuarenta metros cuadrados ya te piden ochocientos pavos! Joder, y comprarte un piso, ya ni te digo. A no ser que seas un personaje tan cuadriculado y previsor como Samu, claro...

Este ha sido Pol, graduado en Ciencias Políticas, captador de socios para un par de ONG (sí, de esos tíos con chaleco que te paran por la calle para hacerte sentir mal), rojo hasta la médula, algo populista y de discurso incendiario. También es partidario de meterse con Samu, que acabó brillantemente la carrera de Ingeniería de Obras Públicas, encontró trabajo justo después y al cabo de un año le pareció buena idea comprarse un piso con su novia (futura mujer), a pesar de que todos le aconsejamos que no lo hiciera. Ahora tiene una bonita hipoteca para los próximos cuarenta años de su vida. Casi nada.

—Vete a tomar por culo, Pol, a ver si maduras de una vez —responde el susodicho mientras todos reímos más alto de lo normal porque llevamos ya unas cuantas cervezas, tal y como demuestra la mesa abarrotada de medianas vacías.

Hemos quedado en el bar de siempre, cerca de nuestras casas, entre la Sagrada Familia y el Clot. Se llama Pirineus, y es nuestro preferido porque la cerveza y las patatas bravas son más baratas que en cualquier otro sitio. En honor a su nombre, las mesas son de madera rústica y las paredes están decoradas con pósters de esquiadores. Parecería que estamos en una cabaña del Pallars Sobirà si no fuera porque tras la barra se encuentra la familia Huang, procedente de la provincia de Shaanxi, al oeste de Pekín. Ofrecieron un suculento traspaso al anterior dueño, quien no dudó en coger la pasta y largarse con lo puesto. Ellos tomaron las riendas, aprendieron a cocinar todas las tapas de la carta y están al pie del cañón desde primera hora de la mañana hasta medianoche. Les hemos pedido muchas veces que nos expliquen su historia, pero siempre nos dan largas.

—Bueno, Solo, ahora que te has convertido en detective, espero que mejores tu técnica para ligar. Supongo que ya lo habrás añadido a tu perfil de Tinder, ¿no? —ataca Berni, abordando uno de sus temas favoritos.

—Sí, tío, esto lo tienes que aprovechar. Ahora pareces más interesante —añade Pol, que mantiene una relación discontinua con una chica que conoció en el 15-M.

—¡Mi nombre es Solo, Via-Solo, un tipo duro y fascinante, nena! —gritan a la vez mientras yo me hundo en la silla. Sobre todo porque este follón ha hecho que se giraran tres chicas que estaban en la otra punta y que hasta ahora no nos habían dirigido ni una mirada.

—No se lo digáis a nadie, porque va de incógnito, pero el señor Jordi Viassolo es todo un detective privado. Con él no tenéis nada que temer —les dice Berni señalándome y alzando la voz por encima del resto de clientes.

—Ah, qué bien, lo tendremos en cuenta cuando estemos en peligro —responde una de ellas con una sonrisa entre irónica y divertida antes de volver a ignorarnos, aunque quizás un poco menos que antes.

Respiro aliviado porque parece que el espectáculo termina aquí, pero Berni y Pol, e incluso Samu, que no suele meterse en estos asuntos, esbozan un sonrisa más maliciosa de lo habitual mientras me miran fijamente y me aseguran:

—Solo, creo que esta estrategia nos va a dar grandes resultados.

3

Durante todo el mes de julio me dedico a crear el periódico digital mano a mano con el informático de la agencia, que se llama Javi y no es precisamente un crack en temas de diseño de páginas web. Porque él, tal y como me repite una y otra vez, es hacker.

—Podría entrar ahora mismo en el servidor del *New York Times*, si me saliera de los huevos, y escribir, por ejemplo, «Jordi Viassolo es un auténtico coñazo» —anuncia, mientras se rasca su poblada y poco cuidada barba.

—Ya, seguro. Vosotros lo solucionáis todo pulsando cuatro teclas. Caso cerrado, ¿eh? Y los detectives a tomar por saco. Al final nuestro trabajo lo acabarán haciendo las putas máquinas —replico sin sentirme intimidado, porque el tío tiene toda la pinta de ser un empollón antisocial y cutre.

—Podemos entrar en cualquier parte, o casi. Eso fijo. El problema es otro, chaval: no podemos dejar rastro. Y esto es lo realmente complicado.

Me va relatando sus hazañas mientras damos forma a este periódico digital falso especializado en economía.

Una diversión sin igual, vamos. Y como no tenemos ni idea, vamos aprendiendo sobre la marcha.

Lo peor fue el primer día. La directora me había encargado una lista de nombres, pero no me avisó de que se someterían uno a uno a la aprobación del resto de detectives, que se sintieron invitados a criticar cada propuesta sin aportar ninguna a cambio. Y, de nuevo, esa sensación de desinflarme como un globo mientras recitaba las ideas:

—¿*El Correo Financiero*?
—Muy antiguo.
—¿*Economía Virtual*?
—Suena raro, como si la economía fuera una mentira.
—¿*El Periódico de la Economía*?
—Muy largo.
—¿*Dossier Económico*?
—Parece que sea un tostón.
—¿*Economía Digital*?
—Ya existe.
—¿*E-co*?
—No te pases de moderno.
—¿*Money Journal*?
—En inglés, no.
—¿*Diario económico*?
—Pfffff.

Así podríamos habernos pasado todo el día si no hubiera intervenido Del Duque con sus formas expeditivas de alta ejecutiva, zanjando la discusión con un nombre que a todo el mundo le pareció perfecto: *Economía Positiva*.

Y yo me pregunto: si ya sabía de antemano lo que quería, ¿para qué me ha hecho estrujarme la cabeza pensando en diferentes alternativas? Y no solo eso, ¿por qué me ha obligado a recitar mis sugerencias en voz alta, exponiéndome a la crítica de los que en teoría son mis compañeros? Aunque no creo que ninguno me considere como tal, ya que desde el primer día me llaman *el becario*, sin hacer ningún esfuerzo por acordarse de mi nombre. Y siendo Jordi uno de los nombres catalanes más populares, no creo que les resultara excesivamente complicado.

Pero bueno, supongo que esto es normal cuando todo el mundo sabe que no vas a durar más de dos meses.

Con este panorama me centro en ir dando forma a *Economiapositiva.com*, cortando y pegando todo tipo de noticias, también en inglés. Simplemente copio el texto en el traductor de Google y luego arreglo las incongruencias gramaticales. Total, nadie me pide que tenga un mínimo de calidad, solo que dé el pego. Y que así algún iluso se crea que le están haciendo una entrevista y se ponga a cantar como un ruiseñor.

Reconozco que no es mala idea, aunque me mosquea un poco que sean otros los que se vayan a beneficiar de mi esfuerzo. ¿Sería yo capaz? ¿Podría fingir que soy un periodista de verdad? ¿Sabría formular las preguntas adecuadas creando un discurso en apariencia inocente para ir deslizando poco a poco las cuestiones clave?

Quiero creer que sí, aunque solo de pensarlo se me acelera el corazón.

Como el trabajo de *corta y pega* no supone un gran esfuerzo y nadie solicita mi ayuda, paso las horas contemplando las vistas. También observo a los demás detectives, o miembros del equipo operativo, tal y como los define Del Duque. Mi preferido es un tipo de cabeza redonda y bigote poblado, al que llamo Manolo para mis adentros, porque me recuerda a Vázquez Montalbán. Se dedica a asuntos matrimoniales, lo que le viene como anillo al dedo, porque tiene toda la pinta de disfrutar hurgando en los asuntos de los demás con su Canon de objetivo telescópico.

Su compañera es una mujer con el pelo rizado teñido de color caoba, especialista en perseguir a los hijos descarriados de la alta burguesía que todavía no han entendido lo que entendieron sus padres hace ya tiempo: los excesos, mejor en privado.

Luego tenemos al equipo de laboral, formado por dos chicas y un chico de algo más de treinta años, que visten según las últimas tendencias que marcan H&M y demás tótems de la moda *low cost*. Su labor consiste en descubrir fraudes de empleados en situación de baja laboral o sacar trapos sucios de sindicalistas y comités de empresa. Ojalá nunca me vea obligado a hacer nada parecido, porque me odiaría a mí mismo. Ellos no parecen muy afectados. Cuentan con un par de auxiliares *free lance* y su jefe es un subdirector que apenas aparece.

El equipo operativo cuenta con el apoyo de una encargada de extracción y análisis de información, cuya habilidad más preciada consiste en tirar de la lengua por teléfono a secretarias, teleoperadores y empleados de atención al cliente. Hace poco asistí a una de sus representaciones telefónicas y fue todo un espectáculo.

A su vez, hay un par de hombres de unos cuarenta años, altos y fornidos, encargados de los temas de seguridad. Se dedican sobre todo al contraespionaje, que dicho así suena muy emocionante, pero su tarea más bien consiste en rastrear cámaras y micrófonos ocultos.

Tienen un pequeño equipo a su servicio, encargado del trabajo sucio.

Luego están algunos informáticos, aunque esos van a su bola.

Finalmente, por la agencia pulula un chico algo más joven que el resto, que debe de tener unos veintisiete o veintiocho años y que se pasa el día mirando internet sin mucho que hacer. Hoy he coincidido con él en la sala de descanso, tomando un café de cápsulas, y me ha explicado el porqué:

—Desde que salió a la luz el tema del espionaje político, la duquesa me tiene en cuarentena. Una putada, tío. Me paso el día sin hacer nada, cuando antes no paraba. No me deja ni hacer seguimientos, y eso que todo el mundo los odia.

La duquesa es como el personal se refiere en secreto a Marina del Duque y el caso de espionaje fue muy famoso hace un tiempo: en una conversación grabada en un restaurante del Eixample, una conocida política afirmaba que tenía contactos en la fiscalía para *cocinar* y luego revelar corruptelas de miembros de partidos rivales. Yo no lo sabía, pero Private Eye fue la agencia contratada por esa misma persona (aunque lo negara en público) para que grabara el encuentro que iba a mantener con la exnuera de un célebre *expresident* de la Generalitat, que le había prometido información comprometedora.

Cómo llegó esa grabación a los medios es un misterio, aunque parece claro que algún periodista recibió un regalo de Navidad anticipado en formato mp3.

Álex, con quien estoy hablando ahora, fue el encargado de entrar en el reservado del restaurante haciéndose pasar por un responsable de seguridad, colocar un micro en el florero de la mesa y otro en la lámpara, «por si acaso», y recuperarlos posteriormente. Sin más, cosa que a mí me parece extraordinaria.

—Simplemente tienes que transmitir una gran seguridad. Entras en el sitio, dices «hola, soy tal y vengo a hacer cual» y nadie tiene por qué ponerlo en duda. Si le echas morro, puedes colarte donde quieras —recalca mientras se toma el café y suspira—. ¡Qué ganas tengo de empezar las vacaciones!

—¿Nunca te han pillado? ¿No es muy arriesgado? —pregunto admirado.

—Sí, pero ¿y qué? Si te descubren, pones tu mejor sonrisa, aseguras que ha sido un malentendido y te largas echando leches. No es más que una cuestión de confianza. Tu objetivo es que el otro vacile, que piense que puede tener problemas si no te sigue el juego. Por ejemplo, si quieres entrar en una discoteca y el portero te dice que ni hablar, seguro que tú das media vuelta y desapareces con el rabo entre las piernas, ¿no?

—Bueno, depende…

—Porque puedes soltarle «perdona, pero estás cometiendo una equivocación, conozco al dueño y nunca he tenido ningún problema para entrar». El tío duda, aunque intuye que le estás intentando engañar. Entonces vas a por todas: «Si no te importa, le llamo ahora mismo para solucionar el error». Y claro, el portero comienza a pensar que será mejor no molestar al jefe y que total tampoco pasa nada si te deja entrar. Y antes de que saques el móvil ya te ha abierto la puerta. ¡Está tirado! —exclama, aunque a mí me explotaría la cabeza si intentara hacer algo parecido.

Y casi me olvidaba, ya por último, del tipo hecho polvo que me ofreció la silla el primer día, al que todo el mundo llama Recasens, a secas, porque nadie sabe su nombre de pila.

Sigue un horario estricto: llega sobre las diez de la mañana, lee un par de periódicos, comenta algo de forma breve con Marina del Duque en su despacho y luego desaparece, ante los murmullos y miradas desaprobatorias del resto. No me ha vuelto a dirigir la palabra, pero me tiene asombrado. Camina lentamente y con las piernas algo arqueadas, como un vaquero; habla poco, casi siempre con desdén; apunta cosas en su libreta de tapas negras como si fueran pensamientos de importancia vital para el futuro de la humanidad, y, a diferencia de otros miembros de la agencia, no intenta aparentar nada. Al contrario, procura ser lo más antipático posible.

Juraría que se trata de un auténtico sabueso venido a menos, que ha envejecido mal y ha acabado aparcado en esta agencia, pero que tiene un pasado ilustre y una larga lista de éxitos, corazones rotos y peleas a puñetazo limpio.

Sus compañeros no piensan lo mismo, a juzgar por lo que dicen tan pronto como sale por la puerta:

—No pega ni golpe, y seguro que cobra una pasta. No sé qué secreto sabe de la duquesa, porque, si no, no se entiende qué hace aquí.

—Nosotros dando el callo y él se larga cuando le da la gana. ¡Vaya vividor!

—El tío vive anclado en el pasado, no tiene ni móvil. Un día la duquesa me pidió que le enseñara a manejar uno y por poco me lo lanza a la cara.

—Se cree mejor que nosotros, y no es más que un dinosaurio.

—No le encargan ningún trabajo desde hace siglos, seguro que está oxidado.

Y así un buen rato más.

A las seis de la tarde, eso sí, todos salen disparados de la oficina. Se justifican en voz alta argumentando que solo pueden cumplir con su horario en verano, porque el resto del año «van hasta las cejas». En cuanto a mí, procuro ser de los últimos en salir para demostrar que estoy trabajando duro. Es una gilipollez, porque no me va a servir de nada, pero ¿qué otra cosa puedo hacer?

Cuando salgo a menudo me acerco a la playa, aprovechando que el sol ya no quema tanto y que la gente se ha empezado a ir a casa después de haberse asado como pollos durante el día. Escojo el trozo de arena menos concurrido, planto la toalla, me coloco las gafas de sol y leo cualquier novela negra comprada en los tenderetes dominicales del mercado de Sant Antoni.

Eso sí, cada dos por tres tengo que dejar la lectura para responder con un paciente «no, gracias» a los reiterados ofrecimientos de «¡cerveza, *beer,* amigo!», «¡agua, *water*, Cooca-Colaaa!», «¡mojiiiito, mojito!» y demás mercancías que intenta colocarte un coordinado ejército de vendedores paquistaníes. Aunque mis preferidas son la pareja de mujeres asiáticas que te ofrecen con voz chillona un «masaje, *massage*». Alguna vez he estado tentado, lo reconozco.

Me baño en pocas ocasiones, y cuando lo hago, tardo apenas un minuto para no dejar mis pertenencias a solas, porque ya se sabe que Barcelona es la meca de los carteristas. La mayoría de turistas están avisados de los robos: en cualquier guía turística se recomienda vigilar con los ladrones e incluso existe una página en internet dedicada a ello. Aun así, parece que les excite la idea de vivir peligrosamente porque se van al agua dejando sus cosas sin vigilancia. Algunos tienen la *brillante* idea de esconder la cartera bajo la toalla o dentro de la zapatilla, como si eso fuera un mecanismo de seguridad infalible.

Para entrenar mis dotes detectivescas, intento desenmascarar a posibles rateros entre la multitud. Cuando notan que les estoy observando, no se atreven a llegar hasta el final. Quizás piensen que soy un mosso d'esquadra de incógnito. Mejor, porque tampoco sabría cómo actuar si acabasen consumando el robo.

Así pasan las horas hasta que llega mi momento preferido del día: justo cuando el sol desaparece a mi espalda dejando un remanente de luz, en un intervalo extraño entre el día y la noche, como si la oscuridad todavía no estuviera preparada para salir a escena. Si me gustaran los cuentos de hadas, diría que es el instante en el que los sueños pueden hacerse realidad. Pero me gustan las novelas de misterio y creo que en estos fragmentos de tiempo electrificados es cuando más posibilidades hay de que se cometa un crimen.

Entonces me levanto y me voy a casa, justo cuando los últimos bañistas son sustituidos por extranjeros dispuestos a disfrutar de la calurosa noche mediterránea poniéndose de sangría hasta arriba. Los barceloneses, en cambio, preferimos las plazas o los parques para practicar el noble arte del botellón, así que les hemos dejado el terreno libre. Los Juegos Olímpicos de 1992 devolvieron la playa a la ciudad, y el turismo masivo parece que se la ha robado de nuevo.

Otras veces quedo para tomar algo con mis amigos en

el Pirineus, tan cutre y rústico como siempre, pero con un aire acondicionado decente. Hace tiempo que insisto en que deberíamos cambiar de hábitos y buscar sitios con más encanto, como alguno de los bares *hipster* que están abriendo últimamente. Un día lo conseguí, aunque después de que nos cobraran 4,50 euros por una cerveza artesana, me dijeron que nunca más.

—Estos bares pijos que te gustan, Solo, son el brazo armado del capitalismo. Mucha estética y mucha tontería, pero poca consideración con el pueblo llano —me soltó Pol muy serio. Los demás simplemente asintieron.

Si supieran que donde de verdad me gustaría ir es a alguna de esas coctelerías en las que un Gimlet, un Old Fashioned o un Sidecar te cuestan como mínimo diez euros... Así que volvemos una y otra vez a la cabaña de los Huang, aunque en las noches de verano preferimos cambiar el bar por el suelo de la plaza del Sol, en Gracia, para tomar cervezas al aire libre, fumar algunos porros y *entretener* a los vecinos con nuestras conversaciones hasta las tantas de la madrugada.

Como ya me temía, el juego de presentarme a chicas identificándome como un misterioso detective privado continúa, con poco éxito para mis intereses pero brindando grandes momentos de alegría y cachondeo a mis *simpáticos* colegas.

Hasta ahora el balance deja mucho que desear: cinco me ignoran y añaden una mirada de desprecio por si no había quedado claro, tres responden algo así como «pues muy bien, felicidades», una expone que no tengo pinta de detective, otra se detiene pero centra más su atención en Berni y, finalmente, una parece fascinada y se queda a charlar un rato.

El problema viene cuando me pregunta si mi trabajo se parece al de la serie *CSI*. Entonces no tengo más remedio que explicarle, quizás con demasiada vehemencia, que no tiene nada que ver, porque ellos pertenecen a la policía científica y yo soy detective privado. Nada más acabar mi exposición se despide con una excusa cualquiera y huye lo más rápido posible. Mis amigos se descojonan y me dicen que «qué coño importa si eres como el puto agente Grissom o no» y que «joder, la chica no estaba mal, Solo».

Me informan de que soy un capullo, yo replico que ellos son unos cabrones y así pasamos la noche.

La cuestión, en todo caso, consiste en llegar a casa lo más tarde posible. En eso estamos de acuerdo. Cuando tienes veinticinco años y crees que ha llegado el momento de emanciparte, pero no puedes porque no tienes ni un duro y los alquileres están por las nubes, lo último que quieres es pasar la velada con tus padres frente al televisor.

4

Recuerdo años atrás cuando llegaba el último día de clase y a todos nos embargaba esa excitación especial antes de empezar un verano tan largo que parecía imposible que fuera a terminar. Los profesores lo sabían y nos dejaban jugar a fútbol prácticamente todo el rato. Incluso alguno de ellos se animaba a sumarse al partido. Había uno en particular que, quizás por la rabia acumulada a lo largo de todo el curso, chutaba como si fuera Andrés Iniesta perforando la portería de Stamford Bridge. Y claro, un pelotazo así en la cabeza de un chaval de doce años significa un billete seguro al hospital. Pero nos apartábamos, reíamos y nos permitíamos decirle «qué mamón» entre risas. A él no parecía importarle, quizás porque estaba contando las horas para perdernos de vista.

Hoy parece que todo el mundo está más entusiasmado de lo normal, e incluso he mantenido conversaciones con personas que nunca antes me habían dirigido la palabra. Pero no estamos en el cole, sino en Private Eye, en el último viernes de julio, cosa que significa que los empleados están a punto de empezar sus vacaciones. Excepto yo, que me quedaré mano a mano con mi querido diario digital *Economiapositiva.com*.

Reina un ambiente de alegría y se ha organizado un aperitivo al que cada uno ha aportado su especialidad. Recasens no ha traído nada porque ni siquiera ha aparecido. La chica de administración que siempre viste vestidos floreados ha preparado *cupcakes*, que son las magdalenas de toda la vida pero con un glaseado dulce por encima. La gente bromea diciendo que «se pasa de moderna», pero se los zampan todos. Por poco me quedo sin, si no hubiera sido por Manolo, que me grita:

—¡Becario, deja de hacerte el tímido y coge uno, que estos muertos de hambre te van a dejar sin nada!

Y todo son risas en la sala de reuniones, con vistas a un Mediterráneo que hoy se muestra intensamente azul. No se ve una sola nube y el sol calienta con tantas ganas que nadie aguanta más de cinco minutos tumbado en la arena. Los primeros metros del mar están llenos de bañistas que, según intuyo desde las alturas, se lo están pasando en grande. Los carteristas seguramente también.

Marina del Duque, como si quisiera hacer honor a su apodo secreto, ha comprado canapés en una tienda gourmet. Revolotea desenvuelta y simpática hasta que consulta el reloj, cambia el chip para ponerse el traje de ejecutiva expeditiva y me ordena que la acompañe al despacho, porque quiere comentarme «un par de cosillas»:

—Veo que estás haciendo progresos con el diario digital, aunque creo que todavía puede mejorar. ¡Ponme alguna entrevista, que eso siempre queda bien! Pero tiene buena pinta, sigue así. Además, te voy a dar una lista de teléfonos, y quiero que llames para comprobar si alguien responde y, si puede ser, su nombre. En la carpeta colectiva del ordenador hay un tutorial sobre el procedimiento a seguir. Puedes hacerte pasar por encuestador, comercial, alguien que se equivoca... Tú mismo.

—Entendido.

—Y recuerda una cosa: mentir no es delito, engañar no es delito, suplantar una identidad, sí lo es. Hacemos equilibrios sobre un alambre, pero no podemos permitirnos caer al vacío, ¿queda claro?

—Sí, nada de caer. Pero ¿de quién son esos números de teléfono y qué es lo que queremos averiguar realmente?

—Esto no hace falta que lo sepas. Simplemente, haz lo que te he dicho.

—Por supuesto, faltaría más, solo era curiosidad —le respondo con cara angelical.

La verdad, no obstante, es que no me hace ninguna gracia ir a ciegas. Y tampoco entiendo por qué nunca nadie me explica nada. ¡Así cómo voy a aprender el oficio! Por otro lado, odio tener que volver a ejercer de teleoperador (o fingir que lo soy), una etapa de mi vida que deseaba haber aparcado definitivamente.

—Estupendo —asiente ella—. Y otra cosa, no creo que aparezca ningún cliente por sorpresa. Si así fuera, le atiendes amablemente, tomas sus datos y le aseguras que le llamaremos a principios de septiembre. Pero nunca aceptes un expediente.

—¿Un caso, te refieres?

—Aquí hablamos de expedientes, temas, asuntos... Nada de *casos*, no me seas peliculero. O *novelero*, en tu caso.

—Claro, expedientes. ¿Y si es urgente?

—No nos encargamos de temas urgentes. Todo requiere su tiempo, planificación y estrategia. Hazme caso y no te compliques. Recuerda que solo eres un becario.

—Por supuesto —digo, aunque cada vez estoy más harto de ser solo *el becario*.

—Ah, por cierto. Te dije que estarías tú solo en agosto, pero habrá un detective de plantilla que se pasará un rato todos los días. Si te surgen dudas, pregúntale. También tiene instrucciones de no admitir expedientes nuevos, así que podrás concentrarte en tus tareas. Él tiene mi número de móvil personal por si se produce algún imprevisto, aunque seguro que no habrá ninguno —afirma, resaltando esta última frase y convirtiéndola en un «no me llaméis a no ser que caiga un meteorito sobre la agencia».

—Vale, perfecto. ¿Quién es? —pregunto, con la esperanza de que sea alguna de las chicas de asuntos laborales; así al menos tendré una motivación extra.

—Recasens.

Lo que faltaba.

—Ah, y nunca dejes la agencia en horario laboral. Bajo ningún concepto. Te abrirá y cerrará la puerta el conserje, así que avísale cada vez que te marches —me advierte muy seria antes de desearme un buen verano, anunciarme que pasará las vacaciones en Cadaqués y aconsejarme que aproveche al máximo «la oportunidad».

¿Qué oportunidad?, me pregunto yo.

El lunes compruebo que la frase «se pasará un rato» tenía un significado literal, ya que Recasens aparece pasadas las diez, me suelta un «*bon dia, nano*», lee algunos periódicos (la edición en papel, por supuesto), sale a fumar, repasa en diagonal algún informe y se marcha al mediodía con un fugaz «*fins demà, nano*».

El ritual se repite durante toda la semana, puntualmente.

No me pregunta si hay alguna novedad o si todo va bien, algo que se podría interpretar como un gesto de confianza, aunque refleja más bien su desinterés. El primer día intenté hablar un rato con él, pero su sucesión de monosílabos me hizo ver que era mejor dejarle en paz.

Así que dedico mi jornada, que comienza a las nueve y termina a las tres gracias al horario intensivo que me concedió la duquesa, a seguir copiando noticias (las dos primeras horas, cuando estoy despejado) y a llamar a los números de la lista. Comienzo con voz trémula, pero voy ganando confianza poco a poco, amparado por el anonimato y haciéndome pasar por el técnico de la compañía del agua, el gas, la electricidad…

En muchos casos no contestan, otros cuelgan nada más escuchar la primera frase y algunos —los que menos—, pican. Voy apuntando los resultados en una hoja de Excel, pero la verdad es que no dedico demasiado tiempo a esta actividad para no acabar asqueado. Por eso, más o menos a la misma hora que Recasens sale por la puerta, ya me he quedado prácticamente sin nada que hacer.

Entonces empieza lo duro: matar el tiempo hasta la hora de salir. Supongo que nuestra directora habrá participado en más de un curso sobre cómo motivar al personal y sacar el máximo provecho de su talento. Si es así, conmigo desde luego que no lo ha aplicado.

Para pasar el rato, veo vídeos de YouTube, escucho música en Spotify, leo algunos blogs, paseo arriba y abajo, me como el *tupper* que me prepara mi madre y admiro las vistas. Hoy asisto a distancia a una clase de *paddle surf*, que consiste en algo tan tonto como remar mientras intentas mantenerte en pie sobre una tabla de surf XL. No sé qué gracia le ven, aunque preferiría mil veces estar en su lugar antes que continuar aquí encerrado.

Fruto del aburrimiento, una idea va cobrando vida en mi cabeza a medida que avanza la semana, hasta que el viernes explota: estoy perdiendo el tiempo y nada de lo que hago tiene que ver con el trabajo de un detective de verdad.

Pienso en largarme y no volver.

Luego, mi naturaleza prudente consigue que me replantee las tentativas de fuga. Mierda. Sé que el lunes volveré a estar a las nueve en punto esperando a que el conserje me abra la puerta (tarde, porque también es un sustituto y no se entera mucho). Pero me prometo a mí mismo que algo tiene que cambiar y que ha llegado el momento de dejar de seguir las órdenes tan a rajatabla.

Así que tomo una decisión arriesgada, algo poco habitual en mí: el lunes seguiré a Recasens y averiguaré el gran misterio de Private Eye: ¿a qué se dedica realmente este tío?

Al principio, la decisión parece firme e inamovible. Pero esta solidez se diluye a medida que se aproxima el momento clave. El domingo, antes de irme a dormir, me tranquilizo pensando que tengo toda la semana para cumplir con el plan. Y a la mañana siguiente, tras dormir fatal, pienso que si se aplaza durante un tiempo tampoco pasa nada.

Pero de buena mañana, mientras atravieso en dirección al metro la masa de turistas que abarrota los alrededores de la Sagrada Familia, me digo que «ya está bien de tanta tontería». Si quiero convertirme en un buen detective, necesito silenciar esos mensajes de aviso que el cerebro me lanza constantemente.

Así que el único remedio es enfrentarme a mis miedos. No va a resultar fácil, de manera que durante el trayecto hacia Private Eye me animo en voz baja: «Vas a hacerlo, vas a hacerlo, vas a hacerlo…».

Como todavía falta una hora y media para que Recasens aparezca por la agencia, decido avanzar faena y copiar algunas noticias más, que hoy están relacionadas con la bajada del paro en Cataluña gracias al tirón del turismo. La mayoría de artículos se felicitan porque crece el empleo, pero en ninguno de ellos se comenta que casi todos los trabajos son temporales y precarios. Lo añadiré yo mismo, que para eso ejerzo de director-editor-redactor de *Economiapostiva.com*. Y más con la duquesa de vacaciones.

Añado mi toque personal a un artículo de *La Vanguardia* y a una columna de opinión de *El Periódico de Catalunya*, pero a la media hora me detengo, porque así no hay quien se concentre: no dejo de vigilar la puerta, estoy atento a cualquier ruido del ascensor y me desespero cuando compruebo que el reloj avanza más lento que nunca. Mis pulsaciones, en cambio, se aceleran y mi cerebro vuelve a enumerar todos los motivos por los que mi plan de seguir a Recasens no debería seguir adelante.

Me levanto, doy una vuelta, miro por la ventana, bebo agua, salgo al rellano, respiro hondo, vuelvo a beber agua... Llegan las diez y media, el corazón me late con fuerza, cedo a mis miedos y deseo que no aparezca. Me repongo y pienso que no, que venga de una maldita vez y así acabamos con este sufrimiento.

Pero como el destino suele comportarse como un auténtico cabrón (igual que el propio Recasens), mi supuesto compañero de trabajo no se presenta en todo el día.

Así que el martes repito el show, aunque esta vez Recasens sí aparece. Supongo que me explicará que ayer no pudo venir porque estaba metido en un caso, se puso enfermo o tenía un problema familiar. Pero únicamente me dice:

—*Bon dia, nano.* ¿Todo bien?

—Sí, voy avanzando con el diario digital y también con la lista de llamadas que me dio la duque..., ehhh, Marina del Duque, pero no contesta prácticamente nadie —le respondo, aunque no sirve de nada, porque ya ha abierto el periódico y ha dejado de escucharme. Digamos que ha sido una pregunta retórica.

Durante las dos horas que está en la oficina, me esfuerzo por fingir que trabajo. Como mi concentración brilla por su ausencia, tecleo frases sin sentido que se parecen mucho a «slaskldklsakdldeldkdekdflkdkl».

A eso me dedico hasta que detecto movimiento por el rabillo del ojo e intuyo que Recasens está a punto de marcharse. En mi cabeza resuena la frase de la duquesa: «Nunca dejes la agencia en horario laboral». Pero la adrenalina ya está haciendo sus efectos. Será como tirarse a una piscina helada, como pedirle una cita a la chica más guapa del instituto, como chutar el penalti decisivo en la final de la Champions League, como presentarse voluntario para asaltar el Palacio de Invierno…

En fin, queda claro mi estado de ánimo, ¿no?

Sin embargo, hay un detalle que no había tenido en cuenta: estamos en el piso 22 y el edificio dispone de tres ascensores. Cuando Recasens entre en uno de ellos, no puedo bajar con él; sería demasiado obvio. Podría ir por las escaleras, pero cuando yo llegara a la planta baja, aparte de estar sin aliento, él ya estaría demasiado lejos. La única opción que tengo es esperar a que se cierren las puertas de su ascensor, salir pitando, llamar de nuevo, cruzar los dedos para que aparezca rápido otro ascensor, bajar a la planta baja, localizar a Recasens y empezar a seguirlo.

Llega el momento.

—*Fins demà, nano.*

—*Fins demà, Reca.*

Me dedica una mirada penetrante, con la ceja izquierda arqueada, para dejarme claro que eso de *Reca* no le ha gustado nada. Después se dirige a la puerta de salida. Me levanto y simulo que recojo unos papeles de la impresora, mientras observo de refilón cómo espera el ascensor, que tarda cerca de un minuto en aparecer. Se abren las puertas, entra, se cierran las puertas y salgo disparado.

Como estoy nervioso, cuento los segundos: uno, dos, tres, cuatro… treinta y tres, treinta y cuatro… Joder, sí que tarda… Cuarenta y dos, cuarenta y… Aparece, entro, pulso el botón de la planta baja. Se detiene en la planta 12, mierda. Entran un par de ejecutivos de una agencia de valores, con su porte de brókers de Wall Street y su mirada de superioridad. Llegamos a la planta baja y calculo que en total habrán pasado un par de minutos. Salgo, paso el torno de seguridad, me dirijo a la salida al esprint, cruzo la puerta giratoria, siento el impacto del calor abrasador, miro por todas partes, esquivo un bicitaxi que lleva de excursión a una familia de turistas árabes y me maldigo a mí, al ascensor, a los brókers, al turismo y a todo dios.

Ni rastro de Recasens. Nada. En ninguna parte.

Vuelvo al ascensor e intento recolocarme el flequillo, porque con tanta tensión ha quedado en un estado deplorable. Como mínimo, estoy seguro de una cosa: mañana volveré a intentarlo.

Al día siguiente, los mismos nervios y ritual, la única diferencia es que el ascensor solo tarda veinte segundos y no efectúa ninguna parada, así que cuando salgo a la calle veo a Recasens encendiendo uno de sus Ducados, unos metros más allá. Me pongo las gafas de sol, como si esto fuera un camuflaje efectivo, y pienso que quizás hubiera sido una buena idea haber traído algo para disfrazarme.

Recasens comienza a caminar en dirección al mar y luego gira a la derecha por el paseo marítimo. Esto me tranquiliza, porque puedo alejarme unos metros y permitir que varias personas se interpongan entre nosotros. Aunque si he de ser sincero, no tengo ni idea de cómo se sigue a un objetivo. Porque, insisto, estas cosas no se aprenden en la universidad. Ni en Private Eye, dicho sea de paso, porque en ningún momento se han preocupado de enseñarme los principios básicos del oficio.

Lo sigo de lejos, sin perder nunca el contacto visual. Con su paso tranquilo, Recasens continúa recto y no mira ni un solo momento hacia la playa que le queda a su izquierda, como si la arena abarrotada supusiera un espectáculo demasiado grotesco.

Alto, destaca entre la multitud aunque camine algo encorvado, como si los años (o los recuerdos) fueran demasiado pesados. Se intuye cierta decadencia, pero también orgullo. Me sorprende algo: yo tengo que cambiar mi trayectoria cada dos por tres para esquivar a peatones, ciclistas, patinadores, *skaters*, turistas en *segway*, adolescentes en patinete eléctrico, vendedores ambulantes, camareros plantándome la carta en la cara... Pero él no. No ha tenido que modificar su rumbo ni por un instante, como si fuera un rompehielos avanzando impasible por el Ártico.

Continúa así hasta que ejecuta un quiebro a la derecha hacia la calle de Andrea Doria, ya en plena Barceloneta y comienza a callejear por el viejo barrio de pescadores, que ahora se ha visto obligado a experimentar un proceso de reconversión en beneficio del turismo. Como Barcelona entera, de hecho.

Lo sigo mientras avanza por las calles estrechas. En ellas apenas hay peatones, así que tengo bastantes problemas para ocultarme. Me escondo de vez en cuando en un portal, para luego avanzar arrimado a la pared. Parezco el protagonista de una comedia de humor absurdo. Luego, por suerte, el trayecto desemboca en la plaza del mercado y doy un rodeo. Finalmente, sube por la calle del Mar y abre la puerta de un local. Es un bar, uno de los pocos que resiste a la apisonadora de la modernidad.

¿Y ahora qué hago? Me detengo y espero. Tarde o temprano tendrá que salir, ¿no? ¿Aunque este era el gran misterio? El tipo se larga antes para ir a ponerse morado de vermuts. Bravo, caso resuelto.

Como tampoco tengo nada más interesante que hacer en la agencia, me siento en el suelo y espero un rato. Un rato que se convierte en media hora y luego en media hora más. Ya no sé cómo ponerme y el bochorno me está dejando lelo. Así que pienso que no pasará nada si echo un vistazo al bar. Si ya está medio borracho, me vuelvo a la agencia tan pancho. Me acerco a la puerta sigilosamente y miro hacia el interior pero no logro verle y tengo que intentarlo de nuevo.

Esta vez tampoco lo distingo entre los cuatro parroquianos acodados a la barra, pero observo algo que me llama la atención. Y mucho. Vuelvo a detenerme frente a la puerta, esta vez ya sin disimular. No hace falta. Recasens no está.

El bar está encajonado entre dos callejuelas y tiene dos puertas, una a cada lado. Desesperado, entro y pregunto por él, argumentando que soy un compañero de trabajo que le busca, porque se ha dejado el móvil en la oficina (no digo agencia de detectives, por si acaso) y querría devolvérselo. El camarero, de la misma quinta que Recasens y el resto de clientes, con cara de pillo y los dientes más amarillos que el sol reluciente de verano, se ríe y me suelta:

—Pero si el tío no tiene un teléfono de esos, vaya uno. Lo has perdido, chaval. Ni siquiera se ha tomado nada. Ha entrado hace una hora, ha saludado y se ha largado por la otra puerta. ¡Vaya lince estás hecho, James Bond!

Estupendo, Viassolo.

Y todavía más estupendo cuando suena mi móvil y en la pantalla aparece un número de teléfono fijo desconocido.

—¿Sí? —contesto con cautela.

Es la voz ronca de Recasens:

—Ven a la Cova Fumada. Ya mismo.

5

Un montón de preguntas se agolpan en mi cabeza exigiendo respuestas: ¿Cómo me ha descubierto? ¿Estará muy cabreado? ¿Me ha dejado hacer el pardillo desde el principio? ¿Se chivará a la duquesa? ¿Recomendará mi despido inmediato?

Pero hay otra cuestión más urgente que tengo que resolver cuanto antes: ¿Qué coño es la Cova Fumada? Suena a historia de piratas o a refugio de contrabandistas. ¿A eso se dedica? Dudo que me revelara su secreto tan fácilmente... Quizás me está poniendo a prueba para comprobar si no estoy perdido para la causa. Por otra parte, también podría tratarse de algún tipo de venganza por atreverme a seguirlo hasta este escondite de doble puerta y aspecto mugriento.

Frena, frena. Cuando me pongo en modo obsesivo parezco un kalashnikov que dispara seiscientas tonterías por minuto. Respiro hondo, me arreglo el flequillo y entro de nuevo al bar.

—Jefe, ¿sabe qué es la Cova Fumada?

—¡Y quién no! Todo un emblema de la Barceloneta —responde sacando a relucir su dentadura amarillenta—. Inventaron la bomba, James Bond —me anuncia, enigmático, volviendo a pronunciar *James* a la española.

La bomba.

Balbuceo un «gracias» y salgo de nuevo a la calle, mientras escucho a lo lejos las risas del camarero y los parroquianos, tan añejos como el propio bar.

Aunque estoy confundido, no soy tan idiota como para tragarme que Recasens está involucrado en una conspiración para fabricar algún tipo de bomba. Y tampoco para no comprender que los del bar se están cachondeando a base de bien. Pero yo tengo un arma que estos vejestorios no sabrán utilizar en lo que les queda de su lamentable vida: Google. Así que tecleo en el móvil *Cova Fumada* y aparece un mensaje revelador, pero en absoluto misterioso:

La Cova Fumada
Bombas de patata, vino y raciones caseras en un concurrido bar de tapas de toda la vida con mesas de mármol. Calle del Baluart, 56

Vuelvo a usar el móvil para averiguar por dónde queda la calle del Baluart y veo que está a apenas cien metros de distancia, colindante a la plaza del mercado que he cruzado antes. Así que ni contrabando, ni conspiraciones, ni hostias...

Enseguida llego al local, que ni siquiera tiene letrero, pero se distingue por sus grandes porticones de madera pintados de marrón oscuro y por el volumen de gente que espera para entrar. Dentro no hay aire acondicionado, pero eso no impide que esté abarrotado de una curiosa mezcla de vecinos, currantes, jóvenes modernos y turistas avispados que habrán descubierto que este es uno de los mejores tugurios de la Barceloneta. Respeto su criterio, porque se han salvado de que les endiñen una paella congelada. Eso sí, apostaría a que los propietarios no han llevado a cabo ni una mínima obra de reforma en las últimas décadas. Ni falta que les hace.

La barra está a la izquierda, enmarcada por barricas de vino a granel y una vieja nevera de madera, de esas que enfriaban con bloques de hielo. A la derecha, una cocina abierta bragada en mil batallas de la que salen raciones de sardinas, caballa y pulpitos, así como las famosas bombas que, según cazo al vuelo, pueden llevar diversos grados de picante.

Mesas de mármol, calendarios del Barça de hace siglos, fotos en blanco y negro, unos ventiladores que apenas pueden con sus años, conversaciones a gritos y, al fondo, la mirada dura, penetrante y diría que irónica de Recasens. Me ha visto nada más cruzar la puerta y me arrastra hacia su órbita como si él fuera Saturno y yo un meteorito perdido en la inmensidad del universo. Que, de hecho, es como me siento ahora mismo.

—*Seu, nano* —me ordena.

Obedezco y me siento.

Entonces vuelve a suceder ese extraño fenómeno que ya había observado antes. En el bar no cabe un alfiler. Muchos han renunciado a esperar una mesa y se comen sus bombas de pie. Los camareros caracolean entre los clientes como el mismo Leo Messi. Unos turistas ingleses intentan pedir algo, pero no se están saliendo con la suya. Incluso los locales tienen problemas para que les sirvan otra ronda.

Y en medio de este caos, Recasens alza un brazo, guiña un ojo y en un par de centésimas de segundo aparece el dueño junto a la mesa.

—¡Qué día hoy, no paramos! —exclama como si quisiera excusarse por no haberse teletransportado de forma instantánea—. Un día de estos voy a mandar a todo el mundo a tomar por el culo y me retiro al Caribe a comer cocos y bailar salsa.

—Pagaría por verte bailar salsa —responde Recasens—. Pero pagaría aún más por ver cómo cierras este local y dejas de intoxicarnos a todos.

—Seguramente gracias a que te intoxico todavía estás vivo, *cabronàs*.

—Cuando la palme donaré mi cuerpo a la ciencia para que estudien este misterio. Seguro que encontrarán bacterias que ni siquiera sabían que existían.

—Aquí la única bacteria que hay eres tú, Recasens. Y de esas que no salen ni con un cóctel de salfumán, lejía y ginebra Larios.

Y risotadas. Y palmadas en la espalda. Y unos cuantos insultos en catalán que ya nadie utiliza, como *pallús*, *capsigrany*, *borinot* y, mi preferido, *cap de cony*. Hasta que el dueño me mira, luego mira a Recasens y le pregunta:

—¿Qué le ponemos a este?

—Un quinto y una bomba —responde Recasens.

—¿De marica?

—De marica —asiente—. Y a mí, lo primero que salga de la cocina.

Se va el dueño a cumplir su encargo y Recasens ni siquiera se digna mirarme. De hecho, voy a abrir la boca para excusarme, pero me detiene con el dedo índice. Se vuelve hacia la mesa de al lado y le pregunta a un chaval, con un chaleco de seguridad naranja en el respaldo, si ya ha terminado por hoy. Le contesta que sí, que han hecho un par de descargas y les han mandado para casa. Después saca un palillo y juguetea con él.

Enseguida aparece el dueño con los quintos, la bomba para mí (de marica, o sea, poco picante en una terminología poco adecuada para este siglo) y un generoso plato de pulpitos encebollados, para él. Da un trago breve a la cerveza, pincha un pulpito, lo saborea, mira hacia la cocina y articulando las palabras con cuidado, pero sin emitir ningún sonido, dice «perfectos», ganándose la sonrisa de la cocinera más veterana.

Se dispone a repetir el mismo proceso, pero antes me indica con el tenedor que coma yo también. Empiezo por la bomba y necesito dar un par de sorbos a la cerveza para sobreponerme al picante. Si esa es la de marica... Me acabo el resto para no quedar mal. Doy tres tragos para finiquitar la cerveza e intento disculparme. Recasens me detiene de nuevo. Él aún no ha acabado, le falta rebañar la cebolla empapada de aceite que ha quedado en el fondo del plato. Lo hace a cámara lenta, disfrutando del sabor y de mi incomodidad creciente. Al terminar, me dice:

—Como sabrás, yo no tengo teléfono móvil, ni ganas. Los inútiles de la agencia piensan que no sé utilizarlo. Pero si no quiero uno es porque te impide ver aquello que importa. Te distrae, capta tu atención y consigue que te olvides de todo lo que pasa a tu alrededor. ¿Qué es lo más importante para un detective, *nano*?

Me coge desprevenido, aunque por suerte domino el tema. Al menos en la ficción. Intento tomar otro sorbo de cerveza, pero la botella ya está vacía y solo queda el culín amargo. Recito:

—Un detective tiene que preguntar hasta el más mínimo detalle, dudar de todo y husmear debajo de las piedras. No debe tener miedo a meterse donde no le llaman. Ha de ser honesto, pero no claudicar ante las amenazas. Ser duro, pero también sensible ante las injusticias. Con toda la información debe atar los cabos que...

—Vale, vale, *nano*. No te embales. Todo eso no son más que tonterías. Lo único que necesita un buen detective es observar.

—Sí claro, observar —respondo como si fuera algo tan elemental que por eso ni lo había mencionado.

—A todas horas, en cualquier momento... Cómo se comporta cada individuo, de qué forma se relaciona, qué palabras emplea, cuáles son sus gestos más habituales, con qué frecuencia parpadea, incluso cómo respira... ¿Para qué?

—Buenoooo. —Aquí sí me coge en pelotas e intento improvisar una respuesta que no me deje como un niñato imbécil—. ¿Para saber cómo es cada persona?

—No está mal —concede—. Pero profundiza un poco más. ¿Cómo podemos usarlo a nuestro favor?

—Hmmm, bueno, pues...

—Si sabes cómo se comporta normalmente una persona, podrás detectar cuándo está teniendo una actitud extraña. Y si alguien se porta de forma rara es porque esconde algo. O miente. O se está preparando para hacer algo que no debería.

—Ya, por supuesto —asiento, e intuyo que el chaparrón está a punto de caer.

Recasens sonríe y a mí se me hiela el cuerpo, a pesar

de que la Cova Fumada es una sauna. Da dos toques con el dedo índice sobre la mesa de mármol y sentencia:

—Como tú esta mañana. Estabas más nervioso de lo habitual, sin concentrarte, ansioso y manoseándote sin parar ese maldito flequillo. Más pistas no podías dar, *nano*. Bueno, igual que ayer. Aunque supongo que te salió mal la jugada.

Entorna los ojos y me mira fijamente, como si quisiera penetrar en mi cerebro. Tras unos segundos de suspense no aguanto más y confieso:

—Sí, cuando bajé ayer ya no estabas. Bueno, cosas que pasan, ¿no? El ascensor... Hoy sí he llegado a tiempo. Me has calado cuando te encendías el cigarrillo, ¿no? Qué quieres que te diga, estaba muy aburrido, eso del diario digital es un coñazo. ¡Yo quiero ser detective, Recasens! Aprender el oficio. Llevar un caso de verdad.

—Bueno, *nano*, soñar está bien pero llegas unas cuantas décadas tarde —me corta, a la vez que hace un gesto para pedir la cuenta—. Y lo que te decía de observar... ¿Quién es una enferma de la tecnología y cree que todo se soluciona con micrófonos, cámaras ocultas, móviles de última generación y todas esas tonterías?

—¿La duquesa? —contesto con toda la precaución del mundo.

—¿Duquesa, qué duquesa? —pregunta, aunque sabe perfectamente de quién hablo.

—Bueno, Marina del Duque. Así es como la llaman en...

—Marina del Duque, exacto —me corta de nuevo—. ¿Y no te has planteado nunca que la agencia pueda estar llena de cámaras de vigilancia camufladas? ¿Y que mientras toma el sol en Cadaqués quizás se le ocurra comprobar con el móvil si estás en tu puesto de trabajo, tal y como te ordenó? —pregunta con una sonrisa lobuna, casi malvada.

—Emmm, ¿sí, tú crees? —pregunto a su vez, aún con la esperanza de que me esté tomando el pelo.

—No lo creo, lo sé —dispara—. Así que vuelve cagando leches y dedícate a lo tuyo, a ese diario de broma o a tocarte los cojones, pero no dejes la agencia ni por un minuto. Quizás puedes intentar averiguar dónde están las cámaras; no es tan difícil, ni siquiera para ti. Eso sí, nunca, nunca más se te ocurra seguirme. *Vinga, fot el camp*.

Lo dice sin alzar la voz, pero con una rotundidad que hace que me levante a toda prisa, tropiece con la silla y salga escopeteado de la Cova Fumada.

Ahora quizás no lo valoro, pero he aprendido más en esta media hora que en todo el mes que llevo trabajando en Private Eye.

El resultado de esta desastrosa aventura implica pasarme toda la semana encerrado en la agencia, lo que me supone una tortura por partida doble. Primero, porque estoy más que harto de copiar noticias falsas y todavía más cansado de llamar a los teléfonos de la lista y recibir a cambio bufidos, insultos y amenazas.

Segundo, porque agosto está resultando espléndido, sin una nube que estropee las jornadas de playa, que observo nítidamente desde mi atalaya privilegiada. Me pone de los nervios. A veces imagino que del horizonte surge un ejército de nubarrones que invade el cielo en pocos minutos, amenazador, hasta que un relámpago desencadena un diluvio bíblico provocando estampidas, llantos y tropezones. Luego, arrepentido, admito que nadie tiene la culpa de mi encierro, excepto yo mismo, mis prisas por aceptar esta pesada sustitución de verano y mi falta de agallas para mandarlo todo a paseo. Así que miro otra vez y les deseo a todos que pasen un buen día. Con la boca pequeña, eso sí.

Por cierto, desde el incidente del martes, Recasens no ha vuelto a aparecer y yo he conseguido localizar lo que podría ser una cámara oculta. Para confirmarlo, tendría que subirme a una escalera y examinarla de cerca, pero no quiero arriesgarme a que la duquesa active por casualidad su aplicación y me vea allí haciendo el mono.

El sábado por la noche, en el bar de la familia Huang, les cuento a mis amigos lo aburridos que me resultan estos días y deciden que vendrán a hacerme compañía porque incluso ellos han conseguido un par de semanas de fiesta en sus trabajos de mierda.

Ante esta *cortesía*, les advierto primero riendo que ni de coña, luego me pongo más serio y les pido por favor que no lo hagan, después los amenazo con joderles la vida y, finalmente, les suplico que no me pongan en evidencia.

—¿Qué más te da, Solo? Decimos en recepción que estamos interesados en los servicios de la agencia. ¿Dónde ves el problema? ¿Crees que el conserje se dedicará a espiarnos? ¿Y qué coño le importará a él? —defiende Pol.

—¡Que no, joder! Os agradezco el detalle, pero mejor quedamos al salir. Además, están las cámaras, no puedo arriesgarme —respondo con la esperanza de que se convierta en el argumento definitivo.

—¡Qué cámaras ni qué hostias! —grita Berni, exagerando los gestos como si pidiera explicaciones al cielo—. Se lo ha inventado el viejo para meterte miedo y tú te lo has comido con patatas. Solo, tío, espabila.

—De hecho, sí que existen aplicaciones de este tipo. Desde el móvil se activan las cámaras y el usuario puede acceder a las imágenes en directo —detalla Samu, en lo que interpreto como un firme apoyo—. Pero ¿de verdad crees que tu jefa estará conectándose cada día para comprobar qué estás haciendo?

—Estará poniéndose hasta el culo de gambas y cantando habaneras. O maldiciendo a su familia y soñando con largarse con su amante. Pero ¡no estará pensando en el curro, ni mucho menos en ti! —zanja Pol.

Por suerte, todo este teatrillo no es más que una excusa para meterse conmigo. Soy consciente de que no hablan en serio y que el mejor antídoto sería no hacerles caso. Pero no puedo, y ellos lo aprovechan para pasar un buen rato a mi costa.

De todos modos, como están aburridos, deciden que sí vendrán a verme, pero no a la agencia, sino que se colocarán estratégicamente en la playa para que los pueda ver desde el piso 22. Samu asegura que traerá unos prismáticos para intentar distinguirme a través de los ventanales.

Y, de hecho, lo hace. Porque el lunes a las diez de la mañana recibo un mensaje en el grupo de Whatsapp que dice:

«Te estamos viendo. La torre del socorrista. A las 3.»

No me citan a las tres, sino que me comunican las coordenadas de su ubicación. Una estrategia que, para mi desgracia, Berni suele usar en las discotecas para señalarme a «las tías que más me convienen». Miro a mi izquierda en dirección a la Nova Icària y trazo un reloj imaginario para comprobar que, efectivamente, allí aparecen tres tíos en bañador haciéndome señas. Han montado un campamento base con cuatro toallas, una sombrilla roja robada de algún bar, un colchón hinchable XXL, una pelota de fútbol, unas palas, una nevera cargada y varias bolsas de patatas fritas de tamaño familiar.

No es que yo sea capaz de verlo con mi vista de halcón, sino que me mandan una foto para que admire todo el tinglado. Y luego llega otro mensaje:

«Baja ya.»

No sé cuánto tarda la gente normal en tomar decisiones, pero a mí me cuesta una eternidad. Primero, porque tengo que evaluar los puntos a favor y en contra. Segundo, porque en mi interior se despierta una voz llamándome a la prudencia. Y tercero, porque luego se suma otra voz que me dice todo lo contrario y empiezan a discutir entre ellas.

Por una vez hago oídos sordos y miro de nuevo, pero ya no están en la arena, sino en el agua jugando a lo bestia a sota, caballo y rey. Sonrío y me digo: «Qué coño, porque baje un rato a tomar una cervecita a la sombra no pasará nada».

Como no estoy muy convencido, utilizo la misma táctica del otro día: obligarme a hacerlo. En el ordenador, tecleo con dedos temblorosos «VUELVO EN 5 MINUTOS», aplico una letra de tamaño 50 e imprimo el resultado. Busco el celo para enganchar el aviso, pero no lo encuentro en ninguna parte. Los pocos cajones que están abiertos solo contienen algunos bolis y papeles y la sala de administración está cerrada con llave.

Entro en el despacho de la duquesa para seguir buscando, pero antes me quedo embobado mirando las fotos, sobre todo la del señor-con-pinta-de-facha. Aunque intenta sonreír, le cuesta. También rastreo el techo por si localizo alguna cámara. No encuentro el celo.

Y entonces sucede algo totalmente inesperado.

Una posibilidad que ni siquiera me había atrevido a soñar:

Un cliente asoma la cabeza por la puerta.

6

El uniforme no puede ser más clásico: traje azul, camisa blanca y corbata a rayas. Todo de primera calidad. A pesar de ello, no tengo la impresión de que sea una persona que se preocupe de su aspecto. Quizás porque la americana le viene algo grande y los botones de la camisa pugnan por mantener a raya una barriga en expansión. Castaño, si bien con ese aspecto indefinido que otorga el pelo demasiado fino, y con un peinado tan tradicional como la propia vestimenta, con raya a la izquierda.

Si tuviera que apostar mis doscientos cincuenta euros de sueldo, diría que estoy ante un individuo de clase alta. Pero ¿de qué tipo?

Tengo la teoría (nada fiable) de que existen dos tipos de ricos. En primer lugar, aquellos que llegan a los cincuenta años con unos cuerpos aún más en forma que cuando tenían veinte, lucen bronceado incluso en invierno, visten de forma impecable pero con un toque atrevido y han aprendido a disfrutar al máximo, y sin cargos de conciencia, de su abultada cuenta corriente. A estos, o la riqueza les viene de familia o no tienen más trabajo que extender la mano a final de mes.

Luego están los que cargan con el peso de la responsabilidad sobre sus espaldas. Ostentan un puesto ejecutivo acompañado de un salario voluminoso, que implica a cambio grandes dosis de estrés e infinidad de horas encadenados a la mesa de su despacho. Su dinero lo disfrutan sus familias, pero no ellos. A lo mejor se regalan un Porsche Cayenne cuando atraviesan la crisis de los cincuenta, pero nunca se sacan de encima esa pesadez acumulada tras cada junta de accionistas.

El tipo que acaba de aparecer por la puerta pertenece a este último grupo, o así me lo parece. Eso no significa que no tenga una marcada conciencia de clase y pretenda dejar claro desde el primer instante que espera un servicio a la altura de su estatus, como transmite en la primera frase que pronuncia apenas cruzar la entrada:

—Buenos días, me gustaría hablar con un detective profesional.

Antes de que yo pueda abrir la boca, dobla la apuesta:

—No con ningún becario, aprendiz o sustituto de verano. No quiero perder más el tiempo. Esta es la tercera agencia que visito y en todas me he encontrado con lo mismo: chavales recién salidos del instituto inventándose excusas y sugiriéndome que vuelva en septiembre.

He escuchado la presentación desde la puerta del despacho de Marina del Duque y decido aprovecharlo para ganar algo de prestigio. Claro que en las otras agencias se lo han sacado de encima; mis homólogos deben de tener las mismas órdenes que yo y cero intenciones de meterse en líos. La diferencia es que yo sí me muero de ganas de trabajar en un caso de verdad.

Respiro hondo disimuladamente y rememoro las palabras de la duquesa: la inseguridad se refleja en el lenguaje no verbal, pero la conexión también funciona a la inversa. Así que enderezo la espalda, sonrío y no me apresuro al decir:

—Sí, por supuesto. Pase a mi despacho, por favor. Mi nombre es Jordi Viassolo, detective profesional. ¿En qué puedo servirle, señor…?

No se esperaba esta reacción, quizás porque creía que me había calado desde el primer momento y que le iba a soltar el mismo discurso que los demás. Es decir, vuelva usted en septiembre. Duda unos instantes, a la vez que me inspecciona cuidadosamente. Al final me concede el beneficio de la duda, un poco a regañadientes, y se sienta en la silla que le estoy ofreciendo ceremoniosamente.

—Giralt, Óscar Giralt —dice, acompañando su nombre de un suspiro.

—Encantado señor Giralt, ¿qué servicios podemos ofrecerle desde Private Eye? —pregunto intentando sonar lo más corporativo posible.

—Ya se lo he dicho antes, necesito un detective de experiencia probada y talento incuestionable. ¿Pueden ofrecerme a alguien así? —pregunta sin rodeos, aunque su tono ya no es de superioridad, sino de alguien cansado y preocupado. Eso sí, no renuncia a las técnicas negociadoras aprendidas en algún máster ni cuando pide ayuda a gritos.

Quizás necesita tener delante a un Philip Marlowe o Sam Spade que le diga que no sea gilipollas y desembuche o, si no, que se largue por donde ha venido. Yo no estoy a ese nivel, ni de lejos, por mucho que me haya sentado en la silla de la duquesa y siga manteniendo la espalda todo lo recta que me permiten mis crujientes vértebras. Así que opto por añadir algo de sinceridad a la conversación —sin pasarme—, porque no creo que pueda mantener por mucho tiempo el papel de tipo experimentado.

—Entiendo su situación. Ha entrado en otras agencias y ha visto lo mismo que ve ahora: una persona demasiado joven para su gusto, que no le ofrece ninguna confianza. Pero somos una agencia seria y disponemos de recursos para hacer frente a todas las eventualidades, incluso en agosto. Yo estoy de guardia, pero contamos con un equipo capacitado para movilizarse de forma inmediata. Siempre y cuando valga la pena, claro.

Parece que mi discurso no ha estado mal, porque su expresión ha ido cambiando desde el escepticismo total hasta el interés moderado. Podría decir que he visto un brillo fugaz en sus ojos, pero mentiría. Todavía no tengo ni idea de cómo se llega a ese grado de precisión. Eso sí, no se ha levantado de la silla y esto me indica que hay esperanza.

—De acuerdo, quiero reunirme con ese equipo cuanto antes.

—El detective en jefe Recasens puede estar disponible para reunirse con usted en los próximos días, pero necesito que primero me exponga a mí los detalles del caso para redactar un *briefing*. Como comprenderá, el detective en jefe no se reúne con cualquiera —afirmo, dejando de lado que el supuesto detective en jefe no tiene interés por reunirse con nadie en absoluto.

—Mire, no me haga perder el tiempo —me advierte Giralt, aunque sin levantarse aún de la silla, lo que sigue siendo positivo.

—Exacto, eso es lo que me dirá mi superior si no soy

capaz de exponerle el caso de forma clara. Como bien sabrá, en toda organización existe una cadena de mando. Además, le aseguro que no encontrará lo que busca en otro lugar —miento, confiando en que el cansancio se imponga sobre la desconfianza.

Silencio. Óscar Giralt se pasa la mano por la frente, mira hacia la izquierda y se queda unos segundos pasmado, como si hasta entonces no se hubiera dado cuenta de las impresionantes vistas marítimas. Mueve la mano derecha, concediéndome la victoria en este punto. Y entonces lo suelta:

—Mi mujer ha desaparecido.

—Entiendo —respondo rápidamente, aunque lo digo más bien para ganar tiempo—. ¿Y usted quiere que la encontremos?

—Así es, a eso se dedican los detectives privados, ¿no?

—Entre otras cosas... —replico manteniendo el tipo, aunque consciente de que la pregunta ha sido bastante estúpida—. De acuerdo, empecemos por las cuestiones básicas. ¿Cómo se llama su mujer y qué edad tiene?

—Sara Dalmau. Cuarenta y dos años.

—¿Desde cuándo está desaparecida?

—El 1 de agosto no vino a dormir a casa. Y ya no ha vuelto a aparecer.

—¿Tenía alguna razón para desaparecer? ¿Un amante, quizás? —pregunto, aunque creo que he ido excesivamente al grano.

Giralt me mira y por primera vez noto una cierta expresión de enfado en su cara, que hasta ahora había permanecido neutra. Luego vuelve al estado normal.

—Por supuesto que no. Somos una familia normal, tenemos dos hijos...

—¿De qué edad?

—Bruno tiene doce años y Tito, casi ocho. No les falta de nada, y a Sara tampoco, por supuesto...

Se queda atascado en un pensamiento. Ha perdido el aplomo de antes, como si ya hubiera desatado la carga que soportaba y todo fuera inercia a partir de ahora.

—Ella nunca haría nada semejante, no, nada de eso, tiene que haber algo más. Es muy raro... Puede que la hayan secuestrado, obligado, forzado... ¿Cómo iba a querer abandonar a su familia? Por eso quiero que investiguen.

En este punto, experimento una mezcla de emociones. Estoy ante un caso digno de novela negra clásica, con mujer fatal incluida. Pero mi habitual prudencia me indica que vaya con pies de plomo. Por eso, hago la pregunta que cualquier detective del siglo XXI debería hacer:

—¿Ha acudido a la policía, señor Giralt?

—Sí.

—¿Y?

—Dicen que no hay caso.

—¿Por qué? ¿Tienen que pasar más días para dar por desaparecida a una persona?

—Consideran que la desaparición ha sido voluntaria, así que lo máximo que me han ofrecido es inscribir su nombre en el registro de personas desaparecidas. Dicho de otro modo, no van a mover ni un dedo.

—¿Y en qué indicios se basan para pensar eso? —pregunto sorprendido.

—Porque dejó una carta de despedida.

Ajá. Mi primer caso comienza a desinflarse nada más empezar. O ni eso, porque no ha durado ni cuatro preguntas. Mis esperanzas de tener un encargo que valga la pena empiezan a derretirse como un cucurucho de helado a pleno sol.

—Ya, entonces, la desaparición sí ha sido voluntaria...

—No —dice, y luego repite gritando—: ¡No!

Muevo intuitivamente la cabeza hacia atrás y la silla retrocede unos centímetros. La vuelvo a poner en su sitio sin que se note y pregunto:

—¿Qué le hace pensar eso?

—Me dejó una pista, una señal, una clave secreta... Esa carta no la pudo escribir ella —contesta Giralt recobrando la calma y arreglándose el nudo de la corbata, como si esa fuera su rutina para templar los ánimos. De hecho, la corbata a rayas verdes y azules ha permanecido siempre en la misma posición.

—¿Por qué? ¿Qué pista?

No me responde. En cambio, me entrega dos hojas fotocopiadas que contienen la carta escrita en Word, a doble espacio y tipografía neutra.

Óscar:
Agosto. Otro agosto más. Llegan las deseadas vacaciones y me vuelvo a preguntar si son realmente «deseadas». Y esta vez, la respuesta es inequívoca. No lo son. El calor en Barcelona es asfixiante, pero la perspectiva de cuatro semanas de vacaciones en la costa con vosotros, contigo y los niños, lo es todavía más. Y si voy un paso más allá, llega inevitablemente otra pregunta dolorosa y terrible, pero creo que honesta: ¿estoy satisfecha con mi vida? La respuesta estremece más que la pregunta en sí: no, no lo estoy en absoluto. Es más, te confesa-

ré que hace años que odio mi vida. Ahora esta sensación ha tomado forma y adquirido todo su sentido; he conseguido vislumbrar el futuro que quiero y estoy dispuesta a perseguirlo con todas mis fuerzas.

Confieso que, además de ser mala persona por causaros un daño terrible, soy también cobarde. Aunque llevaba mucho tiempo soñando con cambiar de vida, no me he atrevido a hacerlo hasta que no he encontrado un sólido punto de apoyo, alguien que ha sido capaz de darme una energía que ni siquiera sabía que existía dentro de mí. Alguien que, igual que yo, no se conforma con dejarse llevar por la corriente. Una persona que, como yo, no quiere resignarse y quiere VIVIR. *Sí, en mayúsculas y con todas sus consecuencias.*

Pero solo puedo hacerlo huyendo. Tengo que dejarlo todo, y eso significa dejarte a ti y a nuestros hijos. Un acto de terrible egoísmo, lo sé, pero también la única forma que tengo de no ahogarme, de no seguir haciéndome más pequeña en un mundo al que ya no quiero pertenecer más. Eres buena persona, Óscar, y un buen padre. Te quise hace tiempo, pero hace años que ya no. Quiero a Bruno y a Tito, y ha sido por ellos que he aguantado todos estos años. Ser madre era un argumento suficiente para resistir. «Hazlo por ellos», me decía una y otra vez. Pero ya no me sirve. O exploto o me anulo por completo si continuo así. Y no quiero, no.

De manera que me voy. Dejo esta ciudad, este país, este tipo de vida... Os dejo a ti y, con un sentimiento de culpabilidad inmenso, a nuestros hijos. Un día, con fuerzas renovadas volveré, y dedicaré el resto de mis días a compensarles, si me dejan. A ti solo te pido que me comprendas y, si puedes, me perdones. No te resignes, Óscar.

Enamórate de alguien, si puedes, de alguien mejor que yo. Y sé feliz.

Pero yo me voy, lejos de aquí. Quiero desaparecer, lo deseo con todas mis fuerzas. Y vivir, vivir de una vez. Por eso me atrevo a pedirte una cosa más: no me busques, cariño.

Lo siento mucho, aunque no te lo creas.

SARA

Leo la carta dos veces, colocándola encima de la mesa para que no se note que me tiemblan las manos. La primera, en diagonal, porque necesito llegar al final cuanto antes, como si esperara un desenlace revelador. La segunda, más despacio, para detectar esa clave oculta, aunque no logro distinguir nada extraño.

Es una putada, sí, pero parece claro que la tal Dalmau estaba harta de su vida. Se conforma hasta que se enamora de otro hombre, recupera las ganas de vivir y decide largarse. Levanto la vista de vez en cuando para observar las reacciones de Giralt, pero mantiene la mirada fija en las vistas, comprobando cómo la costa barcelonesa serpentea hasta desaparecer en algún punto del Maresme. O quizás no viendo absolutamente nada.

Hago ver que sigo leyendo la carta para planear mi siguiente paso. Me arreglo el flequillo por enésima vez y así gano algunos segundos más de reflexión.

El hombre ha acudido a la policía, y no le han hecho ni caso; ha visitado otras agencias y lo mismo. Parece lo bastante desesperado como para contratar a cualquiera que le preste un mínimo de atención, pero querrá mantener las formas. Y aquí es donde debería entrar en juego Recasens, a pesar de que no sé dónde voy a encontrarlo y, aún menos, cómo voy a convencerlo.

Sobre todo porque cuando le cuente la historia dirá que no es más que un marido despechado que se agarra a un clavo ardiendo para que su vida no se desmorone. Pero no quiero dejar escapar el que podría convertirse en mi primer caso.

Así que decido, aquí y ahora, que le creo. Que en esa carta que acabo de leer hay algo raro y que la hipótesis de que Sara Dalmau no ha desaparecido de forma voluntaria cuadra. O puede cuadrar. O existe una mínima posibilidad de que cuadre, vamos.

—Ha dicho que su mujer le había dejado una señal oculta... ¿A qué se refiere?

—*Cariño* —contesta Giralt, todavía concentrado en las vistas.

—¿*Cariño*? Perdone, no le entiendo —respondo, diciendo por primera vez en esta conversación algo que es cien por cien verdad.

—Porque se despide escribiendo «no me busques, cariño», y ella nunca me había llamado así antes. Nunca. De novios, hace ya mucho tiempo, nos reíamos de las parejas que utilizaban esta palabra, por cursis. Ahora tampoco me parece una palabra tan fea, pero desde entonces mantuvimos lo prometido: nunca la utilizamos. Ya casi no me acordaba, hasta que la vi escrita en la carta y me extrañó. No tiene sentido que la usara.

—*Cariño*, ya...

—Sí. Ella nunca escribiría eso, nunca... Estoy convencido —recalca, y me vuelve a parecer alguien realmente angustiado y sincero.

—¿Se lo explicó a la policía?

—Sí, pero ¿y qué? —responde, reflejando un cansancio aplastante—. Para ellos soy un marido desesperado que no acepta que su mujer lo haya abandonado. Incluso vino un psicólogo. Afirmó que era muy normal reaccionar de esta manera, negando la realidad. «O a lo mejor ha sido un calentón y vuelve pronto», dijo para animarme. Pero que, en todo caso, así es la vida... Ellos qué saben, ¿eh? ¿Qué coño saben? Seguramente me tomaron a broma, pero ella nunca me llamaba *cariño*, ¿por qué hacerlo ahora?

—Sin embargo, no ha recibido ninguna petición de rescate, ¿no? Nadie le ha exigido una recompensa a cambio de liberar a su mujer. ¿Por qué cree entonces que es un secuestro?

Pero el embrujo se rompe y no está dispuesto a exponerse más, posiblemente porque ya ha tenido que hacer frente a estas preguntas ante la policía. Se recompone de nuevo ajustándose la corbata, se levanta de la silla, se alisa el traje y me pregunta:

—¿Cree que el detective Recasens estará interesado en el caso?

—Sí —afirmo inmediatamente, aunque vuelvo a mentir—. Si me deja sus datos, yo le expongo el asunto y nos ponemos en contacto con usted lo más pronto posible.

—No quiero esperar más. Estoy de vacaciones, pero he aprovechado para realizar algunas gestiones. Tengo que hacer la última aquí cerca y luego comeré cualquier cosa. A las cuatro volveré. Si no está el señor Recasens, entenderé que no les interesa tenerme como cliente ni tampoco el cheque que pondré sobre la mesa. Gracias por su tiempo.

—Aquí estaremos a las cuatro en punto, no lo dude.

Lo acompaño hasta la puerta, me despido y entonces empiezo a temblar como un flan, pero no como uno de supermercado, sino de esos de pastelería que pesan un kilo. Al mismo tiempo estoy eufórico, con un subidón brutal.

Respiro varias veces profundamente para dejar que el aire descienda hasta el diafragma y así calmarme un poco, porque no puedo pensar. Y necesito pensar para averiguar cómo encontrar a Recasens, convencerle de aceptar el caso, volver a la agencia y reunirnos de nuevo con el cliente.

Me calmo, aunque no lo suficiente como para trazar un plan coherente.

Me calmo un poco más y dejo de temblar.

Miro el móvil para comprobar qué hora es y veo que mis amigos me han estado enviando un montón de mensajes pidiéndome que bajara a la playa, fotos haciendo el gilipollas y una amenaza: «Si no bajas ya, no vuelvas a hablarnos en tu puta vida».

No me preocupa porque sé que es mentira, así que vuelvo a centrarme en lo que importa. ¿Cómo encuentro a Recasens? No tendrá móvil, pero sí una casa donde caerse muerto y, por lo tanto, esa reliquia del pasado llamada *teléfono fijo*.

Echo un vistazo a todas las mesas hasta que encuentro una pequeña agenda roja, que imagino que pertenece a Manolo, porque es el único lo suficientemente viejo para usar una. Pero por la R no aparece ningún Recasens. Y como no sé su nombre de pila, no tengo por dónde seguir buscando. Pienso en llamar a la jefa, pero se pondría hecha una furia y me obligaría a sugerir al cliente que volviera en septiembre.

Solo me queda una opción: salir pitando y buscarlo en alguno de los múltiples bares de la Barceloneta. Mi primer caso puede morirse a las primeras de cambio porque al cabrón de Recasens no le apetece tener móvil. En el exterior debemos de estar a treinta grados, con una humedad relativa del setenta y cinco por ciento y, por lo tanto, una sensación térmica de treinta y seis grados. Las condiciones ideales para pegarse una carrerita.

7

Pulso el botón del ascensor y, como no podía ser de otra manera, tarda una eternidad en llegar. Así que espero su aparición dando vueltas por el pasillo para no pensar. Porque en situaciones así, cuando las cosas se escapan de mi control, prefiero no pensar.

Desgraciadamente, la inseguridad solo necesita unas milésimas de segundo para hacerse con el control de mi cerebro. Es como la bomba que un terrorista deja en una papelera y pasa desapercibida hasta que explota y arrasa con todo. Entonces resuenan voces en mi cabeza que me exigen que no me meta en líos. Que mejor decirle a Giralt que lo siento, pero que no le puedo ayudar... Que me quede a salvo en mi caparazón.

De hecho, no creo que «voces en la cabeza» sea la definición correcta, porque estaríamos hablando de esquizofrenia. No, lo mío no procede de ninguna enfermedad mental, sino que es algo que resuena en todo mi cuerpo, que está presente en mi aparato digestivo, en mis músculos y tejidos, en mis venas y arterias y en mi corazón, que ahora bombea más rápido de lo habitual. La adrenalina acumulada ha desaparecido y empiezo a convencerme de que no vale la pena. Que acabaré herido, humillado, destrozado...

Se abre la puerta del ascensor y me quedo paralizado, esperando a que se cierre de nuevo. Pero de dentro aparece una cabeza repeinada que me pregunta impaciente:

—¿Subes o no, chaval? Que no tengo todo el día.

Y como me costaría más explicar que no, que todo ha sido un error, subo.

Nada más salir del edificio, corro a la parada del Bicing que está enfrente, que a estas horas está repleta con las bicis de todos los que han ido a pasar el día en la playa. Acerco mi tarjeta de usuario al lector, tomo la bicicleta indicada sin ni siquiera ajustar el sillín y salgo pedaleando a toda prisa hacia la Barceloneta, sorteando turistas, haciendo oídos sordos a las quejas de los peatones locales y, por si fuera poco, buscando zonas de sombra para no desmayarme por el esfuerzo físico.

Recorro todo el paseo marítimo levantado sobre los pedales, como en un esprint de final de etapa del Tour de Francia. Jadeo, sudo como un cerdo y la cadena emite un chirrido irritante por la falta de grasa. Quiero dejar la bici en la estación situada antes de llegar al paseo de Juan de Borbón, pero está llena. Típico. Así que sigo pedaleando y me adentro en las callejuelas de la Barceloneta en busca del bar de las dos puertas. Lo bueno de todo este ejercicio es que apenas me llega oxígeno a la cabeza, así que no hago lo que suelo hacer en estos casos: dudar.

Aparco la bici junto al local, no muy bien apoyada a la pared porque enseguida se cae. La dejo allí, cruzo el umbral y digo en voz alta:

—Reca... ah, ah, buff... está... ah, aggg, Recasens, cof, hhhh.

El camarero de dentadura amarillenta me mira sorprendido. Luego levanta las cejas con indulgencia como si ya estuviera acostumbrado a numeritos excéntricos.

—Respira, coño, que te va a coger un tabardillo. Cómo suben los chavales hoy en día, siempre con prisas —sentencia mirando a los parroquianos de siempre, allí sentados frente a una cerveza viendo pasar la vida.

—A lo mejor es de esos que se pasan todo el día haciendo *futin* —aventura uno de ellos.

—No, que ahora se llama *ranin*, me lo dijo mi sobrina —contesta otro.

—¡Qué coño vas a saber tú! —replica el primero.

—Recasens —grito yo—. ¿Dónde está Recasens?

—Aquí no, James Bond.

—Eso ya lo veo. ¿Dónde puede estar? ¡Es muy urgente!

Entonces todos se miran en base a ese código oculto que funciona en los mejores clanes para decidir si soy de fiar o no. Si van a hablar o se impone la *omertà*.

—¿Para qué lo buscas? —me pregunta el camarero, precavido.

—Una cuestión de trabajo, en la agencia, ha surgido algo importante —respondo todavía con la respiración entrecortada, el polo chorreando y mareado por el calor.

Se encoge de hombros y dice:

—Prueba en la Cova Fumada.

—O en la Electricitat —dice otro.

—O en el Jai-Ca —añade el parroquiano del *ranin*.

—O en el Vaso de Oro —sugiere uno que aún no había hablado.

—O en la Cofradía de Pescadores.

—No, allí ya no va, que se ha llenado de turistas —corrige el camarero—. Es la hora del vermut, así que en algún lado estará. Bueno es el Recasens.

No me he quedado con ningún nombre, como cuando te presentan a varias personas a la vez en una fiesta. Excepto el de la Cova Fumada, cómo olvidarse de ella... Salgo hacia allí con la bici, a pesar de que la cabeza me da vueltas. No tardo ni treinta segundos, aunque pierdo un par de minutos tratando de sortear a la gente que se acumula a la entrada. Una vez dentro, los clientes se apartan enseguida, ya que sigo asquerosamente sudado. Echo un vistazo a las mesas, pero no está. Le pregunto al dueño a gritos si Recasens ha pasado por aquí. Solo recibo un escueto *no* por respuesta.

No hay manera de recordar el resto de nombres, hasta que miro al otro lado de la plaza y veo el bar Electricitat. Nueva carrera en bici y nuevo caracoleo entre las personas que esperan mesa. Este local es más espacioso, pero también está atestado de gente, tanto en la barra que queda a la izquierda como en las mesas. Aquí la cosa va más de conservas: anchoas, boquerones, gambas y una ensaladilla de cangrejo que no pinta nada mal... Eso sí, tampoco veo a Recasens. Busco al camarero más veterano y le pregunto si lo ha visto, dando por supuesto que lo conoce. Su respuesta se limita a un movimiento negativo con la cabeza.

Salgo de allí y al mareo se le suman las ganas de vomitar. Me repongo como puedo y saco el móvil para escribir en el buscador algo así como: «Bares más auténticos de la Barceloneta». Después de la espera de rigor y del consumo de datos que me dejará seco en los próximos días, Google me recuerda otro de los nombres de la lista: el Jai-Ca, situado detrás del mercado, en la calle de Ginebra. No sé si se trata de un homenaje a la ciudad, a la esposa del rey Arturo o al destilado, aunque ahora mismo me da igual.

Bici, esprint y llegada a este bar de tapas que se ha reproducido y ocupa diversos locales. Pero, de nuevo, el resultado es insatisfactorio y, encima, necesito sentarme a la sombra porque estoy a punto de desmayarme. Me falta el aire, sigo mareado, apesto a sudor y mis cuádriceps me maldicen por el esfuerzo.

Necesito parar.

Necesito agua y compro una botella en el colmado de la esquina.

Necesito tumbarme y lo hago en un banco. Es peor, porque la cabeza aún me da más vueltas, así que me siento.

Necesito apuntarme a un gimnasio.

Cuando me levanto para dirigirme a la plaza del mercado, las piernas me pesan. En vez de subir a la bici la arrastro. Empiezo a ver las cosas más claras y asumo que tenía pocas posibilidades de encontrar a Recasens. Mi cabeza me regaña con un odioso «te lo dije», pero luego añade, compadecida: «Has hecho todo lo posible; puedes estar contento».

Eso no me consuela porque realmente me había ilusionado con la posibilidad de estrenarme como detective. Como alguien me vuelva a decir que «tienes que perseguir tus sueños» lo enviaré directamente a la mierda. «A la mierda, joder», grito, aunque no hay nadie cerca para escucharme.

Entonces alzo la vista y distingo en la otra punta de la plaza, en el lado mar, una figura alta, algo desgarbada, con los hombros caídos, que se abre paso entre la gente mientras carga una bolsa de la compra en cada mano. Si no es Recasens es su hermano gemelo. No he sudado a mares para rajarme ahora, así que me subo de nuevo a la bici para el esprint final. Pedaleo tan rápido como puedo olvidándome del dolor de piernas, entro a la parte no asfaltada de la plaza, lo adelanto por la derecha y derrapo levantando más polvo del deseado. Recasens no se sobresalta, solamente me mira con fiereza y escupe:

—*Però què collons?*

—Un, un ex-pe-dien-te —respondo con la respiración entrecortada.

—¿Qué dices? —pregunta mientras deja las bolsas de la compra en el suelo para encender un Ducados, a la vez que mira a su alrededor como si temiese que en el barrio le vean con un niñato como yo—. Ya hablas como Marina del Duque. ¿Un caso?

—Sí eso… Un cliente ha venido a la agencia, dice que su mujer ha desaparecido y quiere que la busquemos. ¡Recasens, un caso de verdad! Podría tratarse de un secuestro. El tío está desesperado y seguro que nos contrata si mostramos interés. Pero te tienes que reunir con él, porque pasa de becarios. He conseguido que al menos me enseñara la carta —resumo de forma atolondrada e imprecisa.

—¿Carta, qué carta?

—La carta de despedida que ella le dejó con un mensaje en clave, que solamente pudiera entender él. ¿Lo pillas? Alguien secuestra a la mujer y le obliga a redactar una carta de despedida para que su marido piense que se ha fugado con un amante, pero ella desliza un código secreto. Es imposible que los secuestradores se den cuenta pero él lo capta enseguida. Y acude a nosotros para que le ayudemos.

—¿Qué mensaje en clave?

—*Cariño*.

—¿*Cariño*?

—Sí, *cariño*. El cliente asegura que nunca le ha llamado así. En cambio, su mujer se despide escribiendo «no me busques, cariño». ¡Por eso no puede haberla escrito ella! —exclamo entusiasmado, porque me parece que el asunto está más que claro.

—Si es así, ¿por qué los secuestradores quieren hacer creer al marido que ella se ha marchado por voluntad propia? La clave de un secuestro es que el interesado lo sepa y pague un rescate, ¿no, *nano*? —replica mientras saluda a un tipo con camiseta de tirantes que pasa a su lado.

—Ehhh, bueno, no sé... Pero algo raro hay, seguro. La cuestión es que quiere que encontremos a su mujer y a eso nos dedicamos, ¿no? Si no tengo mal entendido somos detectives privados... ¡Pues investiguemos!

—¿Ha ido a la policía?

—Sí, pero no le han hecho ni caso. Creen que la desaparición ha sido voluntaria.

—¿Y por qué nosotros deberíamos creer lo contrario?

—Pues porque sí. ¿Para qué va a contratar a unos detectives si está mintiendo?

—La gente miente, *nano*. No una o dos veces al día, sino continuamente. La clave pasa por saber encontrar esa mentira. Tu cliente desesperado, por ejemplo, ¿miente de buenas a primeras? La mujer se ha fugado y no quiere que su marido la encuentre, así que este se inventa la carta de despedida y toda la historia del *cariño* para convencer a algún pringado para que le haga el trabajo sucio. Y así poder vengarse de ella. O del amante.

—No creo que...

—A lo mejor la carta es real, pero no la clave oculta. O quizás ella, con las prisas y los nervios, escribe *cariño* sin darse cuenta, porque en ese momento lo que menos le importa es cómo se dirige a su marido, al que quizás odia o, como mínimo, aborrece. Supongo que te ha asegurado que formaban una familia feliz, que todo iba como la seda y que no entiende que ella haya desaparecido, ¿acierto?

—Ehh, sí, con dos hijos y ningún problema aparente.

—De cuento de hadas, ¿eh? Puede ser que mienta en este punto, que no fueran en absoluto felices, pero no quiere quedarse colgado con los dos hijos. Y por eso se inventa el cuento del marido preocupado y triste.

—Joder, Recasens, o a lo mejor dice la verdad, supongo que habrá alguien en este puto mundo que la diga, ¿no? —replico enfadado.

—Quizás sí —concede, aunque vuelve a coger las bolsas de la compra—. Pero no es asunto nuestro. Tienes órdenes de no aceptar ningún caso. Como ya te dije, haz lo que quieras, pero a mí no me toques las pelotas.

Esto último lo dice ya sin mirarme, porque ha empezado a caminar y se aleja a paso tranquilo, logrando con una sola mirada que un grupo de turistas sin camiseta y lata de cerveza en mano se aparten de su camino.

Yo echo humo por todos los poros de mi piel, y no solo porque me pasa factura el esfuerzo físico, sino porque en mi interior hiervo de rabia. Es muy injusto. ¿Qué coño le importará a él? ¿No se da cuenta de lo que significa para mí? Y también para él, dicho sea de paso, porque salta a la vista que necesita algo de motivación. Aprovecho que al enfadarme me olvido de la inseguridad, lanzo la bici contra el suelo y salgo corriendo tras él dando un rodeo alrededor de esos turistas que antes se habían apartado como las aguas ante Moisés.

—¡Vete a la mierda! —grito—. No te he pedido nunca nada, no te he vuelto a molestar y no pienso chivarme de tus faltas. Pero ha venido un cliente y quiere reunirse contigo. Ven, escúchale y entonces decide. Yo asumiré todo el trabajo. A lo mejor estamos ante un caso importante. Total, ¿qué perdemos? Yo no estoy haciendo nada de provecho, solo malgastando el verano. ¿Y tú?

Recasens se detiene pero sigue callado; me mira primero con indignación, luego con condescendencia y finalmente como si fuera un caso perdido.

—Vete a la agencia, haz tus horas y después sal a divertirte. Y no quieras jugar a ser detective, porque las cosas no son como crees. Este oficio ya no vale la pena. *Apa, adéu*.

Me quedo callado, con lágrimas en los ojos y totalmente ajeno a lo que me rodea, porque grito más de lo que he gritado nunca a nadie:

—¿Quién coño eres, Recasens? ¿A qué te dedicas en realidad en la agencia? ¿Por qué te mantiene allí la duquesa, qué sabes de ella? ¿Has sido alguna vez detective o ni eso? Apuesto a que no, y que lo único que sabes hacer es despreciar a todo el mundo. ¿Dónde está tu mentira, eh, dónde?

—¿Y la tuya? —replica sin levantar la voz.

—¡Yo no miento, joder! Llevo soñando toda la vida con ser detective y ahora que lo consigo, resulta que todo es una puta mierda. Que solo se aceptan los casos fáciles o aquellos que dan mucho dinero. Que no hay ética ni sentido de la justicia. Que todo se reduce a colocar un micro en un florero. ¿Es eso lo que me espera? Porque entonces lo dejo ahora mismo y me pongo a trabajar sirviendo paellas a los guiris.

—Vaya, no me imaginaba que tenías huevos —sentencia Recasens, con una cara que bien podría ser un bloque de hormigón. Luego, lentamente, rompe la dureza de su expresión con una sonrisa ambigua que todavía me incomoda más y pregunta—: ¿A qué hora es esa reunión?

—Esta tarde, a las cuatro —balbuceo.

—Allí estaré, pero tú respira, cálmate y vete a casa a cambiar, porque parece que hayas corrido el maldito maratón.

Le doy las gracias, confundido y asombrado por el giro de los acontecimientos. No puede oírme porque me ha dado la espalda y ha empezado a alejarse.

Recorro el camino contrario para recoger la bici que, ahora me doy cuenta, he dejado tirada en medio de la plaza. No queda ni rastro de ella; ha desaparecido, como la misma Sara Dalmau. En este caso no hay carta de despedida, pero sí habrá rescate: la multa de ciento cincuenta euros que me endiñará el Ayuntamiento de Barcelona, acompañada de la desactivación temporal de la tarjeta del Bicing. Ya me preocuparé de eso luego, porque ahora tengo cosas más importantes que hacer.

—Pase, por favor, señor Giralt. Le estábamos esperando.

Soy yo quien le estaba esperando, de hecho. Solo yo, porque Recasens todavía no se ha dignado aparecer.

En menos de una hora he podido ir a casa, cambiarme, comerme un bocadillo de lomo con queso, volver, preparar la sala de reuniones con tres botellines de agua y sus respectivos vasos, coger libreta y bolígrafo, cargar el móvil para grabar la conversación y prepararme dos cafés con las cápsulas que aún quedan.

Digo que *aún quedan* porque están a punto de terminarse. Supongo que quien se encarga del suministro no pensó en que el becario pudiera necesitar una ayuda extra para soportar el soporífero verano. Aunque si ahora requiero una dosis doble de cafeína es para poder seguir interpretando el papel de detective seguro de sí mismo, resolutivo y eficaz. Quizás necesitaría una droga algo más dura, pero no tengo otra cosa a mano.

—¿Ha podido venir el detective en jefe, tal y como me había prometido?

—Sí, por supuesto, señor Giralt. Ya he tratado con él la información preliminar y ahora le formularemos algunas preguntas más para asegurarnos de que hemos entendido bien la situación.

—De acuerdo, ¿y dónde está? —pregunta mirando a banda y banda.

—Está terminando de hablar por teléfono —miento, mientras lo acompaño a la sala de reuniones—. Siéntese, por favor. Le ha surgido un asunto de última ahora, así que me ha pedido que le disculpe. De todas maneras, voy a avisarle. ¿Quiere un café?

Niega con la cabeza, sin mirarme. Vuelve a estar absorto en las vistas, como si esperara encontrar a su mujer a bordo de cualquier barquito.

Lo dejo así y me dirijo hacia la salida, a ver si por casualidad aparece la sonrisa lobuna de Recasens. Pero nada. Me quedo un rato mirando los ascensores, que están tan parados como un velero en un día de calma chicha. Doy un vistazo al reloj del móvil y veo que pasan ya diez minutos de la hora. Dedico unos cuantos segundos a odiar a ese decrépito, solitario y despreciable ser que es Recasens, y a repetirme a mí mismo que es imposible que toda esta historia salga bien.

Pero, a pesar de que la ansiedad está conquistando cada centímetro de mi cuerpo como si fuera un ejército de zombis enfurecido, decido que venderé cara la derrota. Los cafés han recargado mis reservas energéticas y me preparo para pronunciar un discurso épico y emotivo que dejará sin aliento a Giralt.

Gano tiempo fingiendo que consulto unos papeles, me arreglo el flequillo, cruzo la agencia a paso firme y, nada más atravesar la puerta de la sala de reuniones, suelto:

—Vamos a encontrar a su mujer, no tenga ninguna

duda. Y lo mejor es que me encargue yo mismo, porque pienso remover hasta la última piedra para...

—Por supuesto que sí —me corta una voz a mi espalda, así que no puede ser la de Giralt, quien no ha movido un solo músculo durante mi introducción—. Usted debe de ser el señor Óscar Giralt.

—Y usted, el detective en jefe Recasens.

—Así es —asiente mientras me lanza una mirada irónica por su repentino ascenso jerárquico—. Cuéntenos su historia punto por punto, sin escatimar ningún detalle.

—Entonces, ¿aceptan el caso?

—Aún no. Primero valoraremos la situación y luego le propondremos un enfoque previo, para ver si responde a sus expectativas. Porque una vez que el acuerdo esté firmado necesitaremos libertad total. Se le informará periódicamente de los resultados, pero de nada más. Es así como trabajamos, ¿lo entiende? —dice Recasens, y yo me pregunto qué pensaría la duquesa de esta metodología tan innovadora.

—Por supuesto —afirma, aunque juraría que su instinto negociador ha vuelto a activarse, ya que el contrincante actual mejora con creces al simple becario.

—De acuerdo. Mi colega Viassolo le hará algunas preguntas más.

Así, sin previo aviso, me lanza a los pies de los caballos. He estado tan pendiente de buscar a Recasens por toda la Barceloneta y de luego llegar a tiempo a la cita que ni siquiera he tenido tiempo de reflexionar sobre el tema. Por suerte, mi imaginación fluye sin diques de contención, así que no me cuesta hilvanar cuatro ideas. Exponerlas en público, ante un cliente exigente y un compañero que disfruta con la incomodidad ajena, eso ya es otra historia.

Respiro hondo y recuerdo una de las pocas cosas útiles que se aprenden en el primer curso de Periodismo: las *cinco W*, es decir, aquellas preguntas que deben quedar contestadas en el primer párrafo de una noticia (en inglés comienzan todas por la letra W). Eso antes de que internet hiciera saltar por los aires cualquier norma. En castellano son *qué, quién, cuándo, dónde* y *por qué*, a las que se puede añadir una sexta: *cómo*. Y en ellas me voy a basar para salir airoso de este aprieto, siempre y cuando sea capaz de proyectar la voz, mirar a los ojos del cliente y no atascarme cada dos por tres.

—Bien, veamos —empiezo y, tras una pausa teatral, prosigo—: El *qué* y el *cuándo* están claros: Sara Dalmau desapareció el 1 de agosto dejando una nota de despedida que, sin embargo, su marido considera falsa o, como mínimo, sospechosa. El hecho de que se despidiera utilizando el término *cariño* sorprende al señor Giralt, ya que su mujer nunca se había dirigido a él de esta manera. El matrimonio tiene dos hijos, de doce y...

—Doce y ocho años —completa él, aunque estaba a punto de acordarme.

—Sí, doce y ocho, gracias. Según comenta el señor Giralt, no había ningún motivo que justificara la decisión de la señora Dalmau. Forman una familia normal y feliz, con una buena posición y sin problemas económicos.

—¿Realmente eran felices? —pregunta de repente Recasens, seco y áspero como una lija.

—¿Qué quiere decir? —repone Giralt irguiéndose en la silla.

—La felicidad suele ser un concepto relativo. Usted puede ser feliz y su pareja, en cambio, sentirse muy desgraciada. ¿Seguían enamorados? Supongo que no, nadie lo está después de… ¿Cuántos años juntos?

—Quince años. Nos casamos cuando ella tenía veintisiete y yo treinta, tras un año de noviazgo.

—Ya… ¿Y cómo definiría su situación actual como pareja? —continúa Recasens.

—Pues como todas… —responde, cada vez más mosqueado—. Con hijos, trabajo de responsabilidad, padres que ya son mayores… Queda poco tiempo para estar a solas con tu pareja. Y te vas conformando. Supongo que a usted también le pasa, ¿no?

Recasens no parece darse por aludido, así que Giralt continúa:

—Nuestro sueño fue siempre formar una familia y criar a nuestros hijos con amor y responsabilidad. Cosa que hemos hecho, y que disfrutamos a cada segundo. Esto es… era… es lo que nos aporta felicidad. Tenemos más que suficiente, y Sara no renunciaría a ello por nada del mundo.

—Entiendo, prosigue Viassolo, por favor.

«Prosigue», dice, como si fuera tan fácil ahora que he perdido el hilo. En fin. En la hoja en la que he escrito mis notas he tachado el *qué* y el *cuándo*. Voy a por el *quién*.

—Bien, señor Giralt. ¿A qué se dedicaba, ejem, a qué se dedica su mujer, aparte de criar a sus hijos? ¿Trabajo? ¿Aficiones? ¿Proyectos de futuro?

—Mi mujer quiso ser bailarina de ballet clásico y por eso se mudó a Londres nada más acabar el instituto. Lo intentó, pero para triunfar se necesita constancia y sacrificio, además de un talento especial. Participó en alguna obra como parte del cuerpo de baile, pero un día se dio cuenta de que nunca pasaría de ese nivel.

—¿Y entonces volvió a Barcelona? —pregunto para apuntarme un pequeño tanto.

—Sí, volvió a casa de sus padres, sin un futuro claro por delante. Su familia, por supuesto, no iba a dejar que le faltara de nada. Le ofrecieron pagarle una carrera, pero entonces nos conocimos y ella no tuvo ganas. Se sentía más a gusto dando clases de ballet a niñas. Además, queríamos formar una familia sin esperar demasiado y ella se volcó en nuestros hijos. Cuando ya fueron algo mayores, comenzó a trabajar en un *showroom* de...

—¿Un *showroom*? —salta Recasens, al que veo sorprendido por primera vez. Creo que piensa que se trata de un espectáculo de estriptís o algo así.

—Sí, una tienda de moda, en la Bonanova. Es de una amiga suya de la infancia y Sara la ayuda por las mañanas. Una vez quiso fundar una marca de ropa de baile, pero no se atrevió a dar el paso. Nunca volvió a sacar el tema. Ahora se dedicaba a ir a clases de yoga y al gimnasio un par de tardes. También se había aficionado a colgar fotos en internet. Se encontraba bien, íbamos a pasar el verano en la casa de mis padres de la Costa Brava... No tenía ningún motivo para abandonarnos —asegura Giralt, aunque incluso yo noto una inflexión de la voz en la última frase, como si se tratara más de un deseo que de una certeza.

—¿Nos puede enseñar alguna foto de su mujer? —pregunto enseguida para que no se deje llevar por la tristeza y pierda las ganas de hablar.

Según los cánones clásicos, el cliente tendría que sacar

ahora del bolsillo interior de su americana una fotografía en papel, tomada en un estudio profesional, en la que la protagonista irradiaría belleza y misterio. Pero estamos en pleno siglo XXI, por lo que desbloquea su móvil y nos muestra una batería de fotografías no demasiado enfocadas y bastante mal encuadradas de su mujer, acompañada de sus hijos.

Rubia natural, pero de tono apagado. Se peina con un moño bajo, aparentemente informal, aunque con cada pelo en su sitio. Delgada y lánguida, con un punto frágil, aunque también altivo. Pose de *prima ballerina*, sin duda. Nunca sale riendo, sino con una escueta y me atrevería a decir que melancólica sonrisa. Quizás no tiene motivos para reír a carcajadas o simplemente es así. De todos modos, no hace falta ser psicólogo para comprender que se trata de una persona con tendencia a reprimir sus instintos o, como mínimo, que le cuesta soltarse.

—¿Y usted, señor Giralt, cómo se definiría? —pregunta Recasens, apoyado en una de las estanterías bajas de la sala, a mi espalda.

—Pues una persona normal —responde dubitativo, como si fuera una pregunta demasiado profunda—. Soy director financiero en Smart Capitals, una multinacional especializada en inversión y capital riesgo. Pero no soy el típico ejecutivo agresivo que se olvida de la familia, al contrario, mis hijos son mi prioridad. Siempre lo han sido. Todo el tiempo libre que tengo se lo dedico a ellos…, y a mi mujer, por supuesto.

Seguramente cruza por su cabeza un pensamiento importante, porque se detiene. Luego sigue adelante:

—Un padre de familia, eso soy. Me gano bien la vida pero el trabajo no es mi motivación principal y tampoco tengo grandes ambiciones, como muchos otros en la empresa. Mi mujer e hijos son lo más importante —concluye, visiblemente emocionado, pero evitando cualquier drama.

Se produce otro silencio. Me vuelvo para ver si Recasens toma la palabra, pero está mirando fijamente a Giralt con sus ojos de lobo astuto, algo irónicos. No me parece que quiera preguntar nada más. Giralt, a su vez, ha vuelto a fijar su vista en algún punto indefinido del Mediterráneo. Así que me apresuro a poner fin a esta situación incómoda, sobre todo para mí, porque a los otros dos no parece que les importe:

—Bien, sigamos, emmm. Llegamos a los puntos clave, el *cómo* y el *porqué*. Sara Dalmau desaparece dejando una nota de despedida que parece falsa. Según mi punto de vista, podemos movernos entre dos hipótesis opuestas: ha desaparecido voluntariamente o ha sido forzada a ello, cosa que explicaría el porqué de esa señal oculta en la carta. Si aceptamos esto último, deberíamos profundizar en quién la ha obligado, de qué manera, con qué objetivo, qué quiere a cambio y cuándo dará alguna señal —enumero.

—Por supuesto que la han obligado, no sé cómo ni por qué, pero no puede haber otra explicación —recalca Giralt, sin mirarnos a los ojos.

—Sí, siempre puede haber otra explicación —interviene Recasens—. ¿Sabe cuántas personas desaparecen al año en España? Unas veinte mil. La mayoría aparecen a las dos semanas, porque se arrepienten, se les acaba el dinero o las encuentran desorientadas en una esquina. Menos del uno por ciento resulta estar muerta. Del siete por ciento no se vuelve a tener noticias nunca. ¿Sabe por qué? Porque es lo que quieren. Usted sospecha que han secuestrado a su mujer, pero nadie le ha pedido un rescate, ¿me equivoco?

Giralt niega con la cabeza.

—¿Tiene su mujer enemigos? ¿O usted? —continúa Recasens.

—No, no… bueno, no creo, no —responde Giralt, confundido.

—¿Qué ha hecho hasta ahora para buscar a su mujer?

—Llamo varias veces al día a su móvil, pero siempre está apagado. Le he enviado correos electrónicos. He hablado con sus amistades y conocidos sin levantar sospechas.

—¿Sin levantar sospechas?

—¡No me apetece que toda Barcelona sepa que mi mujer nos ha abandonado!

—Entonces, ¿cree que los ha abandonado?

—No he querido decir eso —replica con rabia Giralt—. ¿A qué está jugando?

—Perdone, estamos intentando descartar todas las posibilidades —intervengo yo—. Es el procedimiento habitual, no se ofenda, por favor.

—No me ofendo, pero no puedo perder más el tiempo. ¿Entiendo que no quieren aceptar el caso? —pregunta desafiante.

Final del trayecto. Recasens dirá que no, Giralt se marchará hecho una furia y yo me pasaré el resto del verano preguntándome si vale la pena querer ser detective. Quizás lo mejor sería que buscara un trabajo decente. Pero ¿existe algo así? Entre los contratos temporales y los sueldos de mierda, creo que ya no.

A todo esto, debería empezar a acostumbrarme a la

imprevisibilidad de Recasens porque, contra todo pronóstico, proclama:
—Al contrario, lo aceptamos gustosamente.
—¿Sí? —preguntamos Giralt y yo al unísono.
—De forma preliminar, al menos. Opino que su mujer se ha largado porque así lo ha querido, pero admito que el detalle de la carta no acaba de cuadrar. Y eso me intriga. Déjenos que investiguemos un poco, y nos volvemos a poner en contacto.
—¿No firmamos un contrato? ¿Y qué hay de sus honorarios? Me gusta hacer las cosas bien.
—No se preocupe, no queremos que pierda su tiempo ni su dinero. Vuelva en una semana y le informaremos de nuestros avances. Si seguimos adelante, hablaremos de las tarifas. Las podrá pagar, tranquilo. Si el caso no tiene recorrido, le entregaremos un breve informe gratis. Y yo mismo le recomendaré otra agencia de detectives a la que no le importe venderle humo.
—Acepte al menos este avance para gastos —sugiere Giralt, y deja un sobre blanco encima de la mesa, además de su tarjeta de visita.
Recasens asiente y dice:
—Nos vemos la semana que viene, señor Giralt. Mi colega Viassolo se pondrá en contacto con usted para recabar algunos datos más. ¿Se quedará en Barcelona?
—Sí, mis hijos están con sus abuelos.
—Perfecto. Lo acompañamos a la puerta.
Soy yo quien lo acompaña, aunque no cruzamos palabra hasta que se abren las puertas del ascensor. Giralt entra y me confiesa:
—Todo esto es muy importante para mí. Necesito que se lo tomen en serio.

Respondo que también es muy importante para mí, pero las puertas se cierran y no puede escucharme. Vuelvo eufórico y encuentro a Recasens mirando a través de los ventanales, con las piernas juntas y las manos a la espalda, balanceando rítmicamente el cuerpo.

—¡Pinta bien, ¿eh?! ¿Por dónde empezamos, nos reunimos para trazar un plan? A ver el sobre... ¿Cuánto hay? —pregunto sobreexcitado mientras pongo el sobre a trasluz, lo que me permite adivinar que en su interior reposa un billete de quinientos euros sin estrenar, tan fresco y reluciente como una acuarela recién pintada.

—El sobre... —exige Recasens mientras extiende la palma de la mano.

Temo que se lo vaya a guardar; en cambio, se dirige al despacho de la duquesa y lo coloca debajo del teclado. También tumba boca abajo la fotografía del tipo con pinta de malas pulgas. Luego cierra la puerta con llave.

—Ese sobre, de momento, ni tocarlo.

—Vale, Recasens, me queda claro. ¿Y ahora qué hacemos?

—Yo no voy a hacer nada. Es tu caso. Tú mismo.

—¡Si no sé ni por dónde empezar!

—Espabila, nos vemos la semana que viene un rato antes de la reunión con Giralt y me explicas tus progresos. Investiga, pregunta, observa, profundiza... Ya sabes. Ah, y abre una ficha de investigación, para empezar. A nuestra jefa le encanta el papeleo.

Y se larga sin más, dejándome con la palabra en la boca, lágrimas en los ojos, el flequillo hecho un desastre y una vocecilla cruel en mi cerebro repitiendo: «No estarás a la altura, no estarás a la altura, no estarás a la altura»...

9

Ahora soy yo el que se queda observando las vistas, como si el mar bañado por la luz dorada de la tarde fuera una bálsamo contra las preocupaciones.

En realidad, pienso que Recasens es un hijo de puta por dejarme tirado. Pero, si me fijo bien, la jugada no ha sido tan mala: ha conseguido una semana de margen para que yo pueda comenzar a investigar. Si todo resulta un invento, diremos al cliente que no aceptamos el caso. Sin compromiso, sin contrato y sin molestar a la duquesa.

Si, en cambio, descubro algo que merezca la pena, él tomará las riendas y activará todos los procedimientos. En este caso, incluso cabe la posibilidad de que me contraten como autónomo al acabar las prácticas, porque me temo que no me ofrecerían un puesto indefinido ni aunque encontrara el Santo Grial. Aunque, claro, todo depende de que un servidor, sin experiencia ni apoyo externo, averigüe algo en una semana en la que cualquier bicho viviente estará de vacaciones o abatido por el calor agobiante. Así que quizás Recasens no sea un hijo de puta, pero sí un cabrón y un mamonazo.

Una vez aclarado este punto, llamo al vigilante para

avisarle de que estaré toda la tarde en la agencia y vacío de un trago el botellín de agua de Giralt que él no había ni tocado. Vuelvo a mi mesa y trato de apuntar en una libreta los próximos pasos a seguir, pero los nervios no me dejan pensar con claridad. Lo dejo para luego y me refugio en lo único seguro, estable y permanente que tenemos los llamados *millennials*: internet.

Busco a Sara Dalmau en Facebook. Tiene el acceso cerrado, así que tendré que preguntar al marido si sabe la contraseña. Le envío una solicitud de amistad, por si acaso. Luego compruebo si tiene Twitter o Linked-In, pero no. Recuerdo que Giralt ha dicho que su mujer se había aficionado a colgar fotos y pruebo suerte en Instagram. La tengo. Localizo su cuenta (@SarettaDalmau) y me encuentro con una sucesión de selfis, siempre con una sonrisa melancólica en los labios y esa sensación de languidez, como si los efectos de la gravedad no actuaran sobre su cuerpo. Parece que en vez de pisar tierra firme flotara sobre un escenario donde se interpreta *El lago de los cisnes* eternamente.

Repaso su perfil y veo que cuelga más o menos una foto a la semana, así que no estamos ante ninguna adicta. Aunque no hay duda de que está pidiendo a gritos un poco de atención.

La última foto corresponde al 25 de julio y, curiosamente, es de las pocas en las que ella no aparece de cuerpo entero. Es una imagen tomada en una playa, muy cerca de la orilla, y en la arena mojada ha dibujado con el dedo dos símbolos iguales, que no reconozco:

Φ Φ

Se ven unos pies con las uñas pintadas de rosa junto al dibujo, amenazado por una ola dispuesta a borrarlo. Todo muy poético, aunque no sé qué significa. Supongo que se tratará de algo relacionado con el ballet, el yoga o alguna otra afición. O quizás estoy ante otra clave secreta, aunque esto ya sería demasiado pedir.

Busco en Google «círculo con línea vertical» y averiguo que representa el signo del «elemento activo masculino; lo que viene de las alturas; la efectividad del tiempo». Me quedo igual.

A continuación, busco información sobre Giralt, y el tipo resulta tan soso como en la vida real. Sin redes sociales, solamente encuentro en Google alguna mención sin importancia sobre temas administrativos. Luego accedo a la web de Smart Capitals, que extiende sus tentáculos por medio mundo. La web no informa de sus actividades, sino que transmite un rollo inspirador y vacío, como si sus inversiones fueran vitales para el bienestar mundial. Sí obtengo información más sustanciosa en una noticia de titular inequívoco: «El fondo buitre Smart Capitals adquiere diversos lotes de vivienda protegida en Madrid».

Por lo que leo, el ayuntamiento madrileño ha vendido diversas promociones de vivienda pública a esta sociedad inversora por un precio inferior al de mercado. Smart Capitals esperará ahora con los colmillos afilados a que finalicen los contratos para echar a los inquilinos (si no lo logra antes) y multiplicar el alquiler por tres. Cerdos capitalistas, que diría Pol.

¿Quiero ayudar a alguien que trabaje en una empresa así? Aunque no me ha parecido mala persona y, al fin y al cabo, todo el mundo tiene que ganarse el pan. Aparte, me recuerdo que mis héroes literarios también se han visto obligados en más de una ocasión a trabajar para personajes poco ejemplares, aunque con hijas seductoras que les acaban alegrando sus solitarias vidas. O disparando una bala al corazón. Depende.

Sea como sea, decido que ya ha sido suficiente por hoy; la próxima semana será movidita, siempre y cuando averigüe por dónde empezar a investigar. Evidentemente, esto tampoco se enseña en la universidad.

Son casi las nueve y he quedado con mis amigos para ir a las fiestas de Gracia, acontecimiento estrella del verano barcelonés. Los vecinos decoran las calles y montan barras de bar y escenarios al aire libre, lo que atrae a millones de personas, entre locales y turistas. El resultado son calles abarrotadas, gente borracha, decoraciones que acaban destrozadas y ruido toda la noche. Por eso, los vecinos acaban proclamando que esta ha sido la última vez. Pero nunca es cierto, por suerte para todos. Y, ojo, que se trata de un tipo de fiesta muy catalana, es decir, moderada y contenida, a años luz del que debe de ser el día más tranquilo del Carnaval de Río de Janeiro.

Antes de dirigirme al metro y subir hacia Gracia, para lo que debo completar un largo transbordo de la línea roja a la verde, decido que será mejor cenar algo.

Ojalá pudiera explicar que me doy un homenaje al estilo de Pepe Carvalho en Casa Leopoldo o de Salvo Montalbano en alguna *trattoria* siciliana, pero existen un par de inconvenientes: mi presupuesto no llega a los quince euros y me da vergüenza sentarme solo a la mesa de un restaurante. Así que continúo con la tendencia gastronómica del día y me compro una hamburguesa y unas patatas en un *fast food* del Port Olímpic, que ya comienza a estar hasta los topes.

Nada más acabar la cena, el cansancio se adueña de mí. Ha sido un día agitado y me convendría irme directo a la cama. Pero es viernes y tengo veinticinco años. Ninguna excusa es válida para no salir esta noche. Me lo merezco, creo yo.

Hemos quedado a la salida del metro de Fontana, pero llego tarde, así que mis amigos me esperan sentados en la plaza del Nord, alejada del barullo festivo. A estas horas hay demasiada gente y resulta imposible caminar, por lo que preferimos dejar que pase el tiempo hasta que se despeje de familias y turistas cotillas.

Mientras tanto, hablamos de chorradas bebiendo mojitos baratos. Después de las bromas de rigor, las recriminaciones por mi ausencia en la playa, el alegato de Berni a favor de que busquemos piso para compartir, el discurso de Pol contra el aumento de los alquileres y una cierta preocupación de Samu por el futuro de la empresa donde trabaja, les explico los pormenores del caso.

La conversación, eso sí, va degenerando a medida que caen más y más mojitos.

—¡Si yo tuviera que dejaros una señal oculta diría algo así como que «rezaré cada día por vosotros», *cago'n Déu*! —exclama Pol, mientras junta las palmas y mira al cielo.

—Bien, nunca lo pillarían. Aunque no te serviría de nada y te acabarían cortando los huevos igualmente. ¡Si te los encuentran, claro! —grito desatado. Los mojitos ya han comenzado a surtir efecto.

—No, no, en serio. Tendríamos que acordar una clave secreta —interviene Berni—. Algo que sirva en caso de emergencia, como un secuestro, una guerra nuclear, una de las habituales broncas que recibe Samu de su novia…

—Hijo de puta —responde este mientras le tira un vaso vacío de plástico a la cara.

—Tú, Solo, podrías decirnos que te has echado novia. ¡Sabemos que es imposible! —continúa entre carcajadas Berni, que si normalmente se pone muy pesado con el tema, aún más cuando bebe.

—Si tengo que confiar en tu ayuda… —digo para salir del paso mientras apuro el mojito absorbiendo los restos de alcohol impregnados en el hielo.

—¿Por cierto, a ti te llama *cariño* tu novia, Samu? Yo salí con una que me decía *cariño*, *cielo*, *amor*… Un poco ñoña, aunque estaba muy buena —ríe Berni.

—No, a mí me llama Samu, y ya está.

—Yo flipo con esas parejas que se llaman entre ellas *gordi*. ¡Gordi tu puta madre, le diría yo! —se indigna Pol.

—Entonces ¿vosotros creéis que tiene algún sentido todo esto del *cariño*? ¿Puede ser realmente un grito de socorro? —intento reconducir el tema.

—Bueno, está claro que si normalmente no utilizaban esta palabra, algo raro hay —reflexiona Samu.

—Ya, muy bien, una clave secreta en una carta de despedida. Pero ¿quién es esa mujer, Solo? ¿Una espía rusa, una mafiosa siciliana, una científica nuclear israelí…? —objeta Berni.

—Bueno, quizás…

—Y una mierda, una tía que se ha largado con su

amante y ha escrito una carta con lo primero que se le ha pasado por la cabeza.

—Una pija aburrida de su vida de lujo que busca nuevos alicientes —subraya Pol.

—Ya, ¿y vosotros qué coño sabéis? —respondo furioso.

—¡Claaaaro, como nosotros no somos detectives privados! —se burlan a la vez.

Sin dejar de reír, Berni se ofrece a pedir otra ronda en el bar seudocubano de la esquina. Rebuscamos unas cuantas monedas en los bolsillos, pero la colecta apenas da para dos mojitos más, así que decidimos pasarnos a la cerveza. Mientras espera en la barra, le entra a un grupo de chicas y luego nos hace un gesto para que vayamos, así que me preparo para pasar un rato de vergüenza.

Nos presenta uno a uno y, al llegar mi turno, vuelve con la misma historia: que si soy un detective privado, que tengo una importante misión entre manos y bla, bla, bla.

—Sí, ya... —dice una de ellas—. ¿Con esa carita de niño bueno?

—Precisamente —responde Berni—. Así los despista a todos.

—Entonces, ¿eres como Sherlock Holmes? ¿Te gusta la serie? —pregunta otra.

Estoy a punto de decirle que no existe ninguna puta serie y que Sherlock Holmes es un personaje creado por Arthur Conan Doyle a finales del siglo XIX, que protagoniza cuatro novelas y decenas de relatos y que todo lo que se haya hecho después no es más que una burda imitación. Sabedor de cómo me pongo cuando hablo de estos temas, Berni reacciona a tiempo:

—Sí, le encanta Benedict Cumberbatch, es su ídolo —dice, y realmente no sé de qué coño está hablando—. ¿Os venís a la plaza de la Vila? Está a punto de comenzar un concierto de puta madre.

Se apuntan y nos dirigimos hacia allí. Voy dando tumbos, pero aun así tengo el caso entre ceja y ceja. Ya que Samu es de ciencias, quizás sepa algo sobre los símbolos que aparecían en la foto de Dalmau. Así que saco el móvil y le pregunto si tiene alguna idea de qué significan esos círculos.

—Hmmm, diría que es el símbolo que representa el número áureo.

—¿Eh?

—Sí, coño, la proporción áurea, el número de oro, la divina proporción... Creo que hablaban de eso en *El código Da Vinci*, ¿no?

—El puto *Código Da Vinci* ni mencionarlo —respondo ultrajado.

—Ya, bueno, ¿quieres que siga o no, Solo?

—Sigue, sigue.

—El número en cuestión comienza por 1,6180 y le siguen un huevo de decimales, hasta el infinito. De ello se deriva una representación geométrica que ahora me da palo explicarte, así que búscalo en la Wikipedia.

—Vaya ayuda... Vale, vale, perdona, continúa —digo reaccionando ante su mirada de cabreo y apurando la lata de cerveza.

—La gracia está cuando se relaciona con la llamada sucesión de Fibonacci: una serie infinita en la que cada número se forma a partir de la suma de los dos anteriores: 0, 1, 1, 2, 3, 5, 8, 13, 21, 34... Sabes, ¿no? Si se conecta con la representación geométrica del número áureo aparece la espiral de Fibonacci, presente en toda la naturaleza. Por eso, algunos flipados dicen que es la medida que usó Dios para crear el Universo.

—Joderrr...

—Se encuentra en todas partes, desde los pétalos de las flores hasta las espirales de las galaxias. Siempre se ha intentado encontrar un significado oculto, y supongo que todavía hay gente que sigue creyendo que se trata de una señal divina.

—¿Una señal divina? ¿Y lo es? —pregunto tontamente.

—No. Es la puta evolución —asegura Samu.

—Ya, claro, la evolución... Pero ¿por qué Sara Dalmau dibuja en la arena dos veces el número áureo este de los cojones?

—¡Y yo qué coño sé, Solo!

Además de borracho, ahora estoy totalmente perdido. Dalmau, en su última foto, dibuja un símbolo que representa el elemento pasivo masculino o el número de Dios. A ver si estaba metida en algún tipo de sociedad secreta. ¿Y si la obligaron a abandonar su vida para meterse en una secta y, en el último instante, dejó un mensaje de ayuda a su marido? Pedazo de caso, voy a tener que infiltrarme en...

—Os presento a Jordi Viassolo, detective privado —anuncia Berni, cortando el hilo de mis pensamientos y dirigiéndose a dos chicas algo más mayores. Hemos llegado al concierto, pero no sé en qué punto hemos perdido al otro grupito que nos acompañaba.

—Vaya, ¿como el inspector Gadget? —pregunta una de ellas, vestida con unos shorts diminutos y una camisa sin mangas azul turquesa.

¿El inspector Gadget? Que se vaya a tomar por…

Pero la indignación desaparece nada más percibir sus ojos encendidos y sonrisa provocadora, como si me retara a un concurso dialéctico para comprobar si merezco su atención. Di algo, Jordi, una frase ingeniosa, atrevida y simpática. Una idea original y prometedora, que revele que la noche todavía esconde muchos misterios. Sorpréndela, haz que se ría, atrápala en tu órbita. Pero di algo, ¡ya!

—El inspector Gadget era policía, no detective privado —aclaro, provocando en el estadio un «ohhh» de decepción, como si el delantero centro que encadena una racha de diez partidos sin marcar hubiera fallado otra ocasión solo ante el portero.

Me paso el resto del fin de semana recluido en casa con el aire acondicionado a tope, recuperándome de la resaca y de mi lamentable actuación. Aprovecho que mis padres se han ido a pasar unas semanas con unos amigos a Salou para comprobar cómo sería vivir solo. Algo que, por el momento, considero inviable.

Por si fuera poco, siento cómo la euforia del viernes se desvanece. Esa historia del número de Dios y la espiral de Fibonacci me parece demasiado fantasiosa para ser real. Lo peor es que si resultara cierta y Dalmau estuviera relacionada con sectas esotéricas, el caso me vendría exageradamente grande. No sabría por dónde comenzar y menos aún cómo infiltrarme. De hecho, ¿querría? ¿Tendría valor para jugarme la vida justo en mi primer caso?

Para no dejarme arrastrar por mi imaginación, decido

aparcar las especulaciones e ir paso a paso. Así que el lunes por la mañana llamo a Giralt para pedirle una nueva reunión, esta vez en su casa.

Me cita a media tarde, en su piso de la zona alta, cerca de la calle de Ganduxer.

10

Adentrarse en la zona alta —tanto geográfica como económicamente hablando— supone toda una experiencia, especialmente porque pocas veces tienes ocasión de hacerlo: si no vives allí, no se te ha perdido nada. Es un mundo aparte, una ciudad independiente que se rige por normas distintas. Algo que se hace aún más evidente en verano.

Antes, Barcelona quedaba desierta en agosto. Todo el mundo tenía vacaciones porque las empresas y las tiendas cerraban, así que quien más quien menos se largaba el mes entero al pueblo o alquilaba un apartamento por cuatro duros. Ahora, en cambio, todo permanece abierto por exigencias de la economía global y a ello se añaden la precariedad, el paro, los contratos temporales y las familias que no pueden permitirse desconectar ni unos días. Aparte del explosivo éxito turístico de la ciudad, claro. Como consecuencia, la ciudad ya nunca se queda vacía.

Solo en Sarrià-Sant Gervasi se mantiene esta sana costumbre. Con los vecinos en sus segundas residencias o viajando a un destino exótico, los colegios cerrados y sin ni siquiera trabajadores domésticos a la vista, el distrito queda deshabitado. Es como si fuera una zona arrasada por una fuga nuclear, solo que no se trata de ninguna catástrofe sino de los efectos de la desigualdad urbana.

Tras un buen rato caminando a pleno sol desde la parada del autobús llego a la casa de los Giralt-Dalmau, que se encuentra en una calle perpendicular a Ganduxer, tan apacible que no hay ni una tienda, ni un supermercado, ni un bar... Solo una clínica de medicina estética. Un oasis residencial sin ruidos ni contaminación, formado por edificios de unos cinco pisos, con parking, amplias terrazas, jardín comunitario y un aire de sobriedad y discreción. Sin ostentaciones, en línea con el carácter burgués catalán.

Llamo al portero automático, dotado de cámara de seguridad. Giralt me debe de observar a través de ella, porque abre sin preguntar. Al llegar a la tercera planta me encuentro con la puerta entreabierta y entro sin pulsar el timbre. Por unos instantes, he fantaseado con que el cliente me recibiera vestido con un traje de verano en un elegante despacho presidido por una mesa de caoba y un mueble-bar bien surtido. Pero no.

Me encuentro con una casa muy parecida a la del resto de mortales, aunque con más metros cuadrados, muebles modernos, cuadros abstractos y una tele el triple de grande. Pero no detecto ningún lujo desorbitado. Giralt tampoco lleva un traje de lino, sino que se conforma con un desgastado polo amarillo (de marca, eso sí) y unos chinos beige, en una combinación de colores poco afortunada.

Su rostro continúa expresando una mezcla de agotamiento y desesperación, pero adquiere un punto de soberbia cuando me dirige la primera frase, sin saludo previo:

—¿Alguna novedad?

—No, todavía es demasiado pronto. Supongo que nadie se ha puesto en contacto con usted en relación a un posible secuestro...

Niega con la cabeza y me invita a pasar al comedor, elegante pero impersonal, como si fuera una casa de revista en vez de un hogar. Aunque tampoco es que yo sea un experto en interiorismo. Reparo en algunos juguetes apilados en un rincón, cosa que me tranquiliza: tanto orden me ponía nervioso.

—¿Qué quiere saber? —pregunta.

—En primer lugar, necesito completar una ficha con todos los datos de su mujer. Además de tarjetas de crédito, números de teléfono, correos electrónicos...

Me los dicta mecánicamente, mientras yo tomo apuntes en la aplicación de notas del móvil porque no he caído en traer ninguna libreta. Luego me informa:

—He comprobado nuestras cuentas bancarias. Siguen igual. No he notado ningún movimiento extraño.

—¿Y el teléfono móvil?

—No lo he encontrado, lo debe de tener ella. O se lo han quitado —corrige—. La factura del último mes parece normal. Puedo llamar a la compañía para averiguar si se ha producido algún incremento en los últimos días.

—Sí, hágalo. Cualquier detalle nos sirve. ¿Su mujer tiene ordenador?

—Un iPad. Estaba donde siempre, pero se ha quedado sin batería y al encenderlo me solicita un código que desconozco.

—Bien, nos encargaremos de eso —afirmo de forma

solemne, aunque no podrá ser hasta que el informático/hacker de Private Eye vuelva de vacaciones. Supongo que este encargo le gustará más que el del diario digital. También tendría que solicitar un barrido de la casa en busca de micros ocultos, aunque estamos en las mismas.

—¿Algo más?

—Sí, me gustaría echar un vistazo a los efectos personales de su mujer. Aparte, necesito que elabore una lista con todos sus familiares y conocidos. Contactaremos con ellos para averiguar si saben algo o pueden aportarnos alguna pista.

—Ya les dije que necesito discreción. No quiero que todo el mundo sepa que mi mujer ha desaparecido, especialmente por mis hijos. Prefiero no comentarles nada hasta que sepamos algo definitivo. Para ellos, su madre está de viaje con unas amigas.

—Lo entiendo, pero necesitamos interrogar al mayor número de personas posible. Por ahora, tenemos que pescar el máximo de peces, luego ya seleccionaremos los más sabrosos para cocinar —recalco, en una metáfora que me parece incuestionable.

—Estas son mis condiciones. Necesito que las respeten. Puedo darle un par o tres de nombres, aunque deberán actuar con la máxima cautela. No por mí, sino por mis hijos —repite, subrayando la palabra *hijos*.

Le digo que vale, que lo que él diga, pero que entonces la investigación no será tan eficaz.

Le dejo pensando en la lista y me dispongo a examinar cualquier pertenencia de Sara Dalmau. Giralt no se fía, pero me mantengo inflexible. «Es fundamental llevar a cabo una revisión a fondo», afirmo convencido. Y en teoría debe de ser cierto, si bien en la práctica he de admitir que no conozco ningún protocolo sobre registros domiciliarios.

Empiezo por el vestidor —porque este tipo de casas no tienen simples armarios— y me quedo observando durante un rato la ropa de Dalmau, abundante y de buena calidad. Rebusco en los bolsillos de las chaquetas, deslizo mi mano entre los cajones, reviso sus treinta pares de zapatos… No sé, hago todo aquello que se me ocurre sobre la marcha. Invierto una media hora, también para aparentar ante Giralt, que de vez en cuando asoma la cabeza para comprobar qué estoy haciendo.

Estoy a punto de darme por vencido cuando noto eso que tantas veces he leído: algo no cuadra. Doy vueltas por la habitación y empiezo a sudar, porque la ventana está cerrada. Voy a abrirla y de repente caigo en la cuenta de que el armario no tiene tanta ropa de verano como debería.

Rebusco por los cajones a ver si encuentro algún bañador. No hay ninguno. Esto me produce una cierta alegría deductiva, pero no me gusta la conclusión a la que llego: Sara Dalmau se ha marchado de forma voluntaria a algún sitio cálido. Porque si te raptan, no creo que te detengas a meter un bikini en la maleta. A no ser que alguien la haga por ti, para aparentar. En todo caso, apunto este detalle y decido no decirle nada al marido.

—¿Sabe si su mujer escribía un diario? ¿O al menos llevaba una agenda?

—Diario, no. Agenda, sí, pero no sé dónde está, no he tenido tiempo de revisar la casa a fondo —contesta desde el sofá, aunque claramente su cabeza anda en otra parte.

Aprovecho su ensimismamiento para continuar revisando las cosas de Dalmau. He encontrado una caja de zapatos con fotografías antiguas, de su época de bailarina en Londres, así como diversos programas de obras en las que participó. La coloco junto a la puerta porque le pediré a Giralt que me deje llevármela para estudiar su contenido de forma más detallada. Quién sabe, quizás aparece una conexión oculta en un viejo rostro.

Luego me dedico a buscar por todas partes la agenda, pero no hay manera.

Cansado, entro en el cuarto que comparten los niños e intento imaginar su vida. Crecidos entre algodones, mimados, protegidos, incapaces de valerse por sí mismos... No, no caigas en clichés. Quizás sean niños sanos, educados, simpáticos e inteligentes.

Qué más da, si su madre no aparece pronto, quedarán marcados para siempre. Lo siento por ellos. ¿Qué puede llevar a una madre a dejar tirados a sus hijos?

Aplazo mis reflexiones y sigo buscando alguna pista. Me doy cuenta de que Sara Dalmau tiene un huevo de zapatos pero ningún bolso, y eso no puede ser. No me hace especial ilusión preguntarle a Giralt sobre ello, porque preferiría haberlo descubierto yo solito, pero si no los encuentro Recasens dirá que soy idiota. Así que pregunto al marido dónde guarda los bolsos su mujer.

—Tenemos un falso armario en el pasillo —responde, a la vez que se levanta para abrirlo él mismo—. ¿Falta mucho?

—Gracias. No, reviso los bolsos y me voy.

Es más fácil decirlo que hacerlo, porque ante mí aparecen unas cuantas decenas, de distintos tamaños y estilos. Pero, inesperadamente, encuentro la agenda en el interior del quinto bolso que examino, uno de Louis Vuitton. Reprimo un grito de alegría y hojeo algunas páginas. Leo notas relacionadas con el trabajo y los niños, clases de yoga y sesiones en el Fit&Fun (que supongo que es un gimnasio). Esta era su jornada habitual. Nada raro y ninguna conferencia esotérica, asamblea masónica o cita con el club de fans de Fibonacci a la vista.

Paso las hojas para comprobar si tenía alguna cita programada para este verano, pero aparte de la palabra *vacaciones*, en pequeño y sin ningún signo de exclamación, no encuentro ningún otro apunte. Me dispongo a cerrar la agenda pero antes reviso el día 1 de agosto, que es cuando en teoría desapareció.

Y no me lo puedo creer.

Me suben los colores, se me acelera el corazón, susurro «joder» varias veces, me pongo de pie, doy vueltas, me arreglo el flequillo y vuelvo a mirar.

No hay duda. Hasta el 31 de julio, la agenda está llena de notas escritas en letra redonda con un bolígrafo azul. Nada en particular. Al pasar la hoja me encuentro con el escueto aviso de *vacaciones* y, en la esquina inferior derecha, en tamaño pequeño pero perfectamente visible, aparece repetido un símbolo que ya he visto antes.

Efectivamente: Φ Φ.

Me despido atropelladamente de Giralt, que sigue en la inopia, cargando la caja de recuerdos de Sara Dalmau, en la que he introducido la agenda con disimulo.

Con la excitación casi me olvido de pedirle la lista de contactos, que ha reducido a dos nombres: la dueña del *showroom* y la madre de un amigo del hijo mayor. Aunque tengo ganas de largarme ya, logro mantener la calma y añadir otro nombre: la profesora —o profesor— de yoga. Giralt asiente y afirma que su mujer no faltaba nunca a sus clases de yoga. «Volvía llena de energía», asegura. Busca una tarjeta y me la da. Sobre un fondo blanco, en letras mayúsculas con los colores del arcoíris se lee «Ashram Yoga».

Ya tengo trabajo: tres visitas y descubrir qué significa ese símbolo que se ha cruzado de nuevo en mi camino. No puede ser casualidad. O no quiero que lo sea.

Al día siguiente llego a Private Eye sin apenas haber dormido porque me he pasado la noche entera frente al ordenador. Y he encontrado de todo; internet se ha convertido en un pozo sin fondo en el que cualquier descerebrado puede volcar sus paranoias.

He averiguado, por ejemplo, que si el círculo atravesado por un línea vertical representa la masculinidad, el círculo con línea horizontal encarna la feminidad. Y al unirse ambos se forma la cruz, un elemento no solo usado por el catolicismo, sino que simboliza la creación, todo lo que forma parte del mundo vivo, los elementos, la fuente del Paraíso, la rotación del sol, la unión de las polaridades…

Aparte, he navegado por webs ocultistas, satanistas, neonazis e incluso por una que aseguraba que las pirámides de Egipto fueron obra de los extraterrestres. Y en todas aparecía el símbolo de marras. La cuestión es, ¿qué pinta Sara Dalmau en todo esto?

A pesar de la falta de sueño, me siento a tope de energía, porque ahora sí que soy un auténtico detective con un caso de puta madre entre las manos. Me preparo un café con la penúltima cápsula y me dispongo a llamar a los contactos de la lista. Aunque parezca mentira, esta simple gestión me pone nervioso.

Me arreglo el flequillo con dos movimientos rápidos y marco el primer número, que corresponde a la dueña del *showroom*. Luego continúo con la-madre-del-amigo-del-hijo. En ambos casos obtengo la misma respuesta: están de vacaciones, una en Begur y otra en Vielha, y no pueden dedicarme ni diez minutos porque están centradas por completo en su familia. Después de recalcar la enorme preocupación que despierta la desaparición de Dalmau, aceptan responder unas preguntas rápidas. El resumen sería:

1. Es una auténtica sorpresa que Sara haya abandonado a su familia, nunca lo hubieran imaginado de ella.

2. Por supuesto que no tiene ningún enemigo, es un encanto.

3. No habla demasiado. Es una persona silenciosa que prefiere escuchar. Nunca les había confesado que fuera infeliz, a pesar de su actitud melancólica. Lo achacaban a su personalidad.

4. Tampoco hablaba nunca de su matrimonio, imaginaban que era más o menos como el de todo el mundo.

5. ¿Si tenía alguna conexión con sociedades secretas, sectas esotéricas o logias masónicas? ¿Estás loco o qué?

Tras este resultado más bien pobre, visito la web de Ashram Yoga y leo que, en agosto, solo tienen clase a las ocho de la tarde. Así que tengo por delante un montón de horas antes de poder dar el siguiente paso.

Intento añadir alguna noticia más a *Economiapositiva.com*, pero apenas consigo copiar un par de artículos breves. Como paso de continuar llamando a los teléfonos que me dio la duquesa, me dedico a reflexionar sobre lo que sé hasta el momento y llego a dos conclusiones antagónicas.

Por un lado, que Sara Dalmau abandona a su familia para ingresar en una secta, si bien en el último momento se arrepiente y deja un mensaje secreto a su marido. Por el otro, que se larga con su amante a un país tropical y al despedirse se le cuela un *cariño* porque su cabeza ya está en otra parte.

En cualquier caso, la clave del misterio se esconde tras la palabra *cariño*. Y en el símbolo doble, claro. Porque algo tiene que significar, ¿no?

Paso el resto de la mañana embobado mirando el mar y, poco antes de las tres, salgo a comer a algún restaurante del Port Olímpic que sea barato y lo bastante anodino para no sentirme incómodo al sentarme solo. Encuentro un bar que tiene el detalle de ofrecer menú y me acomodo en su terraza bajo un parasol que una vez fue blanco. Pido gazpacho y *fideuà*, que engullo sin rechistar a pesar de que su calidad culinaria me parece más bien justita. Por diez euros es lo que hay.

Tras pagar la cuenta, me apetecería echarme una siesta en la playa, pero como no tengo ni bañador ni toalla ni sombrilla, me voy a casa.

Duermo un rato y luego leo una vieja novela de Simenon, hasta que llega la hora de dirigirme por fin al centro de yoga. Se encuentra cerca de la plaza Molina, por lo que debo tomar primero el metro hasta Diagonal y hacer transbordo en los Ferrocarrils de la Generalitat. Eso implicará dos cosas: morirme de calor en los andenes y morirme de frío en los vagones. La dicotomía del agosto barcelonés para los que nos movemos en transporte público.

Llego media hora antes y doy unas cuantas vueltas a la manzana antes de entrar para mentalizarme y sacudirme los nervios de encima. Pienso si será mejor presentarme como detective privado o inventarme cualquier excusa. Como en las llamadas anteriores he escogido la primera opción y no me ha ido bien, me decanto por la segunda.

—Hola, ¿qué tal? Venía a informarme sobre la clases de yoga —anuncio nada más cruzar la puerta.

Es un local alargado y en primer término me encuentro con una mesa rústica que hace de recepción, mientras que al fondo se intuye la sala donde se imparten las clases. La decoración se sitúa a medio camino entre Ibiza y el Tíbet, logrando un atmósfera relajada y chic al mismo tiempo. Sin duda, un espacio que merecería salir en alguno de esos programas especializados en decoración, con sus muebles de madera natural, sus paredes encantadoramente desconchadas y su suave olor a incienso. Bueno, no creo que los espectadores captaran esto último, aunque un sitio así no puede oler de otra manera.

Sentada tras la recepción se encuentra una mujer de mediana edad que transpira serenidad. Larga melena oscura y piel morena, surcada por finas arrugas que le aportan un cierto atractivo. Va vestida toda de blanco, con pantalones anchos y camiseta de cuello redondo sin mangas. Intuyo que se trata de alguien de buena familia que ha tenido el tiempo y el dinero suficiente para descubrir cuál es el verdadero secreto de la felicidad.

—En verano solo tenemos una clase diaria, pero a partir de septiembre ampliamos el horario y las modalidades. ¿Qué tipo de yoga te interesa?

Buena pregunta. Pero no tengo ninguna respuesta.

—Hasta ahora solo lo he practicado mirando vídeos de YouTube, así que no sabría decirte. Aunque me gusta tanto que quiero apuntarme a clases de verdad —me invento.

—Me alegro —responde con una sonrisa capaz de conectar almas extraviadas—. Eso sí, todos aquellos que empezáis así soléis coger algunos vicios por la falta de supervisión. ¿Qué posturas has practicado?

Si fuera un tipo infinitamente seguro de mí mismo y con un punto de cinismo, le diría que la del misionero, la del perrito, la del candado, la del vaquero... Y aunque se tratara de una respuesta totalmente fuera de lugar, lo diría con tal encanto y picardía que a ella le acabaría haciendo gracia. Pero como no lo soy, prefiero decir:

—Bueno, las más habituales, no soy un experto, la verdad.

—Entonces te recomiendo comenzar por las clases de *hatha*, la modalidad en la que más trabajamos la fuerza muscular. Eso sí, también nos enfocamos mucho en la parte emocional. El yoga es sobre todo un ejercicio espiritual. ¿Tú meditas?

Admito que no y me regala unas directrices básicas. Tras el consejo gratuito, me detalla los horarios y las tarifas, que van de los setenta y cinco a doscientos euros al mes, lo que me parece una estafa. Después de eso no sé cómo orientar la conversación. Intento pensar en algún recurso que me permita dar un giro al diálogo hasta que ella misma me da el pie:

—¿Cómo nos has conocido?

—Por la recomendación de mi tía, Sara Dalmau —respondo con rapidez.
—Ah, Sara, sí… Cómo me alegro, pues. ¡Bienvenido! —exclama, dando por hecho que estaría dispuesto a pagar esos precios desorbitados.
—Por cierto, tengo una pregunta algo extraña —comento, jugándome el todo por el todo—. Mi tía me enseñó hace poco un símbolo que decía que le proporcionaba energía y felicidad. He estado buscando algún libro para regalarle por su cumpleaños, pero no he encontrado nada. No sé si tú sabrías decirme algo más…
Temo que ahora descubra el engaño y me eche a patadas, pero en cambio vuelve a desplegar una sonrisa iluminadora. Me acerca un bloc de notas y me pide que dibuje el símbolo, cosa que hago sin dificultad, porque lo tengo grabado a fuego en la cabeza. No necesita estudiarlo demasiado.
—Se trata de un símbolo de origen telúrico, presente en todo tipo de creencias. En la filosofía oriental se encuadra en las formas básicas del mandala.
—Claro, un mandala…
Me mira divertida, porque está claro que no tengo ni idea, así que me lo explica pacientemente:
—Significa *círculo mágico* en sánscrito y viene a ser una imagen gráfica tanto del universo exterior como interior. Al dibujarlos te introduces en el centro más profundo de tu ser. El círculo atravesado por una línea vertical conecta la tierra con lo sagrado y simboliza la energía. Por eso a Sara le genera esa sensación.
—Ah, qué interesante, gracias. Buscaré algún libro sobre mandalas para regalarle. Aunque, espera… ¿Quizás vosotros organizáis algún curso? ¿O existe alguna

asociación en Barcelona especializada? —pregunto a ver si tengo suerte.

—¡Uy, en todas partes se dan cursos de mandalas! Incluso en los centros cívicos. Nosotros solo nos centramos en el yoga. ¿Quieres reservar plaza?

—Ehhh, bueno... Mejor te lo confirmo más adelante, porque antes quiero ver qué horarios tengo en la universidad —respondo para salir del paso.

—Claro —asiente sin dejar de sonreír—. Dale recuerdos a Sara. ¿Cómo está, por cierto?

—Muy bien, de vacaciones. Pero supongo que la verías hace poco, ¿no? Siempre nos cuenta lo bien que le sientan las clases de yoga —miento al tiempo que me levanto para salir de allí cuanto antes, porque estoy ansioso por ponerme a investigar sobre los mandalas esos.

—Ah, quizás se haya apuntado a otro centro, aunque me extrañaría, porque sigue pagando la cuota.

—¿Có-cómo? —balbuceo, ya de pie.

—Bueno, como hace unos seis meses que no aparece por ninguna clase...

Toma ya.

11

Salgo del centro de yoga noqueado por la revelación y preguntándome si no tendría que haber presionado más a la propietaria para confirmar que realmente no sabía nada sobre el paradero de Dalmau. Pero me ha parecido sincera. Un comportamiento auténtico, que diría Recasens. Por otro lado, me he quedado tan asombrado que no he tenido capacidad de reacción. Otra cosa a mejorar.

He quedado esta noche con mis amigos para ir a las fiestas de Sants, que recogen el testigo de las de Gracia. Son un poco más cutres, aunque no están tan masificadas. Pero tengo demasiado en que pensar y estoy hecho polvo por haberme pasado la noche en vela, así que envío un mensaje al grupo de Whatsapp avisando que no cuenten conmigo y decido ir caminando a casa, para ver si se me despejan las ideas.

Todavía falta una hora para que el sol se ponga por detrás del Tibidabo, pero como los edificios bloquean los rayos oblicuos del atardecer, pasear se convierte en una actividad bastante apetecible. O tomar algo en alguna de las infinitas terrazas que brotan como hierbajos silvestres por toda la ciudad. La mayoría de barceloneses parecen pensar lo mismo, porque están repletas. Eso sí, hay terrazas y terrazas.

Cruzo la plaza Molina y detecto un par que merecerían como mínimo un notable. Están protegidas del tráfico, las mesas no se encuentran apiñadas y reina un ambiente de serenidad. La escala de confort se va degradando hasta llegar al estado más precario: mesas de acero inoxidable pegadas al bordillo y con vistas a una ristra de contenedores, que permiten acompañar las consumiciones con un extra de dióxido de carbono y aroma a basura. Así es la terraza del Pirineus, al que llego después de media hora caminando a buen ritmo.

Me siento, obviamente, en el interior del local y pido un bocadillo de tortilla —que la señora Huang cocina usando palillos— y una mediana, servida en copa helada como premio a la fidelidad.

Engullo el bocadillo distraídamente, dando vueltas a lo que acabo de descubrir: Sara Dalmau apuntaba en su agenda que acudía a yoga dos tardes a la semana, pero no era así. Entonces, ¿adónde iba? Dejo la pregunta en el aire porque se me están cerrando los ojos. Pago la cuenta, me voy a casa y duermo con el aire acondicionado a veintiún grados y la sábana hasta la nariz.

El resto de semana lo dedico a repasar el contenido de la agenda y la caja de fotos antiguas, además de consultar periódicamente las redes sociales de Dalmau para comprobar si hay alguna novedad. Pero no. También copio con desgana unas cuantas noticias para *Economiapositiva.com*. Y, sobre todo, me esfuerzo en redactar un informe completo para convencer a Recasens de que el caso promete.

Pongo especial énfasis en las teorías vinculadas al símbolo, porque imagino que eso despertará su interés. Una vez más, me equivoco.

—Tienes la cabeza llena de pájaros, *nano*.

A esta conclusión llega Recasens el viernes por la mañana, un par de horas antes de la reunión con Óscar Giralt. No por casualidad, sino después de leer mi informe con una extraña mueca, que puede ser debida a que no ve bien o a que considera que el texto está lleno de tonterías. O a las dos cosas a la vez.

—Comienzas la casa por el tejado —afirma seco y sin empatía—. Te centras mucho en tus teorías pero poco en los hechos. Esto no nos conduce a ningún lado.

—Pero los símbolos están ahí, en la foto y en la agenda —replico con un hilo de voz y la cara congestionada.

—Sí, ¿y qué? ¿Qué demuestran? —escupe.

—De momento nada, claro. Tenemos que seguir investigando.

—¿Le has comentado algo de esto al cliente?

—No, no, me pareció que mejor era…

—Vale, vale —me detiene—. Mira, *nano*, he de reconocer que me has sorprendido. Has avanzado mucho más de lo que habría hecho cualquier supuesto detective de esta agencia. Pero no te embales.

No sé si esto es bueno o malo, así que callo.

—Sigo creyendo que la mujer se ha fugado con su amante. Pasa constantemente, y si consigues continuar en este oficio a pesar de todo, tú mismo lo verás.

—Entonces, ¿dejamos el caso?

—No —responde, y esta vez no me sorprende tanto.

—¿Cómo seguimos entonces?

—Céntrate en los hechos y déjate de teorías raras. Averigua qué hacía en realidad Dalmau cuando decía a su marido que acudía a yoga. Ya tendremos tiempo de formular hipótesis creativas...

—¿Y cómo lo hago? Has leído la parte en la que explico que el cliente no me deja hablar con su entorno, ¿no?

—Espera a que nos reunamos con él, *nano*. Luego, ya veremos.

Asiento, pero sigo pensando que la clave de todo radica en el símbolo. De todas formas, como Recasens no ha movido ni un dedo, y no creo que lo haga en un futuro, continuaré investigando lo que me dé la gana. Aunque mejor no decírselo.

La reunión con Giralt, que llega puntual y trajeado, comienza de forma rutinaria. Nos enseña distintos recibos y confirma que nadie se ha puesto en contacto con él para pedir un rescate. Tampoco su mujer ha dado señales de vida, claro. A continuación, Recasens me invita a explicarle los pasos que *hemos* dado hasta ahora, excepto la parte relativa a los símbolos, que ya me ha quedado claro que debe permanecer en la intimidad.

A pesar de que sigue con el mismo lenguaje corporal —hombros caídos, mirada en busca de horizontes lejanos, voz rota...—, mantiene una lucha interna para no perder la posición de fuerza que le confiere el hecho de ser él el cliente y nosotros sus empleados. Aunque Recasens destroza esta ventaja con una sola frase:

—¿Por qué le ha abandonado su mujer, señor Giralt?

Este le mira con los ojos llenos de una rabia que hasta el momento había logrado contener.

—¿De qué está hablando? Le he dicho mil veces que mi mujer no se ha marchado por voluntad propia. No les he contratado para que me insulten —dice con furia.

Me hundo en la silla mientras me arreglo el flequillo con disimulo. Metería baza, pero seguro que saldría trasquilado. Así que espero.

—Técnicamente no nos ha contratado. Pero da igual. Su dinero no implica que no pueda decir lo que pienso. Trabajamos con la verdad, y esta puede ser incómoda. Creo que su mujer se ha largado porque no soportaba su vida —afirma Recasens con un brillo maligno en los ojos.

—¿Cómo se atreve? —pregunta Giralt mientras se levanta de la silla.

—Cálmese por favor —contrapone tranquilamente Recasens.

—Sí, sí, será mejor que nos calmemos —secundo yo con un hilo de voz.

—Primero debemos averiguar si su mujer ha desaparecido voluntariamente o no. Esta es nuestra prioridad, porque le aseguro que es mucho más fácil demostrar un hecho que una teoría. Así que decida si quiere colaborar con nosotros o buscar alguna otra agencia. Seguro que aceptarán su dinero encantados —dice Recasens, mientras le lanza el sobre con el billete de quinientos euros, todavía cerrado.

Giralt se queda inmóvil, supongo que debatiendo si es mejor largarse dando un portazo o sentarse otra vez. Escoge la segunda opción, abatido.

—¿Tenía su mujer motivos para irse de casa? —insiste Recasens, pero esta vez con una voz más suave; ya ha quebrado su resistencia, ahora toca emprender una nueva fase.

—No... bueno, no sé. Ya sabe cómo son los matrimonios y en qué se convierten. Sé que no estaba enamorada de mí, no estoy ciego. Pero ¿quién lo está a estas alturas? Teníamos una relación normal, centrada en nuestros hijos. Es verdad que el día a día te consume, pero esto no es motivo para fugarse de repente. ¡He cuidado de esta familia lo mejor que he sabido!

—Señor Giralt, necesito que sea sincero. Vino a vernos con una historia bajo el brazo, una clave oculta en una carta de despedida... —continúa Recasens.

—Nunca me ha llamado *cariño*, nunca —intercede Giralt, negando con la cabeza.

—De acuerdo, pero puede significar cualquier cosa. No prueba nada. Hay muchas posibilidades de que su mujer haya desaparecido con su amante. Métaselo en la cabeza. Aun así: ¿quiere que la encontremos? ¿O prefiere lamerse las heridas y pasar página?

—Quiero que la encuentren.

—De acuerdo. Investigaremos un poco más. Le mantendremos informado.

Después de asegurarme de que Óscar Giralt toma el ascensor, vuelvo a la sala y me encaro con Recasens, que está apuntando algo en su libreta de tapas oscuras.

—¿A qué ha venido todo esto? —pregunto alterado.

Recasens no responde inmediatamente. Termina lo que está escribiendo, cierra las tapas, ajusta la cinta elástica que las mantiene unidas y luego alega:

—No quiero implicarme en un caso en el que el cliente espera una respuesta que no va a conseguir. Son los peores, porque nunca acaban satisfechos. Giralt quiere que le digamos que su mujer no le ha abandonado. Y no podemos.

—¿Cómo puedes estar tan seguro? Solo estamos al principio.

—He hecho algunas averiguaciones, tirando de viejos contactos.

No dice nada más. No sé si se hace el interesante o es que es así de cabrón.

—¿Qué averiguaciones?

—Sara Dalmau cruzó la aduana de vuelos internacionales el pasado 1 de agosto.

—¡¿Cómo?! ¿Y ahora me lo dices? ¿Adónde iba? ¿Con quién?

—No tengo ni idea. Los favores de un policía son cada vez más caros y limitados. He comprobado la lista de vuelos programados ese día en El Prat. Era uno de los más intensos, con centenares de salidas. Puede estar en cualquier parte.

—En cualquier parte calurosa, porque en su casa solo faltaba la ropa de verano.

—De acuerdo, descarta el Polo Norte —replica sarcásticamente.

—Sí, ya. ¿Y qué hacemos ahora? —digo descorazonado.

—Seguimos investigando.

—¿De qué manera?

—Tienes el contacto de las dos amigas, ¿no?

—Sí, pero ya las llamé y no me hicieron ni caso.

—Vuelve a llamar.

—Ya, es que no quiero molestar...

—*Nano*, en este oficio nos dedicamos a molestar.

Tengo que admitir que tiene razón, así que busco la nota con los números de las amigas. Me gustaría estar a solas, pero Recasens se sienta justo al lado. Con esta presión añadida, marco el número de la dueña del *showroom*. Suenan tres tonos y a Recasens se le ocurre aconsejarme algo justo ahora:

—No le preguntes nada, da todo por hecho.

¿Qué coño significa eso? Le pido que me lo aclare, pero la mujer responde. Tras presentarme, disculparme, pedirle cinco minutos de su tiempo y avanzarle que aún no tenemos noticias de Sara Dalmau, le suelto:

—Sabemos que Sara le decía a su marido que iba a clases de yoga dos veces por semana, pero luego no lo hacía. Iba a ver a su amante, ¿no?

Recasens me hace un gesto oscilante con la mano que viene a significar «no está mal». Y también me pide que active el altavoz.

—No, no ¿qué dices? —responde escandalizada—. Iba al gimnasio, pobrecita. Eso no es nada malo, ¿no? No sé si se lo contaba o no a su marido. Decía que estaba harta del yoga y que prefería las clases de... ¿cómo era? Body Fit, o algo así...

—¿En el gimnasio Fit&Fun? —pregunto recordando la anotación en la agenda.

—Sí, ese de la calle de Iradier.

Le doy las gracias y cuelgo. Miro a Recasens, que me observa con esa expresión tan habitual en él, como si estuviera a punto de zamparse una pieza recién cazada.

—Viassolo, *nano*, toca ponerte en forma.

—¿Ehhh?

—El lunes vas a ir a ese gimnasio y te vas a apuntar. Quiero que pases el máximo de tiempo allí, a ver si averiguas algo más de Sara Dalmau. Y de si compartía su pasión deportiva con alguien en especial... Te han enseñado técnicas de infiltración, ¿no?

—Sí, claro —asiento, aunque la respuesta correcta sería otra: «No, nunca».

—Por cierto, de momento, ni una palabra a Del Duque. Ya hablaré yo con ella. Y recuerda, la clave de todo es observar. ¡Con discreción, ¿eh?!

No sé si Recasens habla realmente con la duquesa, pero cuando llega el primer lunes de septiembre todo el mundo vuelve al trabajo en la agencia. Yo, en cambio, emprendo el camino contrario porque mis prácticas han llegado a su fin. Al menos de forma oficial, porque me acabo de matricular en el Fit&Fun Premium Gym.

Situado cerca del paseo de la Bonanova, la tarifa mensual asciende a ciento cincuenta eurazos, con libertad horaria y acceso a todas las clases, pero aunque incluyera la receta de la eterna juventud me seguiría pareciendo un atraco. Al menos Recasens me ha pasado el número de la cuenta de gastos de Private Eye para cubrir la matrícula y las cuotas.

Sí que he tenido que dejarme parte de mis ahorros en comprar ropa de deporte, porque iba bastante escaso. Lo más sencillo hubiera sido pasarme por el Decathlon, pero no daría el pego. Por eso he comprado en una web algo sospechosa un lote de camisetas Nike, pantalones cortos negros, unas bambas Asics fosforitas y una bolsa de deporte Adidas, todo supuestamente a mitad de precio.

Justo antes de marcharme definitivamente de Private Eye, una muy bronceada y descansada Marina del Duque dedica diez segundos a mirar *Economiapositiva.com* y me comenta como despedida:

—No está mal. Ya veremos cómo lo aprovechamos. ¿Has aprendido algo? Espero que sí. Si surge alguna oportunidad, ya te llamaremos. Suerte, Jordi.

Mientras me acompaña a la puerta me fijo en Recasens, que está leyendo *El Periódico de Catalunya* tranquilamente. Vuelta a la rutina. No me devuelve la mirada, espero que sea porque está interpretando el papel de agente doble.

Antes de salir, me doy la vuelta para observar por última vez las impresionantes vistas del Mediterráneo, que hoy absorbe el color grisáceo del cielo encapotado. Igual que mi futuro laboral.

El resto de detectives están poniéndose al día después de las vacaciones, pero interrumpen el relato por un instante para decirme:

—¡Adiós, becario, ya nos veremos!

No tengo ni idea de cómo actuar en el gimnasio para lograr la información que necesito, pero, por lo visto hasta ahora, se trata de tener un poco de sentido común, capacidad de improvisación y suerte, mucha suerte.

Antes de eso, dedico el fin de semana a hacer algo de ejercicio para no comenzar de cero, porque mi forma física deja bastante que desear. El sábado imito a los miles de barceloneses contagiados por la fiebre del *running* y salgo a correr a primera hora. A pesar del madrugón, los alrededores de la Sagrada Familia están ya plagados de turistas.

Cuando llego a la avenida Diagonal, me pongo en marcha a ritmo suave con el objetivo de aguantar al menos media hora. La previsión resulta del todo optimista, porque a los diez minutos estoy hecho polvo y he tragado toneladas de contaminación. No entiendo cómo la gente puede correr por aquí sin coger cáncer de pulmón. Vuelvo a casa y convoco a mis amigos a un partido de fútbol en la playa para esta tarde.

La organización resulta un éxito y somos diez jugadores, por lo que disputamos un partido bastante decente en las porterías de la playa del Bogatell. Jugamos en serio casi cuarenta minutos, hasta que Pol, cansado de ser portero, abre una nevera portátil y comienza a sacar unas Xibecas que anuncian inexorablemente el pitido final.

Después de bañarnos, seguimos bebiendo, nos reímos de lo malo que es Samu, nos insultamos, despotricamos de nuestros trabajos y, por supuesto, asistimos a otra ronda de presentaciones por parte de Berni, esta vez ante dos chicas inglesas, de Leeds concretamente.

Una es pelirroja; la otra, castaña, pero en ambos casos su piel blanca y pecosa ha adquirido un tono peligrosamente rojo. Parece que les gusta caminar por el lado salvaje de la vida, porque además están sorbiendo unos sospechosos mojitos comprados a un vendedor ambulante.

Acceden a sentarse con nosotros, sobre todo porque les ofrecemos cerveza y un par de porros que han comenzado a rular. Nos cuentan que esta noche participarán en un *bar crawl* por el Raval, una ruta por diferentes bares que ofrecen bebida tirada de precio con el único objetivo de que los participantes se pongan ciegos. «*This is what people do in Barcelona, right?*», dan por hecho. Les decimos que no, que se trata de un reclamo para guiris. Les da igual, porque no han venido aquí a conocer las costumbres locales, sino para vivir un *«crazy summer»*. Berni sigue con su costumbre de presentarme como detective privado. Ante esta revelación, la pelirroja comenta entre carcajadas:

—*Oh, really? You should meet my grandma. She is in love with Hercules Poirot. Where is your moustache, man?*

Su compañera de juergas la mira alucinada y yo estoy a punto de comentarle que las novelas de Agatha Christie no están mal, aunque nunca ponían en duda el statu quo de la época sino que reforzaban el sistema social y bla, bla, bla... Pero como no vale la pena prefiero darme otro baño en el mar, que a estas alturas del día parece una piscina climatizada por el impacto del sol y las meadas de los bañistas, aunque mejor no pensar en esto último.

El martes recibo el paquete de ropa deportiva en casa, ante el asombro de mis padres. Les digo que me han encargado un caso en la agencia, porque han quedado satisfechos de mi trabajo durante el verano. Se ponen muy contentos, me felicitan y me preguntan si esto me permitirá buscarme un piso de alquiler, porque no es que no les guste tenerme en casa pero... «Todavía tengo que hacer más méritos», zanjo la conversación.

Por la tarde voy al gimnasio, para lo que tengo que combinar metro y ferrocarril, además de diez minutos andando cuesta arriba. Al llegar, me encuentro con un edificio moderno de tres plantas, que se integra con naturalidad en un entorno formado por chalets de estilo neoclásico y precio astronómico.

En la planta baja se sitúa la recepción, con la sala de monitores y el despacho del director. También hay un dispensador de toallas y una barra con zumos y agua mineral gratis (algo que confirmo con cierta reticencia inicial, como si fuera a saltar una alarma nada más tocar el vaso con los labios). A la izquierda aparecen los tornos de acceso, que dan paso a los vestuarios y a una escalera.

La piscina —con spa y cabinas para tratamientos de belleza y bienestar— está en el sótano, mientras que en la primera planta hay varias salas para actividades dirigidas. Al subir las escaleras aparece la sala de *fitness*, con una zona diferenciada para las pesas y otra para las cintas de correr, bicis estáticas y elípticas, todo de última generación. En el tejado se han instalado tumbonas, una carpa y unas cuantas duchas.

Los monitores parecen seleccionados entre lo mejorcito del sector, tanto por sus conocimientos técnicos como por su físico envidiable. Los usuarios son vecinos de la zona, sobre todo mujeres de mediana edad y estudiantes de universidades privadas, a los que se suman empresarios, modelos, vividores y, en resumen, aquello que se conoce con la repelente expresión de *gente guapa*. Y en medio de todos ellos un tal Jordi Viassolo.

Cuando ya me he familiarizado con el terreno, paso a la siguiente y temida fase: participar en las actividades dirigidas a las que asistía Sara Dalmau. Así que me dirijo a recepción para informarme.

—Hola, quería saber los horarios de las clases de *body fit*.

—¿Perdona? —responde el tío cachas que hay detrás del mostrador, vestido con la camiseta negra corporativa del gimnasio, ajustada, por supuesto.

—Emm, sí, las clases de *body fit*. ¿Cuándo son? —respondo ruborizado, porque no es así como se suponía que debía desarrollarse la conversación.

—Creo que te equivocas —dice con una sonrisa que tiene un punto de cachondeo.

Me siento totalmente fuera de lugar, como un farsante, cosa que es verdad. Pero, al mismo tiempo, me acuerdo de las palabras de la duquesa. En teoría, soy alguien que está pagando una pasta descomunal para ser socio y, por ello, merezco un trato a la altura. Así que me enderezo y pregunto, serio como si volviera de un entierro y con un tono que intento que suene amenazante:

—¿A qué te refieres con que *me equivoco*?

—No hay ninguna clase llamada *body fit*. Quizás te has confundido con el nombre de la clase, tenemos tantas... —responde, ya no tan gallito.

Maldita sea. Entonces, ¿a qué clase se supone que me tengo que apuntar? Ahora que domino la situación —solo en apariencia, porque me tiemblan las piernas— continúo:

—Claro, será eso. Me lo han debido de explicar mal. Así, ¿qué opciones tengo?

—Bueno, por el nombre, puede que se trate de *cross fit* o de *body pump*. ¿Quieres que te reserve plaza en alguna de ellas?

—Sí, en las dos, gracias —digo, y me voy antes de que el recepcionista reaccione, consciente de que todo esto ha sido un poco raro.

Para empezar, me enfrento a la clase de *cross fit*, aunque no tardo en constatar que voy por el camino equivocado. Sara Dalmau no encaja entre la decena de participantes que esperan a que empiece la clase, cuyos músculos parecen forjados de acero y titanio. No tienen pinta de culturistas, ni ellos ni ellas, pero todos podrían levantarme por encima de sus cabezas como si nada.

Nadie ríe, nadie bromea, solo quieren batir sus marcas, escritas en una enorme pizarra presidida por el lema «Los límites están para destrozarlos».

Por la sala se encuentran esparcidas unas pesas que parecen pasadas de moda: discos de cuarenta kilos, balones medicinales color verde botella, cuerdas portuarias, pesas rusas, vallas de atletismo, correas elásticas... La escena me recuerda a un documental que vi sobre la selección soviética de hockey hielo, formada por auténticas bestias pardas. Y esto no es una buena noticia para mí. Así que doy marcha atrás para escapar sin llamar la atención, pero al girarme choco contra el abdomen de hierro del monitor que, con acento italiano, me dice:

—Ah, eres el chico nuevo, ¿no? Me han avisado en recepción. Bienvenido.

—Gracias, la verdad es que nunca he hecho nada parecido.

—¡Bueno, que no te pase nada, ¿eh?! —exclama guiñándome el ojo.

No obstante, me pasa de todo. La clase consiste en ir saltando de ejercicio en ejercicio, sin apenas descanso, trabajando un minuto a máxima intensidad. Comienzo por las bolas medicinales, que he de mover en círculos por encima de la cabeza. Luego tocan sentadillas, abdominales, cuerda y ya, porque tras cuatro ejercicios los músculos me arden y tengo ganas de vomitar. Como medida de supervivencia, me estiro en el suelo e intento no asfixiarme. Se acerca el monitor y me dice, con tono de guasa:

—¡Estás en baja forma, ¿eh?! Quizás tendrías que comenzar por algo más sencillo.

Levanto el pulgar para hacerle saber que estoy de acuerdo. Después de un rato estirado, me levanto a duras penas y huyo con la cabeza gacha. Aunque mis compañeros de clase están tan centrados en destrozar sus límites que no han reparado en mí.

Las agujetas me torturan durante tres días. Cuando me recupero, pruebo suerte con la clase de *body pump*.

La primera impresión es positiva: Dalmau encaja a la perfección entre el grupo de cuarentonas que llevan la voz cantante. También veo algunos estudiantes que lucen la camiseta de su universidad, ejecutivos estresados y pibones (de ambos géneros) que hacen vida aparte. Seguro que el gimnasio tiene un acuerdo con alguna agencia de modelos para incrementar el nivel estético.

Luego estamos los novatos, solos y desubicados, que como no sabemos dónde meternos buscamos consuelo entre los de nuestra especie.

Supongo que esta clase será más asequible, pero esto no implica que aguante hasta el final. Empieza bien, con una serie de ejercicios encadenados al ritmo de la música, con pesas ligeras. Parece fácil y me animo, sacando el espíritu bailongo que llevo dentro, pero la repetición constante comienza a afectarme. En la segunda ronda, voy más lento y en la tercera, casi no puedo ni moverme. La monitora se me acerca para motivarme: «¡Un poco más!», «¡Tú puedes!», «¡Aprieta los dientes!». Al ver que no surge efecto, me da por perdido y localiza a otra víctima.

Para tratarse de las primeras clases de la temporada, creo que sería conveniente empezar a un ritmo más suave. Pero quizás estamos ante una prueba de fuego, como si te preguntaran: «¿Mereces realmente estar aquí?». Al acabar me siento en el suelo, destrozado, y en mi mente nublada aparece la imagen de Recasens riendo a carcajadas. Voy a mandar el espejismo a la mierda cuando oigo una voz ya inconfundible, porque sus gritos de ánimo se me quedarán grabados toda la eternidad:

—¿Cómo estás? ¿Muy cansado?

—No… ¿por qué lo dices? —respondo irónico.

—Sí, ya veo —replica entre carcajadas—. Me llamo Layla, encantada de conocerte. Me gusta hablar un rato con los nuevos alumnos. Así puedo darles algún consejo y adaptar los ejercicios a su nivel.

Mientras se presenta extiende su mano y me ayuda a levantarme. Viste la camiseta negra del gimnasio, pero sin mangas, cosa que le permite lucir unos bíceps perfectamente esculpidos. Lo mismo sucede con las mallas ajustadas que se detienen un palmo antes de sus rodillas y que definen unas piernas largas y musculadas, con unos gemelos de pantera lista para el ataque. Morena, lleva el pelo recogido en una trenza que oscila como un péndulo y una fina capa de sudor confiere algo de brillo a su rostro sonriente, que expresa un cierto orgullo de barrio. No de este, más bien de uno de la periferia.

Yo, por mi parte, llevo la camiseta empapada, como si me hubiera duchado con ella. Solo que no huelo como si acabara de salir del cuarto de baño.

—Ayúdame a recoger, va —ordena.

—Claro —digo, aunque los músculos me duelen solo de agacharme—. Por cierto, me llamo Jordi, ehh, Viassolo.

No sé si ha sido una buena idea revelar mi auténtico nombre, pero ya está hecho.

—Encantada, Jordi. ¿Italiano? El monitor de *cross fit* también lo es.

—No, no, mi bisabuelo era italiano. Yo solo he heredado el apellido.

—Ah, bueno —responde, juraría que algo decepcionada—. Me da la impresión de que no has hecho mucho deporte en los últimos años, ¿no?

—No mucho, lo reconozco.

—Bueno, todavía eres muy joven, tienes tiempo —dice, aunque ella quizás tenga dos o tres años más que yo.

—Esa es la intención —respondo sonriente y por primera vez pienso que no estaría mal hacerlo.

—¿Por qué quieres mejorar tu forma física? Esta es la única pregunta que importa —pregunta, lanzándome un dedo al pecho.

—Ehhh, pues no sé, para sentirme bien, ¿no?

—El secreto está siempre en la motivación, en eso que te permitirá levantarte del sofá aunque estés hecho polvo. Si no tienes claro tu objetivo, la pereza será más fuerte. Y en unas semanas dejarás de venir.

—Ehh, no, voy a tomarme las clases en serio, estoy muy motivado —aseguro, cosa que es verdad, aunque por motivos que ella desconoce.

—Eso espero. Pero recuerda una cosa: solo salimos de la zona de confort si es por un buen motivo. ¡Busca el tuyo! —me anima.

—Lo haré, gracias.

Antes de que se aleje, decido lanzar la caña sutilmente, a ver si pesco algo.

—Layla, por cierto, me recomendó esta clase una amiga de mi madre. Pero no la he visto hoy. Sara Dalmau, ¿te suena?

—Sí, Sara... No la he visto todavía desde la vuelta de las vacaciones.

—Qué raro, ¿no?

—Raro, ¿por qué? —responde sorprendida—. La gente va y viene, Jordi. Te veo en la próxima clase, ¡descansa!

Se va y temo que haya quemado esta nave demasiado pronto. Por si fuera poco, tras pasar una hora en el vestuario para ducharme y cambiarme, molido por el esfuerzo, me arrastro hasta la parada de los Ferrocarrils de la Generalitat. Cuando estoy a punto de bajar por las escaleras suena el claxon de una moto parada en el semáforo. Es de nuevo Layla, a bordo de una vieja Scoopy.

—¿No vives por aquí? —me pregunta gritando por encima del ruido del motor.

—Eh, no. Tengo el coche en el taller, así que hoy me toca coger los *ferrocatas* —intento decirle, pero el semáforo se pone en verde, arranca y se despide con la mano.

Quizás sea un poco paranoico, pero me imagino que se estará preguntando cómo es posible que un socio de uno de los gimnasios más pijos de la ciudad vuelva a su casa en transporte público.

Las siguientes dos semanas de clase —lunes, miércoles y viernes— siguen siendo duras, si bien voy mejorando y, al menos, logro aguantar hasta el final. No mejoro, en cambio, en mi investigación.

En una de mis visitas clandestinas a Recasens, siempre a la hora del vermut en la Barceloneta, me informa de que sus contactos no le han revelado nada interesante hasta el momento. Ni los Mossos d'Esquadra, ni la Policía Nacional, ni la Guardia Civil, ni el Ministerio de Asuntos Exteriores tienen noticia alguna sobre Sara Dalmau. Y tampoco muestran demasiado interés.

Por lo tanto, todas las esperanzas se concentran en lo que yo pueda averiguar en el gimnasio. Sin presión, ¿eh? Y no, todavía no le ha dicho nada a la duquesa. «Calma, *nano*, todo en su momento», me aconseja.

Tanto porque necesito resultados cuanto antes como porque siento que ya estoy más integrado, especialmente gracias a las atenciones de Layla, decido que ya es hora de pasar a la acción. Aunque, como suele ser habitual en mí, el concepto de *pasar a la acción* va a cámara lenta. Método Viassolo. Un día me acerco al grupito de cuarentonas, otro río alguna de sus ocurrencias, al siguiente contesto a un comentario, otro empiezo una conversación intrascendente… Hasta que lanzo el ataque final:

—Mi madre me ha preguntado por una amiga suya que venía a esta clase. Sara, se llama. Creo que de apellido, Dalmau. Pero no hay nadie con este nombre por aquí, ¿no? —pregunto de la forma más inocente posible mientras me ato las bambas y me arreglo el flequillo, o viceversa, como si no fuera mi corta carrera en ello.

—Es verdad, no ha vuelto a clase. Mira que no faltaba ni a una —contesta una de ellas, con la piel estirada por la cirugía y los labios engrosados por el bótox, pero todo de una forma sutil y discreta. Diría que los pechos también han pasado por el quirófano, pero prefiero no mirar demasiado para no perder el aura de jovencito simpático.

No obstante, parece que la conversación acaba aquí, porque el resto se dedica a ratificar el comentario con un «sí, sí, es verdad». Y punto.

Mierda. ¿Qué hago? ¿Insisto? No quiero volver a precipitarme, pero estamos a finales de septiembre y sigo encallado. Me entran las dudas y comienzo a oír voces

que anuncian las peores catástrofes. De pronto, escucho:
—¿Y sabéis quién no ha vuelto tampoco? Ese tan guapo con el que Sara hablaba tanto últimamente —comenta la voz maliciosa de una morena de pelo rizado.

Alerta. Si fuera un gato mis orejas se habrían puesto de punta.

—No seas mala —responde otra entre risas—. ¿Qué insinúas?

—Nada, nada... Pero tenéis que reconocer que se habían hecho muy amiguitos.

—Eso es cierto.

—Yo les vi salir un día juntos —tercia otra.

—¿Qué dices? ¿Y ahora nos lo cuentas?

—A ver si se han fugado juntos...

Pues sí, señora, creo que ha dado en el clavo. Ahora sí tengo que meter baza, sea como sea, antes de que desaparezca el *momento chafardeo*:

—¿Y quién era ese *hoooombre*? —pregunto imitando la voz de Boris Izaguirre, en una acción improvisada, suicida y vergonzante que, no obstante, cosecha un gran éxito a juzgar por el estallido de risas.

—¡Vaya con el cotilla! —exclaman.

—Bueno, es que seguro que mi madre me lo preguntará —me defiendo, crecido de ánimos, mientras les guiño el ojo.

—Fran se llamaba, ¿no? —adelanta una.

—No, no, ese era su amigo. Solo vino a tres o cuatro clases, antes incluso de que nos pusieran a Layla de monitora. Creo que era el dueño de una cadena de restaurantes ¡Tenía un culito...! Aunque era bastante seco —corrige otra.

—Cierto. Él se llamaba Marc —revela una tercera.

—Marc, no. Marcos —vuelve a corregir la segunda mujer.

—Bueno, es lo mismo —zanja la interpelada.

–¿Y no había otro amigo también? Más tímido y tirando a feúcho —añade una que no había intervenido hasta ahora.

–Ah, pues ni idea —admiten la mayoría.

Como la cosa se está descontrolando intento reconducir el tema, pero Layla sube el volumen de la música, da unas palmadas y anuncia que ya es hora de «dar caña». Empezamos a calentar y ella se me acerca por detrás.

—Veo que te has echado unas nuevas amiguitas, ¿eh? —me susurra con sorna.

Estoy especialmente patoso en la rutina de hoy, porque no puedo dejar de pensar en estrategias para averiguar el apellido del amiguete de Dalmau. A lo mejor tengo que dejarme de sutilezas y preguntar a bocajarro.

Después de enseñarnos los movimientos, Layla comienza su paseo motivacional. A algunos les grita que lo hacen muy bien; a otros les aprieta más las tuercas. A mí no me dice nada, sino que me observa con una sonrisa irónica. Cuando termina conmigo, se dirige hacia su bolsa de deporte, saca el teléfono móvil y anuncia:

—¡Seguid así, que lo estáis haciendo muy bien! Os voy a grabar en vídeo. ¡Luego os lo envío al grupo de Whatsapp!

Al principio no reparo en ello, porque suficiente tengo con completar los ejercicios. Pero, de pronto, me doy cuenta de que he vuelto a tener suerte. ¿Estarán los dioses del Olimpo de mi parte? Intento acabar de la manera más decente posible la clase y, nada más terminar la ronda de estiramientos, me dirijo apresuradamente a Layla.

—Yo no estoy en el grupo de Whatsapp. ¿Me puedes añadir, por favor?

—Claro. Pero si quieres mi número de teléfono, no hace falta que te busques una excusa —me suelta con una sonrisa, seguida de un leve puñetazo en el hombro.

—Ehh, no, no es por eso, es para lo del vídeo y tal —respondo torpemente, porque hasta ahora no me había ni siquiera imaginado que Layla pudiera estar interesada en un mequetrefe como yo. Entiendo que se trata de una broma, aunque no estaría mal haber contraatacado con una réplica ingeniosa. Pero no me viene ninguna a la cabeza.

—¡Te estoy tomando el pelo! —contesta con una carcajada—. Dame tu número y te incorporo. Por cierto, te felicito, porque no has faltado a clase ni un solo día. ¡Y eso que no daba por ti ni medio euro! Pero no has contestado todavía a mi pregunta: ¿Qué te motiva?

—Bueno, noto que a medida que mejora mi forma física también me siento más a gusto conmigo mismo. No sé, con más confianza —contesto y, para variar, es cierto.

Ella sonríe agradecida como si le hubiera echado un piropo y yo salgo corriendo al vestuario a por el móvil. Compruebo que, efectivamente, he pasado a formar parte del grupo de Whatsapp denominado *Cracks del Body Pump*. Pulso en la cabecera y se despliega el centenar de contactos que lo integran. Sudo por la excitación y el calor que hace aquí dentro. Veo que aparecen muchos más nombres de los que formamos la clase, así que supongo que los antiguos alumnos aún no se han borrado. Cruzo los dedos para que así sea. Deslizo mi dedo por la pantalla y encuentro el de Sara Dalmau. Bien.

Me quito la camiseta empapada y hace chof al estamparse contra las baldosas grises. Continúo. No aparece ningún Fran, pero sí encuentro a un Marc y a dos Marcos. El primero se apellida Pardo; el segundo, Roca, y el tercero, Maluquer. Miro sus fotos de perfil y reconozco a uno de ellos; es integrante del grupo de los modelos-actores-gente guapa. En cambio, los otros dos no me suenan, así que se convierten en candidatos.

Cierro el puño para celebrar el triunfo. Pero quiero más. Accedo a la cuenta de Instagram de Dalmau. No ha colgado nuevas fotos, aunque eso no es lo que ahora me interesa. Miro su último selfi y despliego la lista de todos los *me gusta*. Unos sesenta perfiles, no está mal. Compruebo uno a uno, y bingo. Grito, salto, pego un puñetazo al aire y digo en voz alta (después de comprobar que sigo solo en el vestuario):

—¡Marcos Maluquer, te tengo!

Me siento tan eufórico que ni siquiera paso por casa y tomo directamente los *ferrocatas* hasta la plaza de Catalunya. Me compro un kebab para cenar, una lata de cerveza y me siento frente al Macba, cuya plaza, por una vez, está vacía de *skaters*. En el centro se ha instalado uno de los escenarios de La Mercè. Aunque la fiesta mayor de Barcelona suele marcar el punto y final del verano, aquí sigue haciendo el mismo calor que en agosto. Al menos el índice de humedad ha disminuido, lo que te permite caminar por la calle sin sentir el aplastante peso del universo sobre los hombros.

Mis amigos aparecen más tarde para acercarnos a algún concierto, aunque antes dedican un tiempo a reírse de mi ropa de *incógnito*: unos chinos beige y un polo verde que me compré para pasar inadvertido en el Fit&Fun, pero que en pleno Raval me convierten en una presa fácil para cualquier ratero. Pol se quita su camiseta roja con el lema *Antifeixista* para intercambiársela conmigo. Luego compro cuatro cervezas a un vendedor paquistaní y les cuento mis últimos avances, aunque Samu está de bajón porque las cosas no van bien en la empresa de obras públicas en la que trabaja.

Le animamos, nos surtimos de más bebida y buscamos un concierto que valga la pena. Como somos de gustos musicales flexibles, nos conformamos con el de un grupo que mezcla música tradicional senegalesa con reggae y electrónica. Llevamos ya varias cervezas y un par de lingotazos del tequila de la petaca de Berni, así que nos abrimos paso hasta las primeras filas y nos ponemos a bailar dando saltos.

Estoy a tope, con el puntillo y un chute de autoestima, así que le suelto a la chica que baila a mi lado, con rastas rubias que se desploman bajo un gorro con los colores de Etiopía y camiseta de tirantes de Bob Marley:

—Soy detective privado, ¿sabes?

—¿Ah, sí, como los de *Mentes criminales*?

Le respondo que «más o menos», pero me deprimo: ¿cómo le puede gustar a una rastafari una aburrida serie sobre unos agentes especiales del FBI que siempre resuelven los casos de la misma forma? Además, me advierto que no puedo volver a presentarme a mí mismo como detective, por muy ciego que vaya. Nunca jamás.

13

En cualquier otra ocasión me hubiera quedado tirado en la cama hasta la hora de comer, haciendo oídos sordos a los ruidos domésticos que mi madre exagera cuando considera que ya he dormido demasiado. Esta mañana, en cambio, me he despertado temprano, con energía y ganas de zambullirme en internet para investigar a Marcos Maluquer.

Antes de eso, estudio con detalle la foto de su Whatsapp o, al menos, con todo el detalle que me permite su baja calidad, ya que al ampliarla se desintegra en un puzle de píxeles. Estoy, sin duda, ante un elemento típico de la burguesía barcelonesa, de esa que se mueve siempre de la Diagonal para arriba. Un madurito atractivo al que le sientan bien las canas, con clase, una expresión aún juvenil y cierto aire de superficialidad. Un pijo encantador, en definitiva.

Luego consulto las *Páginas Blancas* de Telefónica, aunque no consta nadie con ese nombre. Llamo al móvil que aparece en el grupo de *body pump*, pero una voz me informa de que está apagado o fuera de cobertura, lo que es un alivio porque no hubiera sabido qué decir si hubiera contestado. Busco sus redes sociales, pero no tiene ninguna aparte de Instagram, que encima está en modo privado, por lo que no puedo ni husmear. Hago una búsqueda en Google y solo aparecen algunos artículos suyos publicados en una web especializada en el mundo financiero, aunque hace ya unos años. Deduzco que se dedica a algo relacionado con la economía, como todos los de su especie.

Finalmente, intento relacionar su apellido con términos como *Fibonacci*, *número de Dios*, *masones*, *mandala*, *ocultismo*... El resultado que obtengo es proporcional a la lógica de mi procedimiento. Es decir, cero.

A las diez, una hora en la que Recasens ya tendría que estar leyendo el diario, llamo a Private Eye y pregunto por él, disimulando la voz por si me reconocen, aunque nadie se suele acordar de un efímero becario. Tras contarle mis progresos, espero algo de emoción por su parte y quizás una felicitación, pero solo obtengo una orden:

—Consigue su dirección y lugar de trabajo. Avísame cuando lo tengas, *nano*.

Sí, claro, gracias, Recasens.

Pongo en práctica entonces una técnica imprescindible en el ejercicio diario del detective privado del siglo XXI, tal y como aprendí en mi primer mes en la agencia: liar a los operadores telefónicos de cualquier compañía de servicios, de seguros o incluso de ONG con el fin de sonsacarles información reservada. Esta es mi primera vez, así que siento un hormigueo mientras marco el número de atención al cliente de Movistar.

—Teclee el número de teléfono sobre el que quiere hacer una consulta, por favor —indica la voz metálica de una grabación.

Lo hago.

—Este número no pertenece a nuestra compañía —alerta la misma voz enlatada.

Primer disparo al aire. Vuelvo a la carga con Vodafone. Después de dialogar con el contestador de turno, que me confirma que el número sí pertenece a la compañía, me pasan con una operadora.

—Buenos días, soy Evelyn, ¿en qué puedo ayudarle? —me saluda una voz suave y cadenciosa, que me transporta instantáneamente a una soleada playa tropical.

—¿Oiga? —repite la operadora para arrancarme de mi ensoñación caribeña.

—Sí, buenos días. Llamé hace unos meses para notificar un cambio de domicilio. Dijeron que tomaban nota, pero no he recibido nunca una factura en mi nuevo piso. ¿Me puede confirmar qué dirección le consta? Me llamo Marcos Maluquer.

—Claro. ¿Cuál es su número de DNI?

Mierda.

—Es que no lo tengo ahora aquí y no me acuerdo...

—Lo siento, pero necesito su DNI...

Cuelgo.

Dejo pasar un tiempo prudencial y vuelvo a llamar, cruzando los dedos para que me toque otra operadora. Así es, y en esta ocasión su acento seco me transporta, no sé por qué, a las llanuras castellano-manchegas.

—Tengo un problema con el número de mi padre, que ya es mayor, el pobre, y no se entera mucho de cómo funciona el móvil. Resulta que tuvimos que llevarlo hace seis meses a una residencia, ya me entiende... Ahora hemos descubierto que se ha disparado la factura telefónica y tenemos miedo de que esté sucediendo algo raro. Hemos buscado las facturas anteriores, pero no las encontramos. Supongo que las seguirán enviando al anterior piso. ¿Me podría confirmar a qué dirección se envían las facturas, por favor? —pregunto con toda la dulzura del mundo.

—Necesitaría el DNI de su padre, señor... ¿Cómo debo dirigirme a usted?

—Juan, llámeme Juan —señalo de manera poco creíble—. El problema es que ahora mismo no tengo su DNI y no puedo llamarle, porque está bastante sordo, ¿sabe? Así que tendría que ir a verle, aunque hoy no puedo... ¿No podría hacer una excepción?

—Debo seguir el procedimiento, señor Juan.

—Claro, lo comprendo. Pero mi padre está gastando mucho dinero con el móvil y tememos que esté cometiendo alguna locura. A estas edades se comportan como críos... O quizás alguien esté usando su teléfono sin su consentimiento.

—Hagamos una cosa —me corta la operadora—. Si usted me indica la dirección de la antigua casa de su padre, yo le confirmo si es la que tenemos registrada.

—Ehh, bueno, déjelo, ya volveré a llamar.

Cuelgo.

Joder, no es tan fácil como creía. Tendré que buscar otro método. Como solo son las diez y media y ya no tengo nada más que hacer, decido ir al gimnasio para probar la prometedora zona de spa. A ver si las burbujas del jacuzzi me aclaran las ideas.

Por la mañana, la atmósfera que reina en Fit&Fun Premium Gym no tiene nada que ver con la agitación vespertina. A estas horas, el sol se filtra por los ventanales para resaltar un ambiente sosegado y algo perezoso, ya que nadie tiene la obligación de cumplir con los plazos de una ocupada agenda.

La clientela matinal está formada sobre todo por jubilados, pero muy distintos a los jubilados habituales; morenos, saludables, tersos, vigorosos, casi sin arrugas… Por suerte, están en clase y puedo sumergirme a solas en el jacuzzi, cuyas burbujas inflan mi bañador de palmeras azules. Harto de darle vueltas al mismo tema sin encontrar una explicación satisfactoria —que no sea precisamente la que no quiero: que Sara Dalmau se ha largado por voluntad propia—, intento dejar la mente en blanco.

La táctica funciona, porque después de una hora en remojo salgo con una sonrisa alelada. El agua caliente ha rebajado mi presión sanguínea y floto como una pompa de jabón. También tengo una sed terrible, así que voy a la recepción a beberme un zumo de melocotón por la cara. ¿Qué más puedo pedir? Y todo por gentileza de Private Eye.

Mi cuerpo se mueve a cámara lenta, igual que mi cerebro, al que ahora mismo le costaría sumar dos más dos. Por eso no reacciono de inmediato cuando advierto que no hay nadie detrás del mostrador, aunque el ordenador está encendido. Me quedo mirando el escenario como si esperara a que comenzase la función, hasta que comprendo que soy yo el actor principal de esta obra. De repente, todo el relax acumulado se evapora y mis músculos se tensionan, mi corazón de desboca y mi respiración se acelera.

Miro a izquierda y derecha. Nadie a la vista. Afino el oído para captar cualquier sonido. No escucho nada.

Diseño el plan en mi cabeza, señalo pros y contras y llego a la conclusión de que estoy en el lugar adecuado en el momento preciso. No hay excusas, debo hacerlo. Ningún otro detective dudaría, es una oportunidad de oro. «No, detente —ordena mi cerebro—, seguro que la cagas y nos moriremos de vergüenza.»

Pero esta vez no pienso ceder, porque esto es lo que hacemos los detectives: nos metemos donde no nos llaman. Y si nos pillan, soltamos cualquier excusa. O encajamos el golpe. Vamos, Viassolo, reúne el valor, mueve esos pies que se han quedado pegados al suelo. Hazlo y rompe una nueva barrera, escala a la cima, destroza tus límites…

Mierda. Alguien llega y ocupa la recepción.

Me hago el despistado, me dirijo a la salida como si nada y me odio a mí mismo por la oportunidad perdida. Tanto que juro solemnemente ante el cielo azul, las gaviotas que lo cruzan desubicadas buscando algo de comida y las cicatrices blancas que dejan los aviones que si no consigo meterme en esa recepción para averiguar la dirección de Marcos Maluquer no merezco ser detective. Y que, por lo tanto, dedicaré el resto de mi vida a alguna profesión gris, insípida e insustancial. Yo qué sé, auditor o corredor de seguros. Así que lo volveré a intentar. Tantas veces como haga falta.

Viernes: compruebo que, efectivamente, la recepción se queda vacía al mediodía durante diez minutos debido a un cambio de turno que no se ejecuta con la precisión que desearía un buen jefe de recursos humanos.

Sábado: estoy a punto, pero en el último instante decido que será mejor volver a confirmar que mis observaciones anteriores no han sido fruto de la casualidad.

Domingo: cierra al mediodía, así que me quedo en casa mordiéndome las uñas.

Lunes: llego dispuesto a pasar a la acción, pero entran dos señoras y tengo que abortar la misión.

Martes: el cielo amenaza lluvia y no sé si tendrá algo que ver, pero la recepción no se queda vacía en ningún momento.

Miércoles: observo si se vuelven a producir esos diez minutos de ausencia. Así es, pero no hago nada más. Comienzo a estar muy asqueado.

Jueves: estoy cansado porque apenas he podido dormir, pero me obligo a dar el paso, con cierta sensación de fatalidad. No hay nadie cerca así que, por fin, me cuelo.

En los instantes previos, siento una fuerte opresión en el esternón, que es la parte del cuerpo donde se concentra la ansiedad, según he leído en algún lado. Pero como en ese verano que con once años salté por orgullo desde el trampolín más alto de la piscina, me lanzo al vacío y me obligo a entrar en la recepción sin tomar más precauciones. No quiero conceder a mi cerebro el tiempo de detenerme.

Curiosamente, una vez que me siento en la silla, el pánico desaparece. La bomba está a punto de estallar, así que será mejor que mis manos no tiemblen al cortar el cable. Y no lo hacen. Con una serenidad que nunca había sentido antes, agarro el ratón y busco la carpeta de clientes. Hago clic y aparece una extensa lista. Tecleo el apellido Maluquer en el apartado de búsqueda. Un reloj de arena que gira sobre sí mismo me indica que el ordenador está pensando. Por suerte, la pregunta no es muy difícil y enseguida aparece la siguiente información:

Marcos Maluquer. 12-05-1970
Socio número 3.891
Teléfono: 93 321 12 24
Dirección: Canet, 65. Puerta A

Saco el móvil del bolsillo y hago una foto de la pantalla. No habrá pasado ni un minuto, así que estamos ante una misión brillantemente ejecutada. Salgo de la recepción como si me deslizara sobre el aire e incluso tengo tiempo de dar dos golpecitos con los nudillos sobre el mostrador. Creo que nunca me había sentido tan bien, hasta que oigo:

—¿Buscabas algo, Jordi? —pregunta Layla, la monitora, que ha aparecido de la nada, con un gesto de extrañeza.

—¿A qué te refieres? —logro decir. Siento la desesperada necesidad de arreglarme el flequillo, cosa que hago de forma demasiado torpe.

—Me ha parecido verte dentro de la recepción.

—No... Bueno, sí. Es que me pidieron una fotocopia del DNI y hasta ahora no me había acordado de traerla. Así que quería entregarla.

—Dámela a mí, si quieres.

—No, no, es que... No la tengo, porque no sabía si servía una fotocopia en blanco y negro o tenía que ser en color. Por eso quería preguntar.

—Supongo que no importa si es en color o blanco y negro. Por cierto, ¿qué haces aquí a esta hora? ¿No vienes siempre por la tarde?

—Sí, pero como hoy no tenía clase en la universidad he querido probar el spa. ¡A ver si me relajo un poco! Bueno, me voy. Nos vemos mañana.

Encaro la salida del gimnasio lo más rápido posible, sin saber si he salido airoso de la situación o han notado que mentía incluso en Sant Boi de Llobregat.
—¡Espera!
Mierda.
—¿Mañana tampoco tienes clase? —me pregunta Layla.
—Tengo la primera a las doce y media, creo —miento después de pensármelo un rato para dar credibilidad a la respuesta.
—Guay. ¿Te puedes pasar sobre las diez? Estamos haciendo pruebas de esfuerzo a todos los socios, por salud y para poder diseñarles planes a medida. Ya sabes, somos un gimnasio de nivel —remarca guiñándome el ojo.
—Claro, claro. Aquí estaré —confirmo antes de salir del gimnasio a toda prisa.
Respiro hondo para tranquilizarme y luego llamo a Recasens para informarle de mi descubrimiento. Me cita mañana porque considera que «ya ha llegado el momento de hablar con Marina del Duque». Por fin, joder.

Imaginaba que la prueba de esfuerzo estaría dirigida por un médico, o al menos por un fisioterapeuta, pero me encuentro únicamente con Layla y su cuerpo de infarto, que hoy me parece más espectacular que de costumbre. Lleva una camiseta distinta a la habitual, amarilla, y unos pantalones grises muy cortos, como los de un corredor de atletismo de los años setenta. Tengo que esforzarme para despegar la vista de sus piernas.

Me indica que suba a la cinta y haga diez series cortas de esprints. A la mitad ya echo el hígado por la boca, pero continúo hasta el final porque quiero impresionarla. Tras la prueba me habla de «frecuencias cardiacas, índices de masa corporal, umbrales aeróbicos...» y demás cosas que no entiendo. Luego me aconseja:

—Tienes que crear una visión poderosa en tu mente para alcanzar tus metas.

Le doy las gracias y le aseguro que lo tendré muy en cuenta. Me despido hasta la próxima clase, no sin antes admirar de nuevo su figura, a años luz de mis posibilidades.

Durante el larguísimo trayecto hacia Private Eye —en el que encadeno *ferrocatas*, metro y bus—, aprovecho para repasar los datos que he acumulado sobre el caso Dalmau. Camino maquinalmente y no presto atención a nada, ni siquiera a si alguien se extraña al verme hablando solo.

Sin saber muy bien cómo, llego frente a la imponente torre donde se encuentra la agencia. La playa está llena porque en pleno octubre sigue haciendo un calor de verano. A lo mejor me pego un chapuzón al salir, aunque antes debo superar el nuevo encuentro con la duquesa, que supongo que estará muy disgustada.

Estoy nervioso, pero también siento una íntima satisfacción. Cualquier lector de novela negra sabe que todo detective que se precie tiene que aguantar de vez en cuando la bronca de su superior. Por supuesto, le entra por una oreja y le sale por la otra. A ver si soy capaz.

Recasens ya está dentro del despacho, sentado en la silla de espaldas a la puerta, aunque se gira cuando advierte que la duquesa desvía la mirada hacia mí. Voy a entrar, pero con la palma de la mano me indica que espere. Del Duque discute, gesticula, niega con la cabeza y da una palmada sobre la mesa, que hace temblar las fotos. Recasens no se inmuta y simplemente se encoge de hombros. No me da la impresión de que esté muy preocupado. Tampoco se lo debe de parecer a ella, porque mirando al techo dice algo así como «eres imposible» justo antes de indicarme que pase.

—Voy a ahorrarme todo lo que pienso del hecho de que desobedecieras mis órdenes, porque no hay tiempo que perder. Quiero que Recasens y tú solucionéis este disparate por la vía rápida. Una breve investigación, un informe y adiós muy buenas.

No sé si es por culpa del aire acondicionado, que expulsa un frío polar, o porque sus palabras han sido más gélidas que el invierno islandés, pero un escalofrío me recorre el cuerpo. Espero que no lo hayan notado. La duquesa se levanta y nos abre la puerta para mostrar que ya ha acabado con nosotros. Cuando la cruzo, me advierte:

—Utilizaré el anticipo del cliente para pagar tu trabajo, pero no pienso desviar ni un solo euro del presupuesto. Supongo que puedes facturar como autónomo, ¿no?

Respondo que sí, porque los jóvenes de hoy en día ya estamos acostumbrados a que nos exploten.

—Por cierto, la web de *Economía Positiva* está operativa. Felicidades, supongo... —me dice con una sequedad que resta credibilidad a la felicitación.

Mascullo un gracias y sigo a Recasens hasta la puerta. Debe de considerar que lo que acaba de pasar no merece ningún comentario porque únicamente me pregunta:

—¿Has averiguado ya dónde trabaja el tipo ese?
—No me ha dado tiempo. Algo relacionado con la economía o las finanzas.
—No tardes.

Al salir del ascensor me saluda efusivamente el conserje que estaba cubriendo la sustitución de verano, que me anuncia que le han alargado el contrato. «¿A ti, no?», me suelta. «Pues no», le respondo áspero.

—Por cierto, te espera una chica —me informa con una sonrisa pícara mientras me señala los sofás que hay junto a la entrada.

—¿Qué chica? —pregunto sorprendido.

No hace falta que me responda, porque distingo a Layla sentada con las piernas cruzadas, mirándome fijamente. Se levanta y camina hacia mí, seria, con los labios apretados y fuego en sus ojos negros. Me arreglo el flequillo apresuradamente y voy a su encuentro con un gesto suplicante.

—¿Qué, qué haces aquí? —le pregunto.
—Te he seguido y como estabas tan atontado, ni siquiera te has dado cuenta.
—Ya... ¿y por qué?
—¿Cómo que *por qué*? ¿Te crees que ayer me tragué tus mentiras? Te observo de cerca desde que viniste al gimnasio por primera vez y tengo una cosa clara: tú escondes algo. Así que decidí citarte con la excusa de la prueba para seguirte. ¿Y qué descubro? Que trabajas en una «consultoría de inteligencia y seguridad». ¿Me explicas qué es eso? ¿La CIA o qué?
—No. A ver... soy detective privado —admito, consciente de que me han vencido en mi propio terreno aunque orgulloso por cómo suenan esas palabras.

Imagino que Layla habrá quedado asombrada y admirada, pero solo pregunta, más bien confundida:
—¿Detective? ¿Todavía existen?

—No lo entiendo —reconoce Layla una vez que le he relatado la historia con pelos y señales.

Además, le he pedido perdón múltiples veces y le he rogado que no se chive por el bien de la investigación, de Sara Dalmau y de su desolada familia. Y del mío propio, claro, porque solo faltaría que desde el gimnasio le fueran con el cuento a la duquesa.

—¿Qué no entiendes? —pregunto dócilmente, porque tras este episodio forzado de sinceridad ya no me importa seguir contando la verdad.

—Si trabajas de detective privado, ¿por qué eres tan tirillas?

Lo dice medio en serio y medio en broma, con los ojos entrecerrados, por lo que interpreto que ya no está enfadada. La pregunta, no obstante, me ruboriza.

—¿Qué quieres decir? Ni que estuviera tan mal...

—Bueno, algo has mejorado, pero tampoco te creas... No, en serio, si un matón quisiera romperte las piernas, ¿cómo te defenderías?

Es una buena pregunta, porque esta posibilidad tampoco se ha planteado nunca en la universidad. Solo tiene una respuesta:

—Pues correría como si fuera el maldito Usain Bolt, supongo.

—Ya, pero no lo eres, por si no lo has notado. Y me juego lo que quieras a que no aguantas ni un esprint de cincuenta metros. ¿Hacemos la prueba? —me reta Layla.

—No hace falta, tienes razón. Pero por lo que he visto hasta ahora, ser detective no tiene nada que ver con lo que sale en las pelis… o en los libros.

—Es igual, creo que te convendría ponerte más en forma. Ganar masa muscular, agilidad, potencia, velocidad… Y esto también te dará más confianza. Por si acaso.

—Bueno, no te digo que no, pero no creo que en la agencia me sigan financiando el gimnasio por mucho tiempo.

—¡Ya buscaremos la forma! Cualquier parque sirve para improvisar una rutina de entrenamiento. Va, hagamos un trato, ¿vale?

—A ver…

—Yo no diré nada en el gimnasio y, además, te ayudaré. Sara y Marcos eran mis alumnos y me siento algo responsable. A cambio, quiero que tú te comprometas a seguir entrenando conmigo.

No me convence mucho el tema. Las clases de *body pump* no están mal, pero me sentiría ridículo haciendo flexiones en un parque. Sin embargo, la posibilidad de seguir viendo a Layla me parece muy interesante, aunque supongo que ella preferirá a los tíos altos y cachas. En todo caso, tampoco tengo otra alternativa, así que acepto. Nos damos la mano para cerrar el trato y ella pregunta:

—Bueno, ¿y ahora qué?

—Voy a hacer una visita a la casa de Marcos Maluquer, a ver si averiguo algo.
—Vale, te acompaño.
—Ehhh, no, gracias, no te molestes. Mejor voy solo, para no levantar sospechas —me excuso, porque solo me faltaría tener una espectadora.
—Bueno —asiente poniendo morritos, lo que desencadena una explosión volcánica en mi interior—, pero me lo cuentas todo en clase, ¿de acuerdo?
—Claro, claro.

Paso por casa y aprovecho para repasar las redes sociales de Sara Dalmau por si hay novedades, pero siguen congeladas. Luego marco el número del domicilio de Maluquer. He decidido que antes de ir en persona probaré suerte por teléfono, a ver si así soluciono la papeleta. Me hago pasar por encuestador del ayuntamiento y finjo un fuerte acento catalán como medida de camuflaje. Cosas mías.
—*Bon dia,* me llamo Roger y trabajo para el ayuntamiento.
—Buenos días —responde ella, remarcando un acento castellano castizo.
—Estamos elaborando una encuesta para analizar la composición familiar de los hogares barceloneses. ¿Me permite unas preguntas?
—Bueno, pero que sea rápido —responde, provocándome una íntima satisfacción.
—Muchas gracias, seré breve. Según nuestros datos, en este domicilio vive el señor Marcos Maluquer y familia, ¿es correcto?

—No.

¿Cómo que no? Joder. Me quedo un par de segundos en blanco.

—¿Los datos son incorrectos? —reacciono.

—No del todo. Nos divorciamos hace poco más de un año.

Ah, bueno.

—Entonces, ¿entiendo que ya no vive aquí?

—No.

—¿Me puede dar su dirección actual?

—Por supuesto que no, ¿de dónde dice que llama?

—Sí, lo comprendo, perdone. Sigamos con la encuesta. Tienen… ¿cuántos hijos?

—Tres.

—¿Le pasa la pensión su marido puntualmente?

—Sí, pero ¿a usted qué le importa?

—Perdone, es que el protocolo municipal nos obliga a preguntarlo. Su exmarido trabaja en…

—En un banco. Oiga, ¿qué tipo de encuesta es esta?

—Discúlpeme si considera que las preguntas son demasiado personales, pero no tenemos otro remedio. ¿El divorcio fue debido a la aparición de otra mujer?

Cuelga y yo me seco el sudor de la frente.

Marcos Maluquer se divorció de su mujer, o viceversa, hace un año y trabaja en un banco. No está mal para empezar, pero necesito más. Aunque pretendía evitarme el mal rato, no me queda otra opción que presentarme esta tarde en casa de la exmujer.

Para contrarrestar los nervios que me genera esta misión, trato de inventarme una nueva identidad más sofisticada que la de encuestador. No me cuesta demasiado, porque en la intimidad de mi habitación soy un crack. Fuera ya es otra cosa. Eso sí, no puedo concentrarme en nada más hasta que salgo a la calle con el iPad de mi padre —regalo de una caja de ahorros por contratar un producto que luego resultó tóxico— en la mano.

La vivienda está ubicada en una coqueta calle peatonal del núcleo antiguo de Sarriá. Se trata de una encantadora casa pareada de dos plantas, con una puerta blindada que sería la envidia de la embajada de Estados Unidos en Bagdad.

Respiro profundamente, me doy ánimos, coloco el flequillo en posición correcta, pongo cara de niño bueno y llamo al timbre. Advierto que hay alguien en casa porque se escuchan gritos de chavales jugando, pero tengo que esperar unos cuantos minutos hasta que la puerta se entreabre con la cadena de seguridad aún puesta.

—¿Qué quieres?

No sé por qué, pero me había imaginado que la exmujer de Maluquer sería una cuarentona espectacular, con cuerpo de gimnasio y rasgos juveniles de quirófano. Es todo lo contrario: modosita y no demasiado guapa, aunque con porte aristocrático.

—Disculpe las molestias. Soy periodista del diario digital *Economía Positiva* —anuncio mientras le enseño a modo de acreditación la web en el iPad—. Busco al señor Maluquer para un reportaje. Contactó hace tiempo con nosotros, porque decía tener una exclusiva, pero el correo electrónico quedó lamentablemente traspapelado y hasta ahora no hemos tenido conocimiento.

—Ya... ¿Y por qué no le llamas por teléfono en vez de molestarnos en casa?

—Sí, perdone, tiene toda la razón. Pero es que lo he

intentado decenas de veces y siempre aparece apagado o fuera de cobertura.

—Ah, claro —asume, como si ahora cayera en la cuenta de algo. Tomo nota.

—¿No está en casa?

—No vive aquí, estamos divorciados. De todos modos, creo que está de viaje, así que tu exclusiva tendrá que esperar. Imagino que será sobre los desahucios, es algo que le obsesionaba, tras el fiasco de las preferentes…

—Exactamente, sobre preferentes y desahucios —reacciono y vuelvo a tomar nota—. Para no molestarla más, ¿me puede indicar qué oficina dirige ahora? Porque en su mensaje nos decía que estaba a punto de cambiar…

Aquí me la juego. Si no es verdad, ella responderá: «No, no, sigue en la misma». Tampoco sé si es director, pero lo supongo. Ella lo corrobora:

—Sí, después del lío que se montó con los clientes porque no podían deshacerse de las preferentes, decidió pedir el traslado a otro lugar, muy lejos de aquí, en la avenida Meridiana, cerca del Hipercor.

—La oficina de La Caixa de la Meridiana, ¿no? —pruebo suerte de nuevo, esta vez mencionando el banco que más oficinas tiene en Barcelona.

—¿La Caixa? No, no… El Banco del Norte —me corrige, a la vez que un velo de desconfianza se instala en sus ojos.

—¡Sí, por supuesto! Me he confundido porque justo ahora vengo de entrevistar a un directivo de La Caixa —me justifico, con la más inocente de mis sonrisas.

—Bueno, si me disculpas, tengo que preparar la cena.

—Por supuesto, muchas gracias. Solo otra cosa más,

en el correo mencionaba a otra persona, Sara Dalmau, ¿le suena de algo?

—No, de nada —asevera con rotundidad.

—Y una última cosita... ¿Sabe si su marido estaba interesado en el mundo de las sectas, los masones o cosas así?

Me observa con una mezcla de extrañeza y repulsión antes de asegurar que «no» y cerrarme la puerta en las narices. Normal, pero tenía que intentarlo.

En todo caso, estoy orgulloso de mi actuación y empiezo a cogerle el gusto a eso de hacerme pasar por otro. Es como cuando te disfrazas en Carnaval y te desmelenas. Me gustaría llamar a Recasens para explicárselo, pero como el carcamal no tiene móvil tendré que esperar a mañana. No entiendo por qué en Private Eye no le obligan a llevar uno y, dicho de paso, qué le ve la duquesa para mantenerlo allí.

A la mañana siguiente, cuando logro contactar con él, no se explaya demasiado en felicitaciones y me ordena:

—Reúnete conmigo a las doce en punto frente al Hipercor. Tú y yo vamos a hacer una visita a esa oficina bancaria.

Ay.

Me fascina la capacidad que tiene Barcelona para mutar en distintas ciudades dentro de sí misma, porque parece imposible que Sarrià-San Gervasi y la encrucijada urbana en la que se levanta el antiestético bloque del Hipercor puedan tener nada en común. No lo tienen, de hecho, más allá de un código postal que comienza por 080.

Recasens permanece erguido frente al centro comercial, que enmarca su figura alargada y menos caída de hombros que de costumbre. Está fumando un Ducados como ya nadie lo hace: concentrado, grave, melancólico... Sin mirarme ya advierte que estoy llegando a su lado y se pone en marcha de camino a la oficina antes de que lo consiga. Solo me da una directriz:

—Sígueme la corriente, *nano*.

Esperamos a que llegue nuestro turno pacientemente, de la misma forma que los dos oficinistas hacen gala de una tranquilidad infinita para soportar las preguntas de los clientes jubilados, los únicos que hay a estas horas. A nosotros nos toca un chico joven, de origen latino, repeinado y vestido con un traje pasado de moda que le va grande, como si quisiera reafirmar su profesionalidad con la falta de criterio estético.

Recasens le anuncia con solemnidad que queremos pedir una hipoteca, porque pretende ayudar a su hijo (o sea, a mí) «a sentar la cabeza de una vez». El oficinista no pierde la compostura, a pesar de que una petición así supone un caramelito inesperado tras el estallido de la burbuja inmobiliaria y su posterior crisis, que los expertos ya dan por terminada; la gente normal, no tanto. Nos invita a pasar a un despacho, coloca sobre la mesa un montón de folletos y nos detalla todos los productos disponibles, con palabrejas técnicas suavizadas por un seseo melódico:

—Hasta ahora, lo más habitual era contratar hipotecas de tipo variable, sometidas a un índice de referencia como el Euríbor. Sin embargo, la situación actual de tipos de interés bajos viene aconsejando la contratación de hipotecas fijas, con la seguridad de una misma cuota cada mes. Podemos ofrecerles a ustedes una hipoteca fija que...

—Tiene que haber un error —le corta Recasens, con una mirada que por sí misma ya rajaría la suela de un zapato.

—¿Perdone? Usted puede ver en estos folletos que la información es totalmente verídica y oficial.

—Tiene que haber un error, repito, porque no entiendo por qué no está aquí el director. ¿No tenemos suficiente nivel para él?

—Perdone, señor, pero viene siendo totalmente normal que nos hagamos cargo nosotros de los tratos preliminares. Más adelante, el señor director...

—O se presenta ahora mismo el director o nos vamos a otro banco. Exijo que nos traten con respeto —advierte Recasens con un tono autoritario mientras yo me hundo en la silla y miro hacia la puerta para calcular la mejor escapatoria.

—Tenga un poco de paciencia, por favor.

Recasens, inmerso en su papel de padre exigente, no quiere tener paciencia. Y yo he de decidir si mantengo la boca cerrada o pongo algo de mi parte. Aunque estoy muerto de vergüenza, creo que es un buen momento para demostrarle que tengo sangre en las venas, así que intervengo:

—Mi padre está acostumbrado a tratar con gente importante, así que cuando habla de negocios quiere hacerlo con el interlocutor más cualificado. No se ofenda, de verdad, pero preferiríamos hablar con el director.

—Disculpen ustedes, se encuentra ocupado —se excusa, incómodo pero manteniendo el tipo.

—¡Al director, quiero ver al director ahora mismo! —grita Recasens sin dirigirse a nadie en concreto, simplemente con el objetivo de armar follón.

—Por favor, que venga el director, si no vamos a tener un problema —añadió en tono de súplica, negando con la cabeza en solidaridad con el joven empleado.
—Voy a chequear si está disponible, pero por favor, baje la voz, señor, no querrá alterar al resto de clientes —concede, aunque sin rebajar su nivel de dignidad.

Miro a Recasens y me devuelve la mirada con esa sonrisa tan suya, de lobo que está disfrutando con la cacería.

—¿En qué puedo ayudarles? Creo que habían solicitado mi presencia…

Es el director, que no ha tardado ni diez segundos en aparecer. Lo dice con tono relamido y luego añade, con aires marciales:

—Comprendan que como director no puedo estar siempre al pie del cañón.

Tendrá unos cincuenta años y viste un traje clásico y aburrido, de esos que se compran en El Corte Inglés, sección de caballero. Supongo que hace décadas que lleva ese mismo estilo de traje, de la misma forma que hace décadas que mima con esmero ese enorme y anticuado bigote de morsa. Se mueve y habla con un cierto aire de superioridad, como si ser director de una oficina bancaria fuera algo de lo que estar orgulloso hoy en día. Pero Recasens le baja los humos con facilidad:

—Supongo que usted entenderá que los generales hablan con generales, y no con soldados rasos. Y también entenderá que no me gusta perder el tiempo ni que me falten al respeto. Mi hijo, por razones que no comparto, quiere vivir en esta zona. Así que aquí me tiene, dispuesto a firmar una hipoteca sin que me pongan muchas complicaciones. ¿Cree que nos podrá ayudar?

Recasens actúa, habla y gesticula como un cacique, sin embargo, viste igual que siempre, con una camisa amarillenta pasada de moda y unos pantalones grises de tergal. Da lo mismo, no necesita vestuario para bordar el papel de capullo clasista. Incluso yo estoy a punto de llamarle *papá*.

—Sí, claro, intentaré ayudarles lo mejor que sepa. ¿Qué desean exactamente? —contesta el director, ya sometido.

—Antes he de confesar que estoy confuso, porque me recomendaron al director de esta oficina, pero a todas luces no es usted. Busco al señor Maluquer. Digamos que tenemos amigos comunes.

—Siento decepcionarle, pero ya no trabaja con nosotros.

—Es extraño, porque me hablaron de él recientemente. ¿Me informaron mal?

—No, él dirigía esta oficina hasta hace poco.

—No me dirá que lo despidieron...

—No dispongo de esa información. A mí me trasladaron para hacerme cargo de la oficina y es lo que intento hacer. Más allá de eso, no me entrometo en temas que no me incumben.

—Y hace bien, pero entenderá que la confianza es fundamental en los negocios. Me aconsejaron que preguntara por alguien que es de fiar y de buena familia. En cambio, aparece usted, señor...

—García.

—García, ya —remarca Recasens, mezquino y prepotente, ahondando en lo común del apellido—. Pues bien, señor García, si resulta que me recomiendan a una persona, pero dicha persona no está donde debería estar,

¿no cree que me pueda parecer extraño? ¿Puedo fiarme de un banco que prescinde de alguien con tan buenas referencias como el señor Maluquer?

—El banco no prescindió de él, sino que fue él mismo quien presentó su dimisión, en plenas vacaciones. A mí me encargaron que arreglara todo este lío —revela el director, que ha caído en la trampa de cuatro patas.

—Qué cosa más rara. Tenía entendido que no hacía mucho que estaba dirigiendo esta oficina, ya que pidió el traslado desde Sarriá.

—Ya, pero no sé más.

—¿Por qué cree que cambió de oficina? Imagino que un banquero se siente más a gusto en la Bonanova que en la Meridiana...

—Yo particularmente no tengo ninguna queja de la Meridiana. ¿Podemos hablar ya de su hipoteca?

—Por supuesto —concede Recasens—. Explíqueselo todo con pelos y señales al pasmado de mi hijo que, como ve, ha salido a la madre.

Y tras la sublime actuación, sale de la oficina y me deja a solas con el director, que se seca el sudor de la frente y procede a explicarme de manera detallada su catálogo de hipotecas. Luego, «por si las moscas», me enseña un listado con los pisos que posee el banco, intuyo que procedentes de desahucios. Después de media hora larga, prometo estudiarlo todo en profundidad y volver a ponerme en contacto, esta vez sin *mi padre*.

Salgo aturdido de la oficina y encuentro a Recasens en el mismo lugar que antes, fumando de nuevo como si estuviera en una película francesa de los sesenta.

—De un día para otro, Maluquer deja el trabajo para fugarse con su amante. Parece claro, ¿eh? De todas formas, ya que estamos, sigamos hurgando un poco más. Vuelve a hablar con la exmujer, a ver si consigues que te cuente algo interesante.

—Pero ¡si ya he hablado con ella dos veces! —me quejo.

—*Nano,* no me vengas con historias. Hazlo y punto.

Podría visitar a la exmujer de Maluquer esta misma tarde, pero lo dejo para mañana. Prefiero prepararme bien para la nueva aproximación y, aparte, tengo tendencia a retrasar aquello que me asusta o incomoda. ¿No sería mejor sacárselo de encima cuanto antes? Cierto, pero no puedo. Además, tengo que pasarme por el Pirineus para una asamblea de urgencia: parece que van a echar a Samu del trabajo. Y por si fuera poco, tengo clase con Layla a las ocho y no puedo escaquearme.

Así que después de tomarme tres cervezas en el rústico ambiente del bar de los Huang, intentar quitar hierro al pesimismo de Samu, asistir a la arenga revolucionaria de Pol y concluir entre todos que lo tenemos crudo en esta ciudad de postín, pongo rumbo al oasis de bienestar y elegancia que es el Fit&Fun Premium Gym. Vaya contraste.

Llego de mala leche hasta que Layla aparece dando saltitos, me coge de la mano y me lleva al vestuario reservado para los monitores. Algo que hace que se me disparen las pulsaciones como si acabara de correr los mil quinientos metros lisos.

—¿Qué has averiguado? Cuenta, cuenta —me pregunta ilusionada.

—Pfff, no mucho. Maluquer se separó de su mujer

hace más o menos un año. Ella dice que él ahora está de viaje, pero en el banco aseguran que presentó la dimisión en verano y no han vuelto a saber nada más.

—Pues está claro que se han fugado juntos. ¡Qué romántico! ¿Tú no harías algo parecido por amor?

—Ehh, no, bueno, sí, bueno, no sé…

—Tienes que ser más impulsivo, Jordi. No pienses tanto las cosas —me aconseja y me pregunto si en ello hay algún mensaje oculto—. Bueno, y ahora ¿qué?

—Tengo que volver mañana a hablar con la exmujer, a ver si consigo sacarle algo más, pero no tengo ni idea de cómo. Además, me da vergüenza volver a molestarla.

—¡Ni que fueras a pedirle una cita! Fija tu objetivo y todo saldrá bien. Haz como los gimnastas, que visualizan cada movimiento antes del ejercicio. Repasa tu rutina una y otra vez, luego te saldrá sin pensarlo. ¡Confía en tu intuición!

—Sí, ya, Layla, parece fácil. Pero ¿qué le digo?

—La verdad, Jordi, dile la verdad.

—¿La verdad? ¡No, no! Así no hacemos las cosas. No funcionará.

—Sí que funcionará, ya verás. Te lo demostraré yo misma, porque esta vez voy a acompañarte, te pongas como te pongas.

Voy a protestar, pero me hacer callar.

—Shsssssst. No se hable más. Y ahora, a clase, ¡rápido!

15

Las personas inseguras solemos pensar que todo es demasiado complicado. Cuando alguien triunfa lo atribuimos a una sabiduría, un carácter y una valentía excepcionales, por lo que, inconscientemente, nos situamos a nosotros mismos a años luz de ese personaje. Por eso, nos convencemos de antemano de que nuestros objetivos son imposibles porque no estamos a la altura, cuando en realidad ni siquiera lo intentamos.

Personas como Layla, en cambio, ven la vida de una forma mucho más sencilla y no se detienen a pensar en lo que puede salir mal. Simplemente actúan. Gracias a ello, Layla no duda ni un momento en abordar a la exmujer de Marcos Maluquer cuando está a punto de entrar a su casa de Sarriá. Ha sido idea mía contactar con ella en la calle para que no se sienta intimidada. Pero, a partir de aquí, Layla lleva la voz cantante mientras yo me quedo en un segundo plano pensando en la mejor forma de teletransportarme.

—Perdona que te moleste, soy Layla Montero, monitora del Fit&Fun, el gimnasio al que está apuntado tu exmarido, Marcos Maluquer.

—¿Cómo? —responde la exmujer extrañada y confundida, una postura que cambia hacia la irritación y la brusquedad cuando cae en la cuenta de por qué le suena mi cara.

—Él es mi amigo Jordi Viassolo. Sé que se presentó en tu casa asegurando que era periodista, pero no es cierto. En realidad trabaja como detective y le han contratado para encontrar a una mujer llamada Sara Dalmau, que también acudía a mis clases.

—¿Detective? ¿Sara Dalmau? No sé de qué me estáis hablando. Y tengo prisa.

—Lo suponemos, no te robaremos mucho tiempo. Disculpa, no te he preguntado tu nombre... —dice Layla mientras posa la mano en su brazo en un gesto de complicidad y, a la vez, de dominación.

—Julia.

—Julia, encantada. Si tienes un minuto, voy a intentar resumirte la historia de la mejor forma posible. ¿Puedo?

Ella asiente, sin muchas ganas.

—A principios de agosto, Sara Dalmau desaparece dejando una nota de despedida a su marido, pero este sospecha que no ha sido escrita por su mujer. La policía, como existe una carta, no le hace caso. Por eso, contrata a un detective para que investigue. A Jordi, en concreto, quien descubre toda una serie de pistas que conducen a Marcos, tu exmarido.

—¿Estás diciendo que Marcos ha secuestrado a una mujer? ¡Qué locura! —exclama, mientras hace el intento de aproximarse a su casa.

Layla se lo impide poniéndose ágilmente en su camino.

—¡Claro que no! Pero todo parece indicar que se han escapado juntos. Me parece bien, si están enamorados y quieren empezar una nueva vida. Eso sí, hay otras personas afectadas, y eso es lo que nos preocupa. El marido está desesperado. Por no hablar de sus dos hijos... ¡Pobrecillos!

—¿A mí qué me cuentas? Marcos es mi exmarido, yo tengo la custodia de nuestros hijos y él solo se queda con ellos de vez en cuando. No es mala persona, pero no sirve como padre, ni como marido.

—En clase, Marcos me pareció una persona encantadora, muy educada, aunque quizás un poco superficial. ¿Era realmente así?

Julia dirige la vista a la puerta de entrada a su casa. Luego vuelve a mirar a Layla y sus facciones se relajan.

—Marcos es encantador, sí, y parece algo superficial, pero solo de puertas afuera. Es como si llevara una máscara para protegerse. Es muy romántico, a veces me da la sensación de que se ha quedado estancado en la adolescencia. Lee cada libro más cursi... Aunque últimamente se había aficionado a las tragedias griegas. Esa historia de las preferentes le dejó muy tocado.

—¿Te dijo si quería irse de Barcelona?

—No, solo me dijo que estaría de viaje unas semanas, para descansar. Me aseguró que el pago de la pensión de los niños estaba preparado. No sospeché que quisiera dejar el trabajo. Pero no entiendo, si ya estáis seguros de que se ha fugado con esa Sara, ¿qué estáis buscando?

—¿Jordi? —me da pie Layla.

—Bueno, la familia está muy inquieta, porque aseguran que no es propio de Sara desaparecer de esta manera. Necesitan confirmar que ella está bien. El marido, además, está convencido de que hay algo extraño en toda esta historia.

—¿El qué? —pregunta Julia.

—Dice que la carta de despedida no pudo haberla escrito ella —respondo yo.

—¿Por qué?

—Por la palabra *cariño*.

—¿*Cariño*?

—Sí, en la carta le llama *cariño*, pero él asegura que nunca utilizaban esa palabra. Así que si ella no la escribió, ¿quién lo hizo? Tememos que pueda estar en peligro… y su exmarido también.

—¡Qué tontería! Tú has visto muchas películas, ¿no? —replica con desdén.

—Soy más de libros, señora —respondo irritado.

Por eso, Layla vuelve a tomar el mando de la situación, con una gran sonrisa y la misma actitud cómplice, como si ya fueran muy buenas amigas.

—Julia, necesitamos saber algo más para localizarlos y tranquilizar a su familia. Además, supongo que tus hijos también querrán saber dónde está su padre… No sé, ¿se te ocurre adónde podría haber viajado?

—No, ni idea. Marcos suele tomar decisiones espontáneas y luego se arrepiente. Ya volverá cuando se lo piense mejor. Más allá de eso, no sé cómo ayudaros. Os puedo pasar el contacto de dos amigos, August y Fran, a ver si ellos saben algo. De su familia, no, porque la verdad es que no nos llevamos bien.

—Esto ayudaría, ¿verdad, Jordi? —me pregunta Layla.

Los dos amigos a los que se refiere deben de ser los mismos que ya aparecieron en la conversación con las mujeres de la clase de body pump, así que no estaría mal averiguar algo de ellos. Pero la verdad es que no estoy de humor, y lo demuestro con una actitud pasivo-agresiva. No me gusta cómo me habla esta tía rancia ni tampoco que Layla esté jugando a los detectives. Así que contesto, arisco:

—Pfff, sí, pero lo que realmente nos ayudaría es poder registrar su casa actual.

—¿No necesitáis una orden judicial o algo parecido?

—Eso es para la policía, señora —contesto despectivamente.

Supongo que ahora me enviará a la mierda y así podremos dar por finalizada la conversación. Sin embargo, ella se queda callada y piensa. No creo que le apetezca ayudarnos, pero quizás considere que esta podría ser la mejor manera de perdernos de vista. Así es:

—De acuerdo. Compartimos señora de la limpieza. Hablaré con ella y le pediré que os abra. También os vigilará para que no os llevéis nada… A cambio, solo os pido una cosa: no volváis más por aquí.

Ni ganas, pienso yo. Pero es Layla la que responde con una sonrisa:

—Trato hecho.

—Por cierto, ¿en qué agencia de detectives trabajas?

—Private Eye —respondo, aunque esté sin contrato, sin sueldo y sin apoyo.

—Bien, llamaré luego para confirmar tu identidad.

Muchas veces he llegado a casa a las seis de la mañana tras una noche de fiesta, cuando el sol despunta y se respira una calma indescriptible. Los despertadores siguen mudos y los minutos avanzan sin prisa para no estropear este momento de felicidad colectiva. Hoy, en cambio, me despierto a esa hora, y no encuentro nada de poético en ello. Tengo la impresión de que he salido de un agujero profundo y siento náuseas. Han pasado tres días desde nuestro encuentro con la exmujer de Maluquer y hoy por fin podemos entrar en el piso. En realidad no tenía por qué madrugar, ya que la señora de la limpieza estará toda la mañana allí, pero prefiero estar en la puerta antes de que aparezca para no arriesgarme a que se olvide de nosotros.

Me ducho, me visto, me como cuatro galletas maría y cruzo la ciudad desierta en mi vieja *mountain bike*, porque sigo castigado por el ayuntamiento por haber dejado que me robasen una bicicleta del Bicing y no me apetece seguir gastando tarjetas de metro que nadie me va a rembolsar.

Cuando llego a la calle de Santaló esquina con Copérnico y ato la bici a una farola con tres candados distintos, veo que Layla ya está allí, toda motivada. Hubiera preferido que no viniese para estar más tranquilo, pero ha sido imposible hacerle cambiar de idea. Cuando se me acerca y me planta un beso en la mejilla, me olvido de cualquier reparo.

Aunque estamos en pleno octubre sigue haciendo calor, como si el otoño hubiera decidido alargar un poco más las vacaciones. No obstante, a primera hora de la mañana hace el fresco suficiente para que Layla haya decidido ponerse unos tejanos ajustados en vez de los diminutos shorts a los que me tenía acostumbrado.

—La señora Julia *avisarrr* de que vosotros *venirrr*, pero os pido no *molestarrr*. Hoy *tenerrrr* que ir a *otrrras* dos casas y poco tiempo —nos suelta a modo de saludo la señora de la limpieza con tono imperativo, acrecentado por un acento ruso que suena tan inhóspito como las estepas siberianas.

Le aseguramos que ni siquiera notará que estamos allí y entramos en un piso de unos sesenta metros cuadrados que evidencia la caída de estatus de Maluquer tras el divorcio. A ver, ni el apartamento ni el barrio están mal, pero nada que ver si se compara con esa casa de Sarriá tan burguesamente encantadora. La mujer de la limpieza se pone a sacar el polvo por encima y Layla me pregunta:

—Bueno, ¿ahora qué?

Eso, ¿ahora qué?

Como no dispongo de ningún método específico, comienzo por echar un vistazo a las distintas estancias: un pequeño comedor con cocina americana, una habitación con cama de matrimonio y un escritorio de madera, otra con una litera y algunos juguetes a la vista y un cuarto de baño pequeño pero bien aprovechado. Ya he identificado la presa más codiciada de la cacería, pero prefiero esperar a que la rusa baje la guardia para ir a por ella.

Inspecciono el armario y confirmo que no hay casi ropa de verano, igual que en el de su amante. Estoy registrando el último cajón cuando Layla me llama toda excitada:

—¡Mira qué he encontrado: guías de viaje! Seguro que aquí podemos descubrir alguna pista.

—No creo —respondo al cabo de unos segundos de reflexión.

—¿Ah, no? ¿Y por qué? —replica desafiante.

—Si tienes previsto viajar a algún lado y te compras

una guía, lo normal es que la lleves contigo, no que la dejes en casa.

—Hmmmm, al final resultará que eres buen detective y todo —dice mientras me guiña el ojo y me regala una enorme sonrisa.

Me sonrojo. Mucho.

—Al menos podemos saber dónde no está —continúa Layla.

—Eso sí —admito.

De todos modos, inspecciono las *Lonely Planet* no sea que Maluquer se olvidara de coger la guía adecuada con las prisas y sí esté en alguno de estos sitios: Nueva York, la Patagonia, Islandia, Santo Domingo, Sudáfrica, Marrakech, las islas griegas, Kenia y Nepal. En la estantería también encuentro algunos libros de Federico Moccia, Paulo Coelho y *La Odisea*.

La señora de la limpieza va asomando la cabeza de vez en cuando, hasta que se enfunda los guantes de plástico y entra en el lavabo estropajo en mano. Es hora de ir a por la pieza mayor: el ordenador de sobremesa del escritorio.

Pulso los botones de encendido de la torre y la pantalla. Es un PC antiguo, así que me regala tres o cuatro minutos de espera, acompañados de una sinfonía de ruiditos y mensajes que anuncian que el ordenador se está cargando y que espere, por favor.

Le hago caso, porque no tengo más remedio. Mientras tanto, echo un vistazo a los escasos objetos que contiene la mesa: una foto con sus hijos en un velero, un bote con varios bolis y un lápiz, un taco de *post-its* y dos libros, uno sobre economía financiera y otro de consejos para invertir en bolsa escrito por un bróker con pinta de malote.

Abro el único cajón y encuentro algunos folletos y tarjetas de visita de agencias inmobiliarias, varios anuncios de pisos en venta, guías hipotecarias del Banco del Norte y un tríptico de la PAH, la Plataforma de Afectados por la Hipoteca. Antes de que vuelva a aparecer la vigilante rusa, lo guardo todo en mi mochila, por si acaso.

Justo cuando Layla se sienta a mi lado, el ordenador termina su proceso de encendido y aparece el mensaje que he estado temiendo desde el principio: «Escriba la contraseña, por favor».

—¡Mierda!

—¿No sabes cómo hackear la contraseña? —pregunta Layla como si fuera la cosa más normal del mundo.

—Pues no.

—Pues vaya.

—Espera, puedo llamar al informático de la agencia, a ver si conoce algún truco.

Lo hago y consigo hablar con él, aunque al principio no se acuerda de quién soy.

—Ah, el becario —acaba diciendo.

Digo que «sí, el mismo» y le explico mis necesidades.

—Buff, espera un momento, no cuelgues —ordena y me pone en espera, algo que dispara la consiguiente cancioncilla. En este caso es *Watching The Detectives* de Elvis Costello, elección que despierta toda mi admiración y que atribuyo a la modernilla de administración.

Pasa un minuto, dos, tres...

Layla me mira con cara de interrogación y yo le contesto que sigo esperando.

Casi inconscientemente agarro el lápiz para dibujar cualquier chorrada en el taco de *post-its*. En vez de eso, y como un homenaje secreto a mis ídolos, pruebo una técnica detectivesca que solo sobrevive en los libros de segunda mano: con el lápiz en diagonal, comienzo a rayar toda la superficie del primer *post-it*, de color amarillo, para ver si así se revela el contenido de la última nota escrita. Sonrío conmovido por mi ingenuidad, pero la sonrisa se me congela justo cuando empieza a adivinarse una forma redondeada y luego una segunda, idéntica. No me lo puedo creer: los símbolos Φ Φ vuelven a aparecer en mi vida. Y van acompañados de una oleada de confusión.

—¿Qué es eso? —pregunta Layla.

—Ni idea —miento y espero a que ella no mire para guardármelo en el bolsillo.

A Layla le expliqué prácticamente todo, excepto eso. No sé si por pudor, miedo a hacer el ridículo o para conservar algún secreto. En todo caso, sería buena idea volver a investigar sobre el significado de ese símbolo, del que casi ni me acordaba.

Elvis Costello deja a medias el estribillo y aparece la voz de Javi, el informático:

—A ver, Viassolo, lo mejor será que me traigas aquí la torre del ordenador.

—No puedo, me vigilan y sabes que no es legal. Y que la duquesa me cortaría los huevos.

—Ni que fuera la primera vez que lo hacemos… En fin, dime la ip, a ver si puedo establecer contacto remoto.

Le hago un gesto con la mano a Layla para que busque el teléfono fijo de la casa y lo descuelgue para comprobar si hay línea. Lo hace y niega con la cabeza.

—Ehhh, Javi, no hay línea telefónica, así que tampoco hay internet.

—Joder, Viassolo, entonces ¿qué quieres?

—No sé, tú eres el hacker, ¿no? Necesito entrar en este ordenador, pero no puedo sacarlo de aquí ni conectarme a internet. ¿Qué coño hago?

—Irte a la mierda, eso es lo que tendrías que hacer... En fin, la única salida que te queda es jugar a la lotería.

—¿Jugar a la lotería? Joder, gracias por la ayuda...

—¡Que no, hostia! Vas a tener que adivinar el *password*. Por suerte, la mayoría de gente es tan idiota que siempre utiliza las mismas contraseñas. Ve probando lo que te diga.

—Vale.

—123456.

—No.

—654321.

—No.

—Prueba combinaciones con su nombre, nombre y apellido, iniciales, etcétera...

Lo hago, pero no hay suerte.

—¿Sabes su fecha de nacimiento? Prueba con ella, del derecho y del revés.

Consulto la ficha del investigado en el móvil y procedo, aunque el resultado sigue siendo negativo.

—¿Tiene hijos?

—Sí, tres.

—Pues prueba con sus nombres, las iniciales o con la combinación de todo ello.

No los sé. Por suerte encuentro en el cuarto de los críos algunos dibujos con su firma. Lo intento de todas las formas posibles, pero la respuesta del PC sigue siendo idéntica: contraseña incorrecta.

—¿Força Barça?

—No.
—¿Qwerty?
—No.
—¿En blanco?
—No.
—Joder, Viassolo, me tienes hasta los huevos. Pues una de dos, o buscas por toda la casa algún papelito escondido en el que esté escrita la contraseña o me traes la torre. Yo no puedo seguir perdiendo el tiempo. Ah, y espera, que hay alguien que quiere hablar contigo.

—Viassolo, ¿dónde estás y qué estás haciendo?

Es la duquesa, con su habitual tono expeditivo.

—Estoy siguiendo el curso de la investigación. Todo controlado, Marina.

—Ya, seguro... Ha llamado una mujer para comprobar tu identidad. Le he dicho que sí trabajas aquí, pero no te emociones. ¿Quién era?

—Ehhh, gracias. Nadie, una fuente de información. Ya lo detallaré en el informe.

—Recuerda una cosa: mentir no es delito, engañar no es delito... Suplantar una identidad sí lo es. Y también el allanamiento de morada y el robo. Así que cuidadito y no nos metas en líos.

Cuelga antes de que le pueda decir que no se preocupe. Le pido a Layla que me ayude a buscar algún papel que contenga la contraseña, por lo que removemos cielo y tierra, logrando que a la señora de la limpieza se le ponga cara de comisaria soviética.

No hay papelito que valga.

Por lo tanto, la única opción que nos queda es coger el ordenador y llevarlo a la agencia. Le sugiero a Layla que intente distraer a nuestra guardiana mientras desconecto los cables, pero aparece al instante convertida en una tormenta de hielo.

—Tú no *llevarrr* nada, me dijo señora Julia.

—No, claro que no.

—Si yo *verrr* que coges algo, *llamarrr* a…

—No hace falta que llame a la policía —la tranquilizo.

—¿Policía? Ja, ja, ja. No, *llamarrr* a mi hijo Nikolái, que hace *trrres* como tú.

—Ya, bueno. No será necesario, se lo prometo.

A pesar de mis promesas, ella no se fía y se queda vigilando.

—Hacemos un último intento y nos marchamos, ¿vale?

Pero no se nos ocurre nada. Intento pensar en alguna solución a la desesperada, aunque todas implicarían un conflicto diplomático, y no estoy preparado para ello. Así que me resigno y le digo a Layla que será mejor que nos marchemos. Pero ella responde:

—Hasta que el árbitro no pita el final del partido hay esperanza, Jordi.

—Me parece que el árbitro ya tiene el silbato en la boca —replico mirando a la señora de la limpieza, que sigue con el móvil en la mano.

Dedicamos unos minutos a la reflexión hasta que Layla grita:

—¡Sara!

—¿Dónde? —pregunto yo tontamente.

—No hemos probado con *Sara* como contraseña.

—Ufff, ¿tú crees?

—La exmujer nos dijo que Maluquer es todo un romántico, así que…

—Bueno, quizás tengas razón.

No me da tiempo de teclear el nombre, porque Layla

me aparta y lo escribe ella misma. Mientras lo hace, noto sus tetas a escasos milímetros de mi cara. Trago saliva e intento pensar en otra cosa, hasta que grita como si fuera Rafa Nadal ganando Roland Garros:

—¡Siiiiií! ¡Vamosssssss!

El ordenador nos abre paso a la pantalla de inicio. Aplausos y felicitaciones, que incluyen un abrazo fugaz. Este subidón de adrenalina se convierte en frustración cuando comprobamos que está vacío. Utilizando mi móvil como módem —lo que supondrá un considerable incremento de mi factura— consigo que se conecte a internet, pero el historial también aparece vacío, así que ni siquiera puedo comprobar las últimas páginas visitadas. Pensaba que me serviría para encontrar alguna pista sobre su paradero o, siendo muy optimista, una explicación al misterio Φ Φ. Pero nada, cero, fracaso total... Una puta mierda, vamos.

—Uf, qué bajón. Tanto trabajo para nada. Es como cuando un cliente te pide que le planifiques los entrenamientos y luego acaba tirando el plan que te has currado a la basura —comenta Layla, abatida por primera vez desde que la conozco.

A la basura, sí. A la papelera. La papelera... ¿La papelera?

Agarrado a la épica del minuto noventa, intento un último acto desesperado. Coloco la flecha del ratón sobre el icono de la papelera de reciclaje. Hago clic y cierro los ojos. No quiero ver el resultado de inmediato, sino especular durante unos segundos sobre él. Me preparo para mirar, pero de nuevo Layla se adelanta gritando:

—¡Hay dos archivos, dos archivos!

Efectivamente, allí están, dos solitarios archivos de Word olvidados en el limbo de la historia. Abro el primero y se despliega la carta de despedida que Óscar Giralt me mostró el primer día que apareció en la agencia, en pleno agosto.

—¡Tenía razón Giralt! La carta no la escribió su mujer, sino Marcos Maluquer. Pero ¿por qué? —pregunto retóricamente.

El siguiente clic me ofrece la explicación definitiva, ante la atenta mirada de Layla e incluso de la mujer rusa, que se ha quedado enganchada a la historia como si se tratase de una telenovela. El segundo archivo se titula Carta_original.doc y dice:

Óscar:

Tenemos que ir de vacaciones como cada año, cuatro semanas, pero no tengo ganas. No quiero, porque no estoy nada satisfecha con mi vida. La odio, desde hace tiempo. Ahora lo tengo claro, porque he encontrado a una persona que quiere lo mismo que yo. Por eso tengo que irme de aquí. Sé que soy egoísta, lo soy, lo soy. Eres una buena persona y un buen padre, aunque ya no te quiero. No sé, no sé.

Quiero muchísimo a Bruno y a Tito, y ha sido por ellos que he aguantado todos estos años. Los quiero. Mucho. Pero voy a volverme loca. Por eso, me voy. Perdóname y dile a los niños que lo siento muchísimo. Pero ahora no puedo más. Les compensaré, con todas mis fuerzas. Lo juro. No me busques, no intentes contactar conmigo, quiero desaparecer. Lo siento, lo siento…

(((Marcos, no sé qué más escribir. Tienes razón, se merecen una carta de despedida con una explicación.

Pero no sé hacerlo. Lo he intentado una decena de veces, pero nunca se me ha dado bien escribir. Ayúdame, por favor. Acábala tú por mí. Hazlo, por favor, si no no seré capaz de dar este paso.)))

Releo los dos documentos varias veces, aunque he captado su significado a la primera: la carta no la escribió Sara Dalmau, efectivamente, porque no tuvo fuerzas para ello (o la habilidad necesaria). Por eso, le pidió a su amante que lo hiciera por ella. Este, dotado de cierto espíritu romántico, redactó una carta más rica, compleja y empática, aunque se le escapó un inoportuno *cariño*, quizás para suavizar el mensaje. No sé si ella releyó la carta o no, aunque si estás a punto de hacer algo tan bestia como abandonar a tu familia supongo que lo que menos te importan son los detalles tontos.

Saco un lápiz de memoria del bolsillo de mi mochila y copio los archivos antes de que la señora de la limpieza rusa pueda reaccionar. Pero le está pidiendo a Layla que le explique la historia desde el principio, así que no se da ni cuenta.

Cuando está lista la copia, recupero el lápiz, cierro el ordenador, tomo a Layla de la mano, nos despedimos y nos metemos en el ascensor a toda prisa, saltando, riendo y gritando, con una excitación que pocas veces he experimentado antes. La inyección de adrenalina me hace sentir poderoso, intocable, especial, feliz…

—Hemos resuelto el caso, vaya cracks, Jordi. Uhhhhh —exclama Layla.

—¡Hacemos muy buen equipo! ¡Somos los mejores! —grito yo.

Entonces, de repente, el silencio. Y la mirada. Piso 3 y

bajando. En diez segundos estaremos en la planta baja. Pero ahora, no existen ni el tiempo ni el espacio. La mirada, la sonrisa, la expectativa y una pregunta flotando en el aire: ¿qué piensas hacer, Jordi Viassolo? La intuición, alimentada por la excitación del momento, me aconseja que me lance y le dé un beso, sin pensarlo. Porque es lo que más me apetece ahora mismo y ella estará encantada. «Sí, seguro», replica irónicamente mi cerebro.

Sin embargo, hago lo que no debería hacer: pensar. Y pienso en no estropearlo, y pienso en si ella se sentirá incómoda, y pienso en que mejor será dejar las cosas tal y como están, y pienso... que soy un gilipollas. ¡Si no puedo ahora no podré jamás! Así que decido ir a por todas. La miro, aproximo mis labios a los suyos, inclino la cabeza ligeramente y... el ascensor llega a la planta baja y se abren las puertas.

El instante desaparece.

La ventana se cierra.

El tren se pone en marcha.

Has llegado tarde otra vez, Viassolo.

Ella, consciente de que el momento ha pasado, que me ha dado una oportunidad y no la he sabido aprovechar, se recompone y, como si nada, pregunta:

—¿Y ahora qué vas a hacer?

La pregunta correcta no es ¿qué vas a hacer?, sino más bien ¿qué te van a dejar hacer? Porque por mucho que quiera seguir investigando el paradero de Sara Dalmau y Marcos Maluquer, dudo que mis superiores estén de acuerdo. O supuestos superiores, porque yo sigo flotando en un limbo laboral.

En mi cabeza, mi posición se alza firme y segura como la torre de Collserola en una noche de tormenta, pero eso no quiere decir que sea capaz de defenderla cuando la ocasión lo requiera. Como ahora, que estoy sentado en el despacho de la duquesa, con Recasens a la espalda, el mar azul de fondo y mi informe sobre la mesa.

—Prefiero no saber demasiados detalles de cómo has descubierto todo esto, pero en cualquier caso, considero que es más que suficiente. Dalmau se fugó con su amante, y fue este quien escribió la carta de despedida en su nombre. Punto. Pediré a alguien del equipo operativo que afine el informe, añada un poco de jerga profesional y lo envuelva con un lacito rojo —sentencia Marina del Duque.

—Queda saber dónde están y qué significan esos símbolos que he encontrado por todas partes. Hasta que no lo averigüemos, no podemos descartar nada. ¿Y si están metidos en algún lío? —replico con lágrimas en los ojos, que intento reprimir.

—No, hay que saber cuándo decir basta. Le entregaremos el informe al cliente y a otra cosa. No contamos con los medios ni los recursos necesarios para implicarnos en una búsqueda internacional. Y un cliente frustrado es lo que menos necesitamos ahora. Pero reconozco que has hecho un buen trabajo, ¿verdad, Recasens?

Recasens no contesta, sino que se pone de pie, me da la mano y arquea las cejas, en un gesto que no sé cómo interpretar. Luego sale del despacho.

—Le caes bien, cosa rara —traduce Del Duque, aunque en estos momentos no me importa en absoluto.

—¿Y esos símbolos? —insisto—. ¡No puede ser que no signifiquen nada! —recalco con todo el énfasis del que soy capaz.

—Quizás sí o quizás no, pero ya no es asunto nuestro. Además, todo suena muy peliculero. Demasiado.

—Pero una desaparición es algo real. Y muy serio.

—También es mucho más habitual de lo que te imaginas —asegura ella, y me preparo para escuchar un discurso ya sabido—. Un comisario amigo mío me comentó el otro día que tienen unos cuatro mil casos sin resolver. Y así se quedarán. ¿Sabes por qué? Porque los desaparecidos no quieren ser encontrados. Por eso, la policía intenta sacarse de encima todos los que puede. Como el de tu amigo Óscar Giralt...

—Sí, ya. ¿Y qué le diremos a él? —pregunto.

—De eso me encargo yo, no te preocupes.

—¿Y yo? ¿Qué hago ahora?

—A veces necesitamos refuerzos para los trabajos de seguimiento, ya sabes… No te voy a engañar, pasarás la mayor parte del tiempo esperando, aburrido. Pero es un comienzo. Si sale algo, te llamaremos. Por ahora, tómate unas vacaciones —me aconseja con una sonrisa que busca ser pícara mientras me tiende un sobre.

Sé que no debería abrirlo, porque es de mala educación, transmite desesperación y supone una aceptación tácita del final, pero advierto que no está cerrado y deslizo un dedo por la solapa para abrir una rendija que me permite captar el púrpura del billete de quinientos euros que nos entregó Giralt el primer día.

—Sin factura ni nada ¿eh?, que solo me faltaría pagar IVA —aclara la duquesa, que se muestra extrañamente contenta, lo que me hace intuir que la cantidad que le facturará a Giralt compensará con creces esta propina.

—Claro, gracias —respondo, mientras me levanto y salgo, seguramente por última vez, del despacho rodeado de azul de la propietaria de Private Eye.

—Por cierto —añade—, a final de mes dejaremos de pagar la cuota del gimnasio ese de Sarriá. Espero que te hayas puesto en forma, porque con esos precios…

Queda poco para que octubre termine, aunque nadie lo diría. Las paradas de castañas ya están instaladas en las esquinas, pero más les valdría vender helados de boniato, porque el calor parece que se ha enamorado perdidamente de Barcelona. Eso sí, los días se acortan y, encima, se aproxima el odiado cambio de horario. Por mi parte, aprovecho para tomarme muy en serio las últimas clases con Layla.

El último viernes, al acabar la clase, me dice, creo que con cierta tristeza:

—Te voy a echar de menos, Jordi. Pero ya sabes, si te apetece seguir entrenando podemos quedar en algún parque. No me cuesta nada prepararte una rutina de ejercicios.

—Sí, gracias —contesto con una sonrisa, aunque sé que este tipo de frases basadas en un «llámame» no son demasiado fiables.

—¡Lo digo en serio, ¿eh?! —recalca, como si leyera mis pensamientos.

—Vale, vale. Te llamo un día de estos.

Le doy vueltas mientras me ducho y llego a la conclusión de que se trata de una buena oferta; me pondré en forma y seguiré viendo a Layla. Quién sabe, quizás se pueda volver a dar un momento propicio como el que sucedió en el ascensor de Maluquer. Y la próxima vez actuaré con más rapidez, lo prometo.

Pero mis ilusiones se evaporan cuando salgo del vestuario y la veo acaramelada con un hombre maduro, alto y elegante, que sujeta una bolsa de deporte de piel que debe de costar más que todo mi armario junto. «Lo sabía, cómo iba yo a gustarle a una chica como ella», pienso volviendo a mi habitual inseguridad.

Diez minutos más tarde, con la decepción a cuestas, atravieso por última vez la verja del Fit&Fun y me dispongo a emprender una larga yincana en transporte público hasta el Pirineus. He convocado allí a mis amigos para compartir parte de mis quinientos euros con una espléndida cena a cargo de la familia Huang. Las copas de después se las paga cada uno, eso lo he dejado claro.

La noche, sin embargo, no comienza muy alegre que digamos, porque se han cumplido los peores pronósticos y han despedido a Samu.

—Dicen que la empresa quedó muy dañada por la crisis y que ha sido imposible remontar el vuelo. Como yo soy el que llevaba menos tiempo, me ha tocado a mí…

—Claro, coño, porque resulta mucho más barato despedirte a ti que no a uno que lleva quince años en la compañía tocándose los huevos —proclama Pol.

—Hijos de puta —coincidimos todos.

—Además, gracias a la reforma laboral, pueden darte un finiquito de solo veinte días por año trabajado si alegan que están en pérdidas, aunque se lo inventen.

—Pero seguro que todos los directivos continúan cobrando sueldos astronómicos —añado yo.

—Y no solo eso, sino que el cabrón que ha despedido a Samu recibirá un bonus extra por hacer el trabajo sucio —completa Pol.

—Más todo lo que deben de cobrar en especies, porque esta peña está acostumbrada a reunirse en marisquerías y cerrar los negocios en puticlubs —aporta Berni.

—Hijos de puta —volvemos a coincidir todos.

Justo en este momento se acerca el señor Huang pidiendo mil disculpas como si estuviera interrumpiendo una reunión ministerial y nos entrega la carta de tapas, copia exacta de la que ideó en su día el dueño original. Incluso mantiene un platillo de *trinxat* de la Cerdaña que nunca nos hemos atrevido a pedir. Para no pensar, le propongo que nos prepare un menú degustación «porque confiamos ciegamente en su criterio».

—Pero que no falten las bravas. Ah, y otra ronda de cervezas —pide Berni.

La velada continúa y la mesa se va llenado de botellas vacías y platos que se ven despojados de su contenido apenas tocan la superficie de la mesa. Samu continúa:

—Lo jodido es que no sé cómo vamos a pagar la hipoteca, porque el paro me da para ocho o nueve meses como mucho. Y el sueldo de Marta no es nada del otro mundo. Por si fuera poco, toda esta situación está generando mal rollo entre nosotros. Incluso nos hemos planteado separarnos…

—No, hombre, Samu, tomaros las cosas con más calma. Ya verás cómo se van arreglando poco a poco —determino como si fuera un experto en relaciones de pareja mientras pincho una albóndiga con sepia.

—Sí, lo sé, Solo, pero ¿qué pasará si no encuentro trabajo pronto? ¿Y si Marta me deja tirado y tengo que pagar la hipoteca yo solo? Me desahuciarán…

—Ni de coña, antes convocamos a la PAH y montamos un buen pollo —proclama Pol con una rebanada de pan de payés con tomate y fuet en la mano.

—Ya encontraremos una solución, Samu, pero no te montes demasiadas películas —aconseja Berni, con un par de calamares a la romana en la boca.

—Siempre podemos irnos todos a vivir a tu piso y así compartimos gastos. Estoy harto de vivir con mis viejos —propongo en coña para diluir su mal humor.

—¡Joder, es una idea de puta madre! —exclama Berni, que ahora ataca los tacos de un queso que, según promete la carta, procede de las montañas del Ripollès.

—¡Ya te digo! —confirma Pol.

—Qué coño decís, si solo hay dos habitaciones —replica Samu con cara de susto.

—¡Pues ponemos literas!

La conversación va desvariando hasta que llega el postre: una tarta de Santiago dura y rancia. Pero como el señor Huang nos sirve unos chupitos gratis de moscatel se lo perdonamos. Con los vasos llenos, Berni pide la palabra:

—En primer lugar, gracias, Solo, por este festín, aunque podrías habernos llevado a algún restaurante con estrella Michelin con esos quinientos pavos. Se agradece el detalle de todas formas.

Levanto mi vaso como aceptación de esas bellas palabras.

—Y tú, Samu, anímate. Pase lo que pase, ya lo arreglaremos. En cualquier caso, siempre podrás contar con nosotros. Ahora, un par de chupitos a Sant Hilari y salimos cagando leches a la fiesta que montan en su casa unas Erasmus de mi universidad. ¡Vais a flipar con el nivel! —promete Berni, que sabe perfectamente cómo motivarnos.

La cita en cuestión responde a los parámetros típicos de una buena fiesta en un piso de estudiantes extranjeros: mucha gente, poca luz, alcohol de marcas sospechosas, un tipo dándose aires de DJ mientras maneja el Spotify, nulo respeto por el descanso de los vecinos y un ambiente cosmopolita. Tanto que un grupo de locales genera una cierta expectativa, por exótico. Pronto nos dispersamos para intentar hacernos un hueco en alguna de las mesas que hacen de barra. Cuando lo consigo, me sirvo un whisky con mucha cola, para disimular el sabor del garrafón. Aparte, no queda hielo. De repente, aparece Berni por mi espalda y me grita:

—Ven, Solo, que te voy a presentar a unas amigas.

Pero no tengo ganas. Aún estoy jodido por la visión de Layla acompañada de ese tipo y tampoco me apetece que me presente como detective para tener que escuchar según qué chorradas. Aparte, tengo la intención de emborracharme, así que le contesto que no hace falta y me acabo la copa. Me sirvo otra y me voy a dar una vuelta por el piso.

Acabo el tour en la cocina. Allí veo un pastel que, a pesar de estar casi sepultado entre platos, tiene buena pinta. Me sirvo un trozo, que acompaño con un tercer cubata.

—¿Qué, está bueno? —me pregunta una chica morena de acento no identificado y melena corta, rollo *Amélie*.

—Mucho, aunque no tengo ni idea de qué es —respondo con la boca llena.

—Es una receta típica de Grecia, hecha con yogur y naranja —me explica con un castellano casi impecable.

—Ahhh, pues está buenísimo —digo mientras doy otro sorbo al cubata, generando una extraña mezcla en el paladar.

—¿Y tú quién eres, por cierto?

—Jordi, encantado —respondo, dándole dos besos.

—¿Y quién te ha invitado?

—Bueno, un amigo de un amigo. Total, en estas fiestas tampoco importa, ¿no? Es lo que me gusta de ellas. Aunque hay que ser un poco tonto para organizar una movida así en casa de uno. Yo no lo haría ni de coña. ¿Y a ti quién te ha invitado?

—Yo vivo aquí.

—Ah, ya...

—En fin, procura no empacharte —me aconseja antes de darse la vuelta y poner rumbo a la puerta.

No me da tiempo a sonrojarme, porque al girarse le veo su nuca adornada por un tatuaje. El alcohol ha nublado mi mente y mis reflejos se mueven a cámara lenta, por eso tengo que asegurarme dos veces de que estoy viendo lo que creo: un tatuaje sencillo, a una tinta, que representa un círculo atravesado por una línea vertical. Sí, el símbolo Φ.

El número divino vuelve a cruzarse en mi camino, como si el destino quisiera revelarme algo a gritos. Y parece que tiene la voz desgarrada de tanto chillar.

—¡Espera, espera! —le pido atropelladamente.

Ella se gira un poco asustada por mi reacción y pregunta:

—¿Qué pasa?

—Eh, perdona... Es que me gustaría hablar un rato contigo. He sido un poco torpe antes, ¿no? Déjame empezar de nuevo —improviso—. Además, me gusta estar aquí. El lugar más interesante de una fiesta suele ser la cocina, ¿no crees?

—¿Ah, sí? ¿Por qué? ¿Para pillar las sobras? —replica, creo que con doble sentido.

—Bueno, yo soy más de primeros platos —alego yo, aunque tampoco sé muy bien qué quiero decir.

—Ya...

—¿Y qué estudias? ¿Matemáticas? —pregunto para orientar la conversación.

—No, un máster en Gestión Pública.

—Ah, ¿de veras? —pregunto desilusionado.

—Veo que no te parece demasiado interesante.

—Sí, sí, me parece fundamental para construir una

sociedad más moderna y justa —declaro, pensando en cuál puede ser mi próximo paso.

—Ajá… ¿Y tú qué estudias?

Lo tengo. A ver si cuela:

—Un máster en Antropología Social. Me fascina la historia de la humanidad y, en especial, las simbologías ocultas de cada civilización. ¿A ti te gustan?

—Hmmmm, no mucho la verdad —responde extrañada y diría que algo inquieta.

—Símbolos ocultos, religiosos o paganos, que para la mayoría no significan nada, pero que para los iniciados son la entrada a un mundo particular. ¿Me sigues?

—No, para nada. Me parece que el pastel te ha sentado mal…

—No, no, es que la antropología tiene esas cosas —digo riendo para disimular—. Cualquier sociedad secreta crea sus propios símbolos. ¿Tú eres de alguna? Me lo puedes decir, ¿eh?, simplemente por curiosidad didáctica.

—¿Una sociedad secreta? ¿Tú qué te has fumado? —responde alucinada.

Parece sorprendida, aunque no me trago su numerito. Además, mi cerebro va a doscientos por hora por la mezcla ingerida de azúcar y alcohol.

—Mira, quizás pienses que me chupo el dedo, como los demás. Pero sé muy bien qué significa ese tatuaje que llevas en la nuca. De hecho, estoy a punto de hacerme uno. Sabes lo que significa eso, ¿no? Que soy uno de los vuestros… —susurro mirando a los lados para asegurarme de que no hay oídos indiscretos.

Ella pone cara de estar flipando. ¿Seguirá interpretando un papel? Parece que no, porque se pone la mano en la nuca y dice:

—Mucha antropología, pero veo que de lenguas más bien poco, ¿no?
—¿Lenguas? Me defiendo en inglés...
—¿Sabes que hay más alfabetos aparte del latino?
—Sí, claro, el ruso, el chino, el árabe...
—Y el griego. Supongo que, entre mi acento y el pastel, habrás llegado a la conclusión de que soy griega.
—Sí, claro.
—Y si te hubieras molestado en preguntarme mi nombre, te habría dicho que me llamo Philana. En griego, tenemos la letra *phi*, y se escribe como mi tatuaje. Y, para tu información, es una letra muy importante en mi familia, porque mi madre se llama Philomena y mi abuela Philippa.
—¿*Phi*? ¿Eso significa? Pero ¿qué coño...? —pregunto confundido.

¿Se me escapa algo o he estado siguiendo una pista falsa todo el rato?

Intento encontrar algo de sentido mientras me manoseo el flequillo. Philana me estará tomando por loco, cosa que quizás sea cierta. Aunque tengo un momento de lucidez y pienso: ¿Y si todo es mucho más fácil? ¿Y si...?

Saco el móvil pero se ha quedado seco de batería, así que salgo disparado de la cocina y abro todas las puertas en busca de un ordenador. En la primera habitación me encuentro a una pareja follando en la cama; ninguno de los dos debe de ser propietario de dicha habitación porque me piden perdón avergonzados. Les respondo «sigan, sigan», como si fuera un árbitro amante de la ley de la ventaja.

La segunda puerta corresponde al cuarto de baño, cosa

que tendría que haber adivinado por la cola formada enfrente. Cruzo el comedor, donde se ha generado un acalorado debate sobre dónde continuar la noche. Algunos quieren ir a Razzmatazz y otros al Apolo. Al verme, Berni me grita que mejor ir al Razz, porque conoce a unas chicas que... Le digo «tú mandas», abro otra puerta y la cierro tras de mí.

Me encuentro con una habitación a oscuras en la que brilla la manzana luminosa de un Mac portátil, que no sé por qué sigue encendido. Qué más da. Lo tomo prestado, abro la página de Google y tecleo febrilmente *letra phi*. Aparece lo siguiente:

> La letra *phi* o *fi* es la vigesimoprimera letra que se encuentra en el alfabeto griego y tiene símbolos tanto para la mayúscula como para la minúscula, que son Φ y ϕ.

Intuyo entonces que el doble símbolo que aparece en Instagram, la agenda y el *post-it* está relacionado con algo más terrenal, nada esotérico o espiritual. Por ejemplo, el destino al que iban a fugarse. ¿Una isla griega? Busco en internet y encuentro que hay unas doscientas, pero ninguna concuerda. De todos modos, el símbolo está repetido. Dos veces Phi. Por lo tanto, Phi Phi. Lo escribo en el buscador y...

El balón entra por toda la escuadra.

Google me revela que Phi Phi es un archipiélago situado en el mar de Andamán, al sur de Tailandia. Un lugar perfecto para escapar, para desaparecer, para esfumarse... Está en la otra punta del mundo, pero es lo suficientemente turístico para que no resulte nada extraño ver a una pareja de occidentales. Y que Zeus me envíe un rayo destructor si esos dos no están disfrutando de su particular luna de miel en ese paraíso terrenal.

«Joder, siiiiiiií», grito fuera de mí, como un demente, hasta que se abre la puerta y la luz cegadora del comedor perfila una media melena.

—¿Qué haces aquí? —pregunta Philana, aunque más bien se trata de una acusación por allanamiento.

—Es tu habitación, supongo…

—Sí, y si no sales ahora mismo, me pongo a gritar.

—Lo entiendo, debes de estar alucinando, pero déjame que te explique.

—¿Que eres un loco peligroso?

—No, que te he mentido.

Ella cierra la puerta, aunque enciende la luz.

—Explícate.

Y le explico. Todo.

Mientras lo hago pienso que soy un bocazas y que tendría que ser más discreto, pero noto dentro tal electricidad que no puedo parar. Disfruto de cada palabra hasta que el relato aterriza suavemente en Phi Phi. Acabo extenuado, pero desbordo intensidad, pasión, felicidad… Ella lo nota, y creo que le gusta. Yo lo noto, y me gusta. La beso. Ella me devuelve el beso. Y en apenas unos minutos estamos desnudos, y ella sentada sobre mí. Un polvo directo, espontáneo, sin florituras, en el que cada segundo cuenta. Bueno, ya nos entendemos, ¿no?

Acabamos satisfechos, si bien ambos sabemos que no habrá pospartido. En unos minutos nos vestiremos y cada uno se irá por su lado. Por un instante hemos estado en plena sintonía, conectados, ligados a un deseo irrefrenable. Pero ya ha pasado. De todos modos, ella me dice:

—Si nos damos prisa, aún llegamos al Razz.

—¿Te importa si me quedo? Me gustaría buscar algo en tu ordenador.

—Cierra de golpe al salir —responde con una sonrisa—. Ah, y búscame si quieres por Facebook.

—Vale, lo haré.

Lo digo en serio, al menos ahora. También sé que a medida que desaparezca el chute de adrenalina que corre por mis venas comenzaré a ponerle pegas al asunto. De todas formas, no es momento de pensar en eso y obligo a mi mente a concentrarse en el caso Dalmau. Supongo que la casa está completamente vacía, a no ser que la pareja de antes siga dándole al tema. Aprovecho el silencio reinante para buscar más información sobre las islas Phi Phi y meditar mi siguiente paso. También pongo a cargar el móvil.

¿Le explico a la duquesa mi descubrimiento? No, me dejó claro que no quería saber nada más sobre el tema. ¿Se lo cuento a Recasens? Tampoco, dirá que dejemos en paz a los dos tortolitos. ¿Voy a otra agencia con el cuento? Ufff, demasiado ruin. ¿Qué me diría Layla? Joder, ¿por qué pienso ahora en ella? En fin, Layla me diría que salga de mi zona de confort y dé un salto adelante y bla, bla, bla.

¿Un salto adelante, como cuál?

Me respondo a mí mismo: ofrecerle mis servicios a Óscar Giralt, presentándome voluntario para viajar hasta Tailandia y confirmar que su mujer les ha abandonado por voluntad propia. ¡Eso es! *Do it yourself*.

¿Me atreveré?

Espero que sí, pero ya veremos mañana. Además, necesito algo más consistente, porque antes de meterme doce horas en un avión tendría que confirmar mi teoría. Pero ¿cómo? Le doy algunas vueltas, aunque los ojos se me cierran hasta quedarme dormido. Deben de pasar unas cuatro horas, porque me despierta la propia Philana, que ha vuelto de la discoteca y aún tiene la infinita paciencia de escuchar mis dudas.

—¿No me has contado que la tal Sara tenía una cuenta de Instagram en la que no paraba de colgar selfis? Envíale un mensaje privado.

—No actualiza su cuenta desde el día que desapareció. Supongo que ya no la usa para no dejar pistas.

—Quizás ha creado una cuenta anónima. Yo lo haría. A ver, ¿estás en una playa paradisiaca y no te mueres de ganas de colgar una foto?

—Hmmm, ¿tú crees?

—No sé, a lo mejor. El caso es que me muero de sueño y estás en mi cama. Así que venga, largo de aquí.

Me levanto, le doy un beso en la mejilla y le digo que «ya nos veremos», aunque no sé si lo escucha porque ha caído desplomada en la cama. Salgo a la calle animado, gracias a la siesta y a la idea, que pretendo poner en práctica de forma inmediata. El piso está cerca de Gracia y empieza a amanecer, así que busco una panadería abierta, me compro un surtido de cruasanes, un café con leche y me siento en las escaleras de la iglesia de la plaza de la Virreina.

Saco el móvil, con la batería rebosante de energía, y busco fotografías que lleven la etiqueta #PhiPhi. Encuentro a puñados. Aplico otro criterio más restrictivo: las fotos tienen que estar subidas desde una cuenta recién creada y anónima. Después de un arduo proceso de selección, las posibilidades se reducen a cuatro. Les envío un mensaje:

«Hola. Si eres Sara Dalmau, escríbeme, por favor. Todo el mundo te está buscando. Ha pasado algo con tus hijos, te necesitan ahora.»

He estado pensando el mensaje más de media hora, y al final me he decidido por este. Es cruel, y si acierto, Dalmau se llevará un susto de muerte. Pero si le confieso mis intenciones no creo que responda. Y aunque me sepa mal mentirle, mi cliente no es ella, sino su marido. Al que ha abandonado con dos hijos a su cargo, por cierto.

Cuando aparecen los padres más madrugadores persiguiendo por toda la plaza a sus hijos hiperactivos, decido que ya es suficiente, me levanto y pongo rumbo a casa.

Después de todo el fin de semana recuperándome del tute del viernes y de contestar con evasivas las preguntas de mis amigos tras mi sospechosa entrada en el cuarto de una de las anfitrionas de la fiesta, el lunes llamo a Giralt. Pero no descuelga el teléfono. Lo intento unas cuantas veces más y sigue sin responder. Le escribo un SMS, algo que no hacía desde hace siglos:

«Tenemos que hablar cuanto antes. Sé dónde está Sara. Le ofrezco mis servicios. Estoy dispuesto a hacer lo que sea.»

Lo digo muy en serio, porque si hace falta volar hasta Phi Phi, lo haré. Aunque una vez allí no sepa ni por dónde empezar. Pero ya va siendo hora de mostrar espíritu emprendedor. Y qué coño, un viaje con todos los gastos pagados a Tailandia, más un sueldo razonable, no estaría mal. Que les den a todos los de Private Eye y a sus trabajos de mierda.

Espero unos días a ver si me contesta. Le vuelvo a llamar, pero nada. Como hoy, Todos los Santos, es festivo, decido presentarme en su casa. Por el interfono me advierte que no es un buen momento. ¿Qué mosca le habrá picado?

Vuelvo a casa cabreado y ni siquiera tengo ganas de cenar, menos aún sentado con mis padres frente al televisor. Tampoco me apetece ir a tomar algo, a pesar de la insistencia de Berni y compañía. Por mí, no saldría en una semana. Me encierro en mi cuarto con la intención de dormir hasta el mediodía, pero un grito me despierta antes de las nueve de la mañana:

—¡Jordiiiiiiii!

—¿Qué pasaaaaaa? ¿No se puede dormir tranquilo en esta casa?

—Sale en la tele una de esas noticias que tanto te gustan. Esta noche han matado a un hombre cerca del aeropuerto, allí donde la gente se pone a mirar cómo aterrizan los aviones —me anuncia mi madre.

—Sí, el mirador de El Prat. ¿Y qué?

—No sé, quizás necesiten a un detective privado.

—De eso se encarga la policía, mamá —le explico con infinita paciencia.

De todas formas, me quedo mirando el avance informativo, que muestra el escenario del crimen, aunque en realidad solo se vea a diversos mossos haciendo de escudo humano frente a las cámaras.

Entrevistan a unos testigos, que explican que cada

mañana salen a dar una vuelta en bici y que hoy se han encontrado con todo el pastel. Luego aparece la reportera que, con mirada triunfante, anuncia orgullosa que están en condiciones de revelar el nombre de la víctima, que la cadena ha logrado averiguar en exclusiva. Si no recuerdo mal, la ética periodística aconsejaría no revelar esa información para preservar la intimidad de la familia, pero todo por la audiencia, ¿no?

Hace una pausa, como si estuviera a punto de anunciar el ganador del Oscar al mejor actor. Tensión, misterio, expectación. *And the winner is...*

—Marcos Maluquer.

Joder.

Joder.

Joder.

17

El futuro no está escrito, pero sé exactamente qué va a suceder a partir de ahora. Lo sé, porque el asesinato de Marcos Maluquer habrá producido una reacción en cadena que apunta a una dirección inequívoca. Y digo asesinato de forma consciente, porque no creo que estuviera paseando tranquilamente por El Prat y de pronto le diera un telele.

—Todavía queda algo de café en la cafetera, si quieres.

No tengo miedo, sino que afronto lo que está por venir con resignación. Eso sí, se me ha formado un nudo en el estómago y no puedo pensar con claridad. Aunque no hace falta: los fragmentos esparcidos por mi mente encajan.

—Digo que todavía queda algo de café en la cafetera, por si quieres desayunar.

Lo mejor de una pesadilla es la sensación de alivio que sientes al despertar. Al principio sigues asustado, luego entras en un terreno de duda, poco a poco intuyes que era tan solo un sueño y, cuando queda confirmado, sonríes y suspiras. Esto es todo lo contrario.

—Estás en la inopia, ¿quieres café o no?

Mi cerebro se suele comportar de manera asustadiza, anticipándose a cualquier desastre que pueda ocurrir. Ahora, en cambio, no imagina posibles escenarios de futuro. Están tan claros que no hay por qué especular.

—¡Jordiiiiiii, que si vas a tomar café! ¡Te lo he preguntado ya mil veces! —me grita mi madre a la oreja.

—Ehh, sí, gracias —asiento, aunque me sorprende esta reacción materna, ya que no he escuchado que me lo preguntara ni una sola vez.

Desayuno café con leche y unas tostadas con mantequilla y mermelada de fresa, aunque si me hubiera comido un ladrillo tampoco me habría dado cuenta. Me ducho y me enjabono el pelo dos veces, porque no recuerdo si lo he hecho la primera vez. Me visto, hago la cama, ordeno mi cuarto y me siento en el sofá. Le envío un mensaje a Layla: «¿Has visto las noticias?». No obtengo respuesta. Mis padres intentan entablar una conversación, pero desisten cuando observan mi total indiferencia. Espero.

Paso un par de horas viendo la tele, aunque no sabría decir qué en concreto. Sigo esperando y el paso del tiempo me despierta una pequeña esperanza. No quiero hacerle caso, y hago bien, porque al cabo de unos minutos sucede aquello que ya sabía que iba a suceder: llaman a la puerta con un timbrazo seco y autoritario.

—Jordi, unos policías preguntan por ti —me anuncia mi madre—. ¿Será por el caso ese en el que estás trabajando en la agencia?

—Sí, más o menos —respondo, intentando permanecer tranquilo y digno.

La procesión va por dentro cuando me acerco a la

puerta seguido de mis padres, expectantes ante la presencia de dos mossos de uniforme.

—¿Jordi Viassolo?

Quien lo pregunta es el mosso más veterano, que al quitarse la gorra muestra una cabeza afeitada, sin duda para transformar la calvicie natural en un acto voluntario. Lo acompaña un chico con cara de niño, que intenta compensar con una seriedad extrema. Me resulta familiar y enseguida caigo por qué: iba a mi universidad, aunque él estaba un curso por encima y estudiaba Criminología. Coincidimos el año pasado en varias optativas. También se ha dado cuenta, porque al mirarlo a los ojos ejecuta un rápido movimiento de negación, dándome a entender que mejor no airear ese pasado común ante su superior. Y menos ahora.

—Soy yo —contesto.

Me gustaría adoptar una actitud un punto chulesca para dejar claro que conozco mis derechos y que no me voy a dejar avasallar por un par de maderos. Pero actúo igual que siempre: como un corderito.

—Tiene que acompañarnos a la comisaría. Ahora mismo —ordena el calvo/rapado, que es quien lleva la voz cantante.

—De acuerdo —acepto.

—Un momento, un momento. ¿No necesitan una orden para eso? —interviene mi padre, que como gestor administrativo tiene un gran respeto por la burocracia.

—No estamos deteniendo a nadie, señor. Simplemente pedimos a su hijo que nos acompañe amablemente para solucionar un pequeño asunto.

—No pasa nada, papá. Se trata solo de un trámite

—respondo, aunque no se queda muy tranquilo—. Cuando quieran.

—Coja su documentación y síganos.

Hago caso, pero antes de salir susurro a mi madre mientras la abrazo:

—Mi móvil está en el salón. Llama a Private Eye, pregunta por Marina del Duque y dile que los mossos me han llevado a comisaría. Ella ya sabrá qué hacer.

A partir de aquí, el ninguneo absoluto. Me he convertido en un paquete que deben entregar en otro punto de la ciudad, como si me hubieran comprado por Amazon. No puedo preguntar los motivos o solicitar una previsión de cuánto tiempo estaré. No me ponen la mano encima, ni siquiera me rozan. Las órdenes son escuetas y precisas:

—Usted primero.
—Ya le explicarán en comisaría.
—Suba al coche.
—Cuidado con la cabeza.
—Póngase el cinturón.
—Guarde silencio.
—...
—...
—Baje del coche.
—Por aquí, por favor.
—Entre.
—A la derecha.
—Suba por las escaleras.
—A la izquierda y luego a la derecha.
—Pase por esta puerta.
—Espere aquí.

Por *aquí*, el mosso veterano se refiere a un pequeño despacho sin ventanas, frío y aséptico, aunque con ese toque de diseño que caracteriza la mayoría de comisarías de los Mossos d'Esquadra, salvo las heredadas de la Policía Nacional. Me han trasladado a Les Corts, así que no es el caso.

Es una estancia ideada para recordar a quien la ocupa temporalmente que no es más que un microbio para el sistema. Hay una mesa y dos sillas, una luz fluorescente y un reloj de pared cuyas agujas avanzan porque no tienen ninguna otra opción. Como yo. Nada más, aparte de una sensación de soledad que crece a medida que pasan las horas y nadie entra por la puerta. Que, por cierto, no está cerrada con llave. Pero ¿y qué?

No hay ningún espejo, así que no puede haber nadie observándome al otro lado, aunque seguro que habrá alguna que otra cámara oculta grabándolo todo. Como que ya me he intentado arreglar el flequillo más de cien veces.

La espera responde, sin duda, a algún truco psicológico que los policías deben de aprender en párvulos. Y que funciona a la perfección. Tengo ganas de gritar, pero me exijo mantener la calma porque no soy un vulgar chorizo. Además, no he hecho nada malo. Decido resumir mentalmente la situación para serenarme:

1. Dalmau y Maluquer se conocen en el gimnasio de la zona alta, se enamoran y deciden huir a la otra punta del mundo para volver a ser felices.

2. Ella intenta escribir una carta de despedida a su marido, Óscar Giralt, pero no se inspira y pide ayuda a su amante.

3. Este no se conforma con pulir el escrito original, sino que le añade un toque personal y desliza un *cariño* gratuito. Al leer la carta, Giralt sospecha de eso y contrata a un detective privado para que aclare el asunto.

4. El detective en cuestión logra averiguar —con sumo ingenio— quién escribió la carta y por qué, además de descubrir el destino al que escaparon: las islas Phi Phi, al sur de Tailandia. Lo primero consta en el informe; lo segundo, no.

5. Así que Sara Dalmau huyó de su vida, de su familia e incluso de sí misma por voluntad propia. Y todo ello junto a Marcos Maluquer, quien acaba de aparecer muerto.

Asesinado, diría yo.

Pero ¿qué coño hacia Maluquer en El Prat si tendría que estar disfrutando de su nueva vida sumergido en las aguas turquesa de Phi Phi?

Y ¿por qué su asesino escoge precisamente el mirador de aviones? Una de dos, por azar o porque quiere transmitir un mensaje.

Como sería demasiada casualidad que un asesino sediento de sangre estuviera esperando a que apareciera algún candidato a fiambre, y que este encima fuera Marcos Maluquer, me decanto por la segunda opción.

Entonces, ¿quién podría tener buenos motivos para asesinarle y, además, la rabia suficiente para dejar un mensaje de venganza?

¿Quién, eh, quién, Jordi Viassolo?

¿Quizás alguien a quien Maluquer haya destrozado la vida, robándole a su mujer y acabando con su modélica familia?

¿Y el mensaje, cuál podría ser? Por ejemplo: «Mira cómo tus sueños despegan sin ti. Ahora muere, maldito ladrón destrozafamilias».

Conclusión: Óscar Giralt es el asesino y tú le has puesto su víctima en bandeja. Bravo.

Eh, no, ¡alto ahí! Me estoy embalando, porque no olvidemos que solo yo sabía que la parejita estaba instalada en las Phi Phi. Y ni siquiera estoy seguro de eso, porque no he tenido tiempo de confirmar mi teoría.

En el informe que elaboré para Private Eye mencionaba los símbolos, pero no su significado, porque no lo averigüé hasta más tarde. Giralt no me cogió el teléfono cuando intenté hablar con él. Solo lo sabía Philana, la chica griega, pero ya sería lo último que ella estuviera involucrada. Aunque quizás Giralt, además de director financiero, sea también un filólogo experto en lenguas clásicas y descifrara enseguida el significado de Φ Φ.

Pero, aunque lo supiera, no podría viajar al quinto pino, encontrar y arrastrar a su enemigo al avión, atravesar juntos la aduana, llevarlo hasta el mirador y asesinarlo a sangre fría. No, ni de coña. Entonces, ¿qué razones tenía Maluquer para regresar?

Joder, qué lío.

En todo caso, si estoy aquí es por algo. Los mossos ya sabrán que un detective estaba buscando a Marcos Maluquer por petición del marido de su amante. Y lo sabrán por Julia, su exmujer, la persona con quien primero habrán hablado. No esperes mucha imaginación de la policía, aunque sea autonómica y moderna: el móvil canta tanto como la Sagrada Familia pintada de rojo pasión. Y no hay nada que le guste más a un madero que va hasta arriba de curro que un móvil evidente, jugoso y sanguinolento.

Hará horas que habrán determinado que Óscar Giralt es su principal sospechoso. Y el bueno de Jordi Viassolo, su cómplice.

Pero no diré nada.

No abriré la boca.

No soltaré prenda.

—Me va a explicar ahora mismo todo lo que sabe, ¿de acuerdo?

Estaba tan concentrado que casi no me he dado cuenta de cómo se abría la puerta y entraba un tipo delgado y cenizo, que tanto podría ser un inspector de policía como un enterrador. El traje y la corbata son elegantes, pero la calvicie (natural), la nariz ganchuda y las ojeras negras le otorgan un aire de mensajero de la muerte. Se me eriza la piel al oír su voz monótona y funcionarial, sin espacio para los matices.

Debería responderle que «y una mierda», que me debo únicamente a mi cliente y no me pueden obligar a decir nada, y más si estoy retenido de forma irregular. En cambio, respondo:

—Bueno, lo intentaré, pero tampoco sé mucho.

—¿Sabe por qué está aquí?

—Por el asesinato de Marcos Maluquer, ¿no?

—Ya... —dice mi interlocutor mientras escribe algo en un folio en blanco.

Joder, qué gilipollas, has caído en el truco más viejo del mundo.

—A ver, lo supongo, porque nadie me ha informado de nada, pero sí he podido ver en las noticias que ha aparecido muerto y claro, he atado cabos —matizo.

—¿Por qué tendría que estar usted relacionado con la víctima?

Hostia, ¿sabe algo este tipo o solo está jugando conmigo?

—A ver... No es ningún secreto que, por encargo de la agencia de detectives en la que trabajaba, estuve bus-

cando a Sara Dalmau, tal y como nos solicitó su marido.
—¿Private Eye?
—Sí.
—¿Ha dicho «trabajaba»?
—Sí, trabajaba.

Con una mirada severa me anuncia que no está satisfecho con la respuesta, así que añado:
—Tuve un contrato de becario durante el verano.
—¿Y qué tiene que ver Maluquer con todo esto?
—Ehh, parece ser que era el amante con el que huyó Sara Dalmau.
—Ya... —vuelve a decir.

Coño, estoy cantando como un monaguillo de coro de iglesia.
—A ver —continúa el enterrador—, explíqueme todos los contactos que tuvo con el marido de la tal Dalmau, desde el principio.

Tendría que callarme la boca, lo sé, pero ¿qué otra posibilidad tengo? No hablar sería considerado sospechoso, aunque esto no sería inconveniente para Philip Marlowe, quien ya le hubiera enviado a tomar por culo varias veces. Yo, en cambio, le explico la historia de pe a pa. Eso sí, dejando la resolución del misterio Φ Φ para consumo propio.
—Me he perdido en algunos puntos de su relato. ¿Puede explicármelo de nuevo, aunque poniendo fecha a cada encuentro?

Vaya, otro viejo truco policial. No ha perdido el hilo en ningún momento, pero sabe que a los mentirosos les cuesta mantener el orden cronológico. Como no lo soy, le cuento la historia de nuevo con fechas incluidas, pero solo hasta la entrega del informe.

—Entiendo —dice—. Y entonces, una vez que descubrió que la carta de despedida fue escrita por la víctima, ¿dejó de tener contacto con su cliente, Óscar Giralt?

—Efectivamente —confirmo, satisfecho de que la historia quede ahí.

—Ya...

Se toma un respiro, apunta algo más en la libreta, consulta su móvil, asiente con la cabeza, envía un mensaje y se queda callado. Transcurren diez angustiosos minutos hasta que se abre la puerta y aparece mi excompañero de universidad, ahora vestido de paisano, por lo que interpreto que está haciendo prácticas en la Unidad de Homicidios y combina todo tipo de tareas. Entrega una carpeta a su superior sin mirarme y se larga por donde ha venido.

—¿Usted fue becario en Private Eye durante el verano?

—Sí.

—¿Hasta cuándo?

—Finales de septiembre —miento, aunque me doy cuenta al instante de que se trata de un dato que fácilmente podrán desmentir.

—¿Y después no volvió a trabajar para ellos en ningún momento?

—Bueno, me dijeron que quizás salía de vez en cuando alguna tarea puntual, así que intenté mantener el contacto —me invento de nuevo.

—Tampoco tuvo nuevos encuentros con su cliente.

—No, una vez que le entregamos el informe, ya no había razón.

—Ya...

Lentamente, el poli siniestro abre la carpeta, revisa

unos papeles y asiente varias veces. Me pone nervioso tal parsimonia, porque seguro que trama algo y está poniendo un poco de teatro para amplificar el efecto. Pero aunque hubiera interpretado el monólogo de Hamlet haciendo el pino, su revelación no podría haber sido más contundente.

—«Tenemos que hablar. Sé dónde está Sara. Le ofrezco mis servicios. Estoy dispuesto a hacer lo que sea» —cita—. ¿Le suena este mensaje?

—Ehhh, sí, bueno…

—Usted descubrió el paradero de Sara Dalmau, y por lo tanto, de su amante y reciente cadáver, Marcos Maluquer. Y se lo contó a Óscar Giralt.

—Pero yo, no…

—Tranquilo, aunque en el mensaje afirme que «está dispuesto a hacer lo que sea», no creo que usted sea un asesino. Solo hay que verle. Pero sí podría haberle allanado el camino a Giralt, o a quienquiera que contratase para esa tarea. Y en términos judiciales, eso se conoce como *cooperador necesario*. Así que vuelva a explicarme los hechos sin olvidarse esta vez de ningún detalle, especialmente de cuando continuó trabajando para el cliente a espaldas de su agencia.

—No fue exactamente así… Más bien…

—Y no se olvide de señalar dónde, según usted, estaban Dalmau y Maluquer —me corta, y esto es contraproducente para sus intereses.

Porque hasta ese momento estaba dispuesto a explicarle todo de manera tan clara y didáctica que mi relato podría haberse convertido en un cuento infantil. Pero tras esta interrupción, mi cabeza ha hecho clic. No estoy detenido ni se me acusa de nada. Y por mucho que no prestara atención a las clases de Derecho en la facultad, diría que lo que está sucediendo en esta habitación es ilegal.

Así que voy a decirle al tipo siniestro, cuyas ojeras negras parece que vayan en aumento a medida que se pone más serio, que se acabó la charla y que exijo que me deje marchar o si no que venga un abogado. Porque conozco mis derechos y tal y cual.

Pero, por suerte, antes de poder articular la palabra *abogado* la puerta se abre y vuelve a entrar mi excompañero con cara de circunstancias. Le susurra algo al oído a mi interrogador, quien se levanta y deja la habitación a paso ligero, llevando tras de sí una estela de tenebrosidad. Miro interrogativamente a mi nuevo acompañante y, en aras de nuestro pasado en común, me explica en voz baja:

—Tu jefa ha movido hilos, se ve que conoce a algún superintendente. Pero ten cuidado, dicen que Fonseca nunca suelta a su presa. Y el tal Giralt es su principal sospechoso. Además, vamos tan de culo que seguro que querrán cerrar este caso cuanto antes.

18

Durante el breve camino que separa la estancia en la que he malgastado ocho horas de mi vida y la puerta de salida de la comisaría me pregunto qué recibimiento me brindará Marina del Duque. Barajo dos alternativas: una bronca monumental o un sentido abrazo lleno de preocupación. Sin embargo, la realidad me demuestra de nuevo que pasa de las soluciones maniqueas.

La duquesa me espera en la calle bajo una farola, iluminada como si estuviera a punto de interpretar un monólogo. Me pregunta si estoy bien y casi sin darme tiempo a responder procede a analizar el marrón en el que estamos metidos (uso el plural porque en estos momentos necesito sentirme acompañado). Se muestra tan expeditiva como siempre y no suelta ningún reproche, aunque no he podido dejar de sentir un escalofrío ante la mirada punzante con la que ha observado mi aparición.

—Explícame exactamente qué te han preguntado y qué les has dicho.

Lo hago.

—¿Y qué cuento es ese de un mensaje que enviaste a Giralt?

No sé muy bien por qué, pero decido callarme de nuevo el significado de Φ Φ. Simplemente le confieso que me había quedado con ganas de seguir indagando porque intuía que se nos escapaba algo y quise ponerme a disposición de Giralt, si bien este nunca contestó.

—¿Y por qué decidiste ir por tu cuenta, pasando por encima de la agencia?

Me disculpo, pero argumento que tanto ella como Recasens habían dejado claro que daban el asunto por terminado, así que, ya que estaba sin trabajo, intenté mostrar un poco de iniciativa, abrazando el discurso sobre los beneficios de la emprendeduría con el que se nos machaca constantemente a la gente joven.

—¿Seguro que no llegaste a hablar con él?

Le confirmo que no.

—Pues los mossos creen que sí. Giralt ha pasado a ser su principal sospechoso y consideran que tú le informaste del paradero de Maluquer. Tienen la intención de cerrar el asunto lo más pronto posible, porque se ha convertido en una historia mediática. El problema es que Private Eye puede salir retratada si algún periodista listillo se entera. Y solo nos faltaría eso.

—¿Cómo ha muerto la víctima?

Valora si me merezco esta información y concluye que sí.

—Un disparo a quemarropa. Los mossos no saben si se produjo allí mismo o trasladaron el cadáver posteriormente. Unos ciclistas se lo encontraron sentado en uno de los asientos de piedra, como si estuviera embobado mirando aviones.

—¡Es imposible que haya sido Óscar Giralt!

—Eso no lo sabemos.

—Si no sabía adónde se habían fugado Maluquer y su

mujer, tampoco podía saber que este había vuelto a Barcelona. Y aunque lo supiera, no tiene pinta de asesino. No, ni de coña. Pregúntale a Recasens, seguro que piensa lo mismo.

—Nunca se sabe, quizás se lo encontró de casualidad y actuó de forma irracional. Luego, asustado, lo trasladó a un lugar discreto.

No está mal pensado, pero… No, no me lo trago.

—¿Qué le va a pasar ahora a Giralt?

—Ha estado retenido en la comisaría, como tú, pero a las dos horas ha aparecido su abogado y lo ha sacado de allí antes de que los mossos pudieran abrir la boca. No te preocupes; tiene dinero y contactos suficientes para levantar un muro en torno a él. A no ser que aparezca una prueba que demuestre su culpabilidad, claro. Lo que nos suceda a nosotros si se hace público que estamos involucrados ya debería preocuparte más.

—¿Vamos a seguir investigando?

Me mira fijamente con una expresión que esconde un deje de burla, o de ironía, o de condescendencia, o de qué sé yo y responde:

—Por el momento, te quiero mañana a primera hora de la tarde en Private Eye, porque he convocado una reunión con el equipo. No esperes que sean muy simpáticos contigo. Ahora vete a casa y descansa. Ah, y ya me he encargado de llamar a tus padres. Le he asegurado a tu madre que estábamos colaborando con la policía, pero no sé si se ha quedado demasiado tranquila. Buenas noches.

La duquesa da por terminada la conversación y enfila a paso rápido el camino del aparcamiento situado bajo el centro comercial de L'Illa Diagonal, dejándome solo y sin medio alguno de volver a casa. Esta mañana he cogido el DNI, pero no la cartera ni el móvil. Por lo tanto, no tengo más remedio que ir a pie, cosa que me llevará al menos una hora. Así podré estirar las piernas y analizar todo lo que está sucediendo, aunque no habría estado mal que mi exjefa se hubiera ofrecido a acercarme.

Recreo los hechos y me siento orgulloso de no haber soltado prenda sobre Phi Phi. No sé qué ventaja puede tener, pero lo considero una victoria moral. Eso sí, no puedo evitar que un tembleque me sacuda el cuerpo, como si hubiera puesto los dedos mojados en un enchufe. Supongo que es normal, dadas las circunstancias. Hasta que no me cruzo con una chica con un gorro de lana calado hasta las cejas no me doy cuenta del verdadero motivo de mis temblores: hace frío. Barcelona ha dejado atrás el largo verano mientras yo perdía el tiempo en las dependencias policiales.

Estaremos a unos once o doce grados, por lo que cualquier europeo continental calificaría la noche como «suave» o incluso «agradable». Pero los barceloneses tenemos el termómetro interior distorsionado, así que para nosotros representa el crudo invierno y, por eso, sacamos todo nuestro arsenal textil. Yo llevo una simple camiseta de manga larga, así que corro un serio riesgo de congelación.

Aprieto el paso y en poco más de cuarenta minutos llego a casa, saludo a mis padres, les explico que la poli solo quería mi colaboración, engullo las sobras de la cena como si hubiera estado dos semanas perdido en el bosque y me encierro en el baño para darme una ducha caliente.

Una vez recuperado del frío físico y emocional, me tumbo en la cama para repasar los mensajes pendientes en el móvil. Layla se ha pasado todo el día enviándome *whatsapps*, sedienta de noticias sobre el asesinato de Marcos Maluquer y mostrando una creciente indignación ante mi falta de respuesta. Le escribo un mensaje explicativo.

Luego informo a mis amigos de mis hazañas, aunque solo consigo respuestas del tipo «Sí, hombre, no te lo crees ni tú», «No quieras hacerte el interesante con nosotros» o «Espero que no te hayas agachado a coger el jabón en la ducha». En fin…

Estoy tan agotado que los párpados me pesan como si fueran de granito. Querría dormir una semana entera y olvidarme de todo. Me acuesto, no sin antes consultar de nuevo el móvil, a ver si por casualidad ha contestado Layla. No lo ha hecho.

Aprovecho para echar un vistazo a mis redes sociales, últimamente infrautilizadas. Con los ojos entrecerrados asisto al postureo habitual de Instagram, reparto algunos *me gusta* y me dispongo a cerrar hasta que un puntito rojo situado en una esquina llama mi atención, como si fuera una señal procedente de una galaxia lejana.

Es un mensaje privado, por lo que puede ser cualquier tontería o la clave para que Jordi Viassolo entre de nuevo al terreno de juego. Así es. Una cuenta anónima, con solo cuatro fotos de playas paradisiacas en su haber, me pregunta:

«¿Quién eres y qué quieres? Tengo miedo.»

Lancé al mar un mensaje en una botella y, contra todo pronóstico, ha llegado a su destino. Salto de la cama porque el sueño ha desaparecido de golpe y comienzo a dar vueltas por la habitación para decidir mi siguiente paso. De momento, no diré nada a la duquesa ni mucho menos a los mossos. Enciendo el portátil y escribo varios borradores, hasta que encuentro la réplica adecuada:

«Sara, soy Jordi Viassolo, detective privado.

»Me contrató tu marido, Óscar Giralt, para encontrarte, porque sospechaba que la carta de despedida que dejaste podía ser falsa. Decía que nunca os llamabais "cariño" el uno al otro. La muerte de Marcos Maluquer ha provocado un terremoto. ¿Tú estás bien? ¿Corres peligro? A tus hijos no les pasa nada, no te preocupes. Ponte en contacto conmigo, te ayudaré en todo lo que pueda y seré discreto. Buscaremos un método seguro para entrar en contacto.

»Puedes confiar en mí.»

Para apuntalar este ejercicio de transparencia, admito que soy nuevo en la profesión aunque cien por cien honesto. Quizás habría sido mejor dármelas de tipo experimentado, si bien a estas alturas ya he aprendido que la sinceridad da buenos resultados. De vez en cuando, al menos. Me paso una hora entera actualizando la aplicación por si Dalmau responde, pero en la pantalla no aparece ningún otro mensaje.

También he vuelto a escribir a Layla para que se reúna conmigo mañana por la mañana en el mirador de El Prat para correr y, de paso, explicarle todas las novedades. En realidad, quiero inspeccionar el lugar de los hechos sin llamar la atención y no se me ocurre mejor camuflaje. Lo último que veo antes de quedarme dormido es su «ok».

El área metropolitana de Barcelona no para de crecer y pronto todas las ciudades se fusionarán en una enorme megalópolis, como un inmenso monstruo de hormigón. Por suerte, la naturaleza aprovecha cualquier rendija, como sucede en la estrecha franja que crece a lo largo de la desembocadura del río Llobregat, aprovechando la zona neutral que concede el aeropuerto.

Allí, emparedado entre los campos de alcachofas y una de las pistas de aterrizaje transcurre un camino de tierra que, en dirección a la playa, se detiene en el mirador desde el que se puede observar el descenso ensordecedor de los aviones. También es donde se encontró ayer el cadáver de Marcos Maluquer.

Un lugar al que llego tras más de media hora de carrera junto a Layla, que se ha presentado equipada a la última, ha mantenido un ritmo endiablado y aún ha reservado aliento para machacarme a preguntas. Yo, que visto el viejo chándal del cole, he logrado mantenerme a su altura, pero a condición de no responder ninguna pregunta. Suficiente trabajo he tenido para respirar.

—Veo que has perdido algo de forma desde que no vienes a mis clases —me suelta con ironía Layla cuando nos detenemos, a la vez que inicia una rutina de estiramientos.

—Sí, ya, el día que trabajes en un gimnasio más barato me avisas —respondo entre jadeos, mientras echo un vistazo a mi alrededor.

Se trata de una extensión de tierra y arbustos salpicada por una decena de bancos de piedra con vistas directas al aeropuerto. Para mi decepción, no hay ninguna silueta humana dibujada en el suelo ni cintas policiales que acordonen el espacio. La policía científica ha trabajado rápido para borrar cualquier señal que pudiera alterar el estado de ánimo de la población.

Me pregunto si quedará algún mosso de incógnito para ver si el asesino vuelve a la escena del crimen. Por si acaso, y para no despertar sospechas, imito a Layla y finjo que estiro. Más tarde recorreré la zona palmo a palmo por si descubro alguna pista que haya pasado desapercibida a la policía, aunque tendría las mismas probabilidades de éxito si me presentara como candidato para el Nobel de Física.

Layla respira hondo y luego se le entristece el rostro, hasta que dice:

—Pobre Marcos, me quedé de piedra cuando vi la noticia por la tele. ¿Crees que lo han asesinado?

—Tiene toda la pinta...

—¿En qué lío nos hemos metido, Jordi? —pregunta justo cuando pasa por encima de nuestras cabezas un avión que satura el ambiente con su ruido infernal.

—Ni idea, Layla. No sé cómo se relaciona la huida de Dalmau y Maluquer con el asesinato, pero ambos hechos tienen que estar conectados. Eso es lo que tenemos que averiguar ahora. Tengo, mejor dicho, porque lo mejor será que tú te quedes al margen. No quiero ponerte en peligro.

—No te pongas melodramático, Jordi... No pienso parar ahora que he empezado. Un poco de emoción no viene mal de vez en cuando.

—¿Por eso me has ayudado?

—Por eso, y porque me caíste bien desde el principio.

«Caer bien» no está mal, pero hubiera preferido un «porque me gustaste desde el principio». Sin embargo, a ella le atraen los maduritos con clase y yo no doy el perfil. Maluquer sí…

—¿Hablabas mucho con Marcos Maluquer? Más allá de temas deportivos, me refiero…

—No demasiado, siempre he intentado tener cuidado con ese tipo de hombres. He de reconocer que al principio me pareció muy atractivo y que él intentó algún tipo de aproximación. Era una persona que enseguida te seducía, casi sin querer. Pero lo último que necesitaba entonces era un lío con un alumno. Por cierto, ¿quieres estirar en serio?

Intento tocar el suelo con las manos sin doblar las rodillas, pero me quedo a un palmo. Es igual, porque mis gemelos comienzan a crujir.

—¿Y qué pensabas de Sara? —pregunto a duras penas mientras intento mantener el estiramiento.

—Siempre en segundo plano, sin destacar ni hacerse notar. No sonreía casi nunca, excepto cuando le decía que estaba haciendo muy bien un ejercicio. Parecía que eso la llenara de orgullo. ¿Qué le habrá pasado? ¡Quizás también esté muerta!

Sé que no, porque ayer leí su mensaje. Sigue viva, aunque escondida en algún remoto lugar del sudeste asiático. ¿Qué papel juega en todo esto? ¿De qué forma está implicada? Son preguntas que me gustaría pronunciar en voz alta, pero sigo con mi política de discreción y no digo nada sobre el mensaje de Instagram.

—No creo, si hubieran querido asesinar a ambos, lo habrían hecho a la vez. Y sus cuerpos hubieran aparecido juntos.

—O encontrarán su cadáver en los próximos días…

—También podría ser, pero lo dudo.

Layla deja de estirar, se acerca a menos de un palmo y susurra:

—Entonces, ¿dónde está? ¿Y por qué Marcos volvió sin ella?

—Ehhh, bueno, esta es la clave —respondo nervioso por tenerla tan cerca de mí—. Si logramos averiguar por qué volvió a Barcelona, sabremos qué ha pasado realmente.

—¿Qué te dijeron los mossos?

—Bueno, ellos consideran que el culpable es el marido, porque tenía un motivo muy claro.

—¿Y tú qué crees?

—Estoy seguro de que no ha sido él.

—¿Y si no fuera así?

—Entonces quedaría en muy mal lugar como detective privado y supongo que tendría que buscarme otra profesión.

—Siempre puedes estudiar Educación Física, se nota que se te da muy bien —suelta Layla con una sonrisa de complicidad. Tengo que reconocer que posee una gran habilidad para desdramatizar las cosas, al contrario que yo, que me encanta convertir pequeñas piedras en obstáculos insalvables.

—Bueno, ¿ahora qué hacemos? ¿Corremos un poco más? —pregunta mientras se arregla el pelo que, como siempre, sujeta con una cola alta.

—No, no, ya está bien por hoy... Pero antes de marcharnos me gustaría averiguar dónde encontraron el cadáver.

—Vale, pues pregunta.

—¿A quién? ¿Llamo a comisaría? —respondo sarcástico.

Layla abre los ojos al máximo y hace un gesto interrogativo con las dos manos para dejarme claro que no me entero de nada y me aconseja:

—Pregunta a la gente que está por aquí. Mira, allí hay un grupo de jubilados que seguro que conocen hasta el último detalle. Ve y habla con ellos.

—Humm, ¿seguro?

—Jordi, hazlo —me ordena.

Los ancianos, todos en chándal, están comentando la maniobra de descenso del avión que acaba de aterrizar. O son expilotos o ese tipo de personas que creen saber de todo. Acogen mi pregunta con agrado y dedican más de un cuarto de hora a explicarme con exactitud qué saben del tema, quién se lo ha dicho y qué estaban haciendo ellos en el momento en el que se lo contaron.

Información que está de más porque solo me interesa un dato: Marcos Maluquer apareció muerto de un disparo en el pecho en el banco de piedra más cercano a la pista de aterrizaje. Es también el más próximo a la carretera y, por lo tanto, el primero que verá cualquier persona que pase por allí, a pie, en coche o en bicicleta.

¿Por qué en este banco precisamente? Intuyo que el asesino quería decir algo con ello, pero ¿qué? ¿Y a quién? ¿Y cómo? ¿Y qué pinta Dalmau? ¿Y...?

Me gustaría acudir a la reunión programada en dos horas en Private Eye con todas las respuestas bajo el brazo. O al menos con alguna de ellas. Pero no tengo ninguna, así que mi única opción consiste en presentarme allí y aguantar el chaparrón.

19

—Tú escondes algo, *nano*.

La voz de Recasens me asalta nada más salir del ascensor dándome un susto de muerte, que desgraciadamente hago evidente con un grito ahogado.

—¿Cómo? No, no, ¿a qué te refieres?

Me agarra del brazo y me arrastra hasta las escaleras de emergencia. Comprueba que no hay nadie cerca y me dice:

—A mí no me la cuelas, creo que ya lo sabes. Marina me ha explicado tu pequeña aventura en comisaría y lo del mensaje que le enviaste a Giralt. Me juego el pescuezo a que no te hubieras ofrecido a continuar con la investigación si no hubieras descubierto algo más. Así que será mejor que lo sueltes.

—Ehhh...

—Viassolo, basta de tonterías.

—Vale... Creo que sé adónde huyeron Maluquer y Dalmau.

Recasens calla, pero sus ojos me exigen que continúe.

—A las islas Phi Phi, en Tailandia.

—¿Phi Phi, en serio? ¿Existe un lugar llamado así? *Collons*…

—Ehhh, sí.

—¿Y cómo has llegado a esta conclusión?

—Eso es lo que significaban los símbolos —aclaro mientras los dibujo en el aire—. Son la grafía *phi* del alfabeto griego. Siempre aparecen dos veces, por lo tanto, *phi phi*. Era el código que usaban los dos para referirse al destino adonde iban a huir.

Recasens se rasca las mejillas mal afeitadas y valora la información durante unos segundos. Intento leer algo en sus ojos pero permanecen opacos.

—Esto se tendrá que comprobar.

—Bueno, ya está comprobado… Busqué todas las cuentas anónimas de Instagram que habían colgado imágenes de Phi Phi en las últimas semanas. Les envíe un mensaje, por si alguna pertenecía a Sara Dalmau. Anoche me respondió preguntándome quién era yo y confesando que tenía miedo. ¿Entiendes? ¡La he encontrado! —exclamo satisfecho.

—Ya, ¿y qué coño es Instagram?

—Una red social en la que se cuelgan fotos.

—¿Y cómo sabes que era Dalmau la que te respondió y no alguien que se está haciendo pasar por ella?

—Ehhh, visto así, no lo sé, pero creo que es ella.

—Nada de creer, *nano*, aquí las cosas se saben o no se saben. Y punto.

—Sí, claro…

—Ya seguiremos luego. Ahora vayamos a la reunión, pero no digas nada de todo esto. Hazte un poco el tonto, creo que no te será difícil.

En la sala de reuniones ya ha comenzado la fiesta. La

duquesa está hablando mientras, a su lado, un tipo trajeado asiente continuamente. El resto pone cara de palo y niega con la cabeza. Me doy la vuelta para comprobar si Recasens me sigue, pero se ha evaporado. Joder. Solo ante el peligro, me arreglo el flequillo y entro.

—Ponte al fondo, Viassolo —me ordena Marina del Duque nada más verme.

No queda ninguna silla libre, ni tampoco nadie me ofrece una alternativa, así que me quedo de pie contra el ventanal, dando la espalda al cielo salpicado de nubes negras. Intento fijar la vista al frente, pero noto las miradas de desprecio de todos modos.

—La situación nos deja en una posición delicada. Tal y como comenta Albert —dice mientras señala al tipo trajeado— estamos cubiertos a nivel legal, incluso si Óscar Giralt resultara culpable.

—Me apuesto el bigote a que lo es —interviene Manolo.

—No se pueden dejar asuntos tan serios en manos de novatos —añade uno de los expertos en seguridad, lo que desencadena murmullos de aprobación.

—Eso ahora no importa —advierte Del Duque e impone el silencio de nuevo—. Lo que más nos debe preocupar es si nuestro nombre vuelve a salir en la prensa. Después de las escuchas no podemos permitirnos otro escándalo. Os pido la máxima discreción. Los Mossos d'Esquadra me han garantizado su silencio, siempre y cuando no nos entrometamos en la investigación.

Más murmullos y alguna palabra malsonante.

—Calma, por favor —pide—. Porque aún hay algo más.

Me sobresalto.

—Como todos sabéis, la víctima trabajaba para el Banco del Norte. Y Private Eye solicitó un crédito precisamente al Banco del Norte para emprender la renovación de las instalaciones. Un préstamo que todavía estamos pagando, aunque con unas condiciones preferentes gracias a la amistad que nos une con uno de sus directivos.

Ha acompañado la palabra *amistad* con un movimiento de los dedos índice y corazón de ambas manos, gesto inequívoco de que el receptor debe añadir unas comillas al término. Y, por lo tanto, reformular su significado. La duquesa continúa:

—Dicho directivo me ha llamado para exigirme la total inhibición en el asunto y el compromiso de que Private Eye emitirá una disculpa si Giralt resulta el culpable de la muerte de un empleado tan ejemplar. Por supuesto, no puede salir de aquí que la víctima dimitió sin previo aviso. De ello depende que sigamos manteniendo esas condiciones preferentes.

Más murmullos, gritos airados y un deseo unánime:

—¡Que el becario asuma toda la culpa!

Yo intento mantenerme firme y decir algo en mi defensa, pero noto cómo se me humedecen los ojos y prefiero concentrar mis energías en no llorar.

—Aquí va nuestra postura oficial: Private Eye se desvincula por completo de este asunto, que fue asumido por un becario sin avisar a la dirección. Lo achacamos a la inexperiencia y a su deseo de agradar, si bien censuramos su actitud. A partir de ahora, nos ponemos a disposición de los Mossos d'Esquadra y el juez instructor para esclarecer el tema lo más rápido posible. ¿Queda claro? ¿Sí? Pues a trabajar —concluye dando por finalizada la reunión, aunque añade algo más—: Jordi, tú quédate.

Permanezco inmóvil mientras todos abandonan la sala sin ni siquiera mirarme y mucho menos darme ánimos. Me tiemblan las piernas, así que voy a sentarme, pero la duquesa lo impide con otra orden:

—¿Te acuerdas del despacho de la planta baja en donde hicimos la entrevista de trabajo? Espérame allí. Que nadie te vea entrar.

Abandono Private Eye con total discreción, sin despegar ni un solo momento la vista de la moqueta anaranjada. Tras salir del ascensor, compruebo que no hay nadie al acecho, entro en la sala indicada y cierro la puerta. ¿A qué viene tanto secretismo? Voy a elaborar una lista de posibilidades, pero, de nuevo, la voz de Recasens me sobresalta.

—Sí que habéis tardado, *nano*.

—¡Joder, qué susto! ¿Qué, qué haces aquí?

Recasens esboza una sonrisa irónica y casi sin despegar los labios suelta algo así como «espera y verás».

No tengo que esperar mucho, porque enseguida aparece la duquesa con pose de espía del MI5 británico. Su primera frase todavía imprime un carácter más misterioso a todo el asunto:

—Lo que hablemos aquí no puede salir de estas cuatro paredes.

Recasens no responde y yo solo acierto a decir «ehhh». A ella le da igual, porque continúa su discurso, mirándome solamente a mí:

—Ya has escuchado la postura oficial de la agencia. Ahora bien, la extraoficial es otra bien distinta.

Mis sentidos se ponen en alerta máxima, pero mi cerebro sigue bloqueado.

—Los mossos y el banco nos presionan para que no metamos las narices. Pero nos estamos jugando el buen nombre de la agencia y no pienso dejar que la policía cierre el asunto en falso. Además, he tenido un discreto contacto con el abogado de Giralt y me ha insinuado que su cliente vería con buenos ojos que continuásemos buscando a su mujer. Y si de paso encontramos alguna pista sobre el verdadero asesino, pues mejor —resume. Por cierto, también ha hecho el gesto de las comillas al pronunciar *verdadero*.

—Entiendo —digo, porque no se me ocurre nada mejor.

—Por eso, debemos tratar el asunto con la máxima cautela y de forma totalmente aislada. No puedo destinar recursos operativos, económicos o materiales de Private Eye a la investigación. Es más, negaré siempre su existencia —prosigue—. Por razones que no consigo entender, Giralt confía en ti, Viassolo. Recasens también considera que puedes sernos útil. Yo no tengo otro remedio. Así que queremos que sigas investigando por tu cuenta. ¿Contamos contigo?

—Ehhh, claro, sí, por supuesto —respondo sin tiempo a pensar.

—Estupendo. Esta será la última vez que tú y yo hablemos, hasta nueva orden. Si los mossos te retienen, no menciones la agencia para nada. Invéntate algo. Ah, supongo que estarás pensando en cobrar un sueldo, firmar un contrato y esas cosas. Por ahora es imposible. Cuando acabe todo este lío, ya hablaremos. Espero que Giralt sea generoso si acaba satisfecho. ¿Tienes alguna duda?

—Bueno, sí, unas cuantas...
—Pues se las comentas a Recasens, que ha decidido tomarse unas vacaciones. Él será tu enlace. Buena suerte. No sé cómo ha sucedido esto, pero el futuro de Private Eye está en tus manos.

Miro a Recasens abrumado, pero solo me responde arqueando las cejas. Cuando Marina del Duque sale de la habitación, me indica con la mano que espere. Pasan un par de interminables minutos hasta que dice:

—Nos vamos.

Fuera nos espera una tarde oscura, con una luna miedosa que se esconde tras las nubes y un temporal de levante que encrespa el mar. Cualquier persona normal bajaría la cabeza, se subiría las solapas y correría a refugiarse. Recasens, en cambio, mantiene la cabeza erguida y deja que las ráfagas de viento se estrellen contra su rostro demacrado. Tengo la impresión de que en cualquier momento se pondrá a aullar pero, en cambio, se lleva la mano al bolsillo para sacar un Ducados, que enciende a la primera con un viejo *zippo*.

Después de tres largas y reflexivas caladas se pone en marcha sin avisar, camino a la Barceloneta. Cuando logro ponerme a su altura, le digo:

—No le hemos comentado nada a la duque... a Marina del Duque sobre Tailandia y mi toma de contacto con Sara Dalmau.

—Mejor, hay que guardarse alguna bala en la recámara, *nano*.

—Ya, pero quizás estaría bien que el abogado de Giralt supiera algo... Así nos contrataría seguro.

—Ni pensarlo. Primero debes confirmar que realmente es ella quien te ha enviado ese mensaje. ¿No has pensado que el asesino puede estar utilizando su móvil? Aunque también puede haber otra explicación…

—¿Cuál?

—Que la asesina sea la propia Dalmau.

Me quedo helado ante esa posibilidad, que en ningún momento me había llegado a plantear. Sé que no hay que descartar nada al principio de una investigación, pero esto me parece excesivo. Aunque las librerías están llenas de amantes asesinas… Sea como sea, me ha quedado una sensación incómoda en el cuerpo y me vuelvo para mirar atrás, empujado por la sensación de que alguien nos vigila.

—No hay nadie, no te preocupes —asegura Recasens.

—Bueno, por si acaso…

—En todo caso, si quieres comprobar si alguien te sigue, déjame que te dé un consejo: fíjate en quién hay a tu alrededor nada más salir del lugar donde estés y hazlo con disimulo.

Memorizo la recomendación y espero a que continúe la lección, pero no vuelve a abrir la boca, así que caminamos en silencio hasta que alcanzamos las callejuelas de la Barceloneta, débilmente iluminadas. Entonces pregunto:

—¿Y ahora qué? En mi opinión, deberíamos analizar el mensaje que quiso dejar el asesino. ¿Por qué escogió el mirador de aviones?

—No.

—¿No?

—No, solo nos interesa una cuestión: ¿Quién era Marcos Maluquer? Sabemos que trabajaba en un banco, cambió de oficina porque la había cagado, estaba divorciado, iba a un gimnasio y tenía una amante, con la que desapareció por sorpresa el pasado verano.

—Efectivamente. A unas islas tailandesas llamadas Phi Phi —reivindico.

Recasens me mira con sorna y continúa su discurso:

—Si logramos reconstruir fielmente su vida, comprender cómo pensaba y qué le movía, llegaremos a la verdad. Es decir, quién lo mató y por qué. Debemos conocer su forma de ser, actuar y relacionarse. Esto es precisamente lo que no va a hacer la policía, que intentará confirmar su hipótesis inicial. Es decir, que el asesino es Óscar Giralt.

—Cosa que es imposible, ¿no?

—No, no hay nada imposible. Métete en la cabeza que no podemos dar nada por supuesto. Ahora mismo, Giralt es tan culpable como cualquier otro.

—De acuerdo —acepto, aunque sigo firme en mi creencia, más por conveniencia que por cualquier otra cosa.

—Vamos a dividirnos el trabajo. Yo me encargo de su familia y amigos. Un viejo conocido en los mossos quizás pueda echarme un cable.

—Ehh, respecto a eso, su exmujer mencionó a dos amigos.

—Bien, dame sus nombres.

—A ver... creo que eran Fran y Agustín. ¡Ah, no, August!

—Ya, ¿y sus apellidos?

—Bueno, no se los pregunté... En ese momento estaba pendiente de que nos dejara entrar en el piso de Maluquer y no caí en ello.

Recasens se detiene para mirarme fijamente y justo antes de que abra la boca me avanzo:

—Lo sé, lo sé. La próxima vez apuntaré todo lo que me digan.

—No podemos permitirnos más errores de novato. Así que espabila. Recordarás al menos la dirección de la exmujer…

Eso sí. Saco el móvil para consultar las notas y le canto la dirección de la casa de Sarriá. Luego pregunto:

—¿Y yo qué hago?

—Intenta contactar otra vez con la supuesta Sara Dalmau y confirma su identidad. Luego encárgate de obtener el máximo de información del trabajo de Maluquer.

—¿En el banco? ¡No tendrán demasiado buen recuerdo de nosotros!

—Así es la vida, *nano*. Te recomiendo que antes de abordar al director, lo intentes con algún empleado. Y te pasas también por la antigua oficina, la de la Bonanova, a ver qué sacas.

Voy a quejarme pero me freno; no serviría de nada. Además, enfilamos una calle que me resulta familiar y pronto averiguo el porqué.

—¡Hombre, James Bond, tú por aquí! —me recibe con efusividad el camarero de los dientes amarillos.

—Este es Antoñito. Antoñito, aquí Jordi Viassolo —nos presenta Recasens.

—Coño, Recasens, ante los chavales llámame Antonio, que si no me pierden el respeto.

Recasens no hace caso de la sugerencia y me dice:

—Si necesitas ponerte en contacto conmigo, telefoneas al bar y preguntas por mí. Antoñito sabrá dónde encontrarme. Pero solo si se trata de una urgencia, no me llames para contarme tu vida. Si no, quedaremos aquí cada martes a las seis de la tarde para ponernos al día. ¿Entendido?

Anoto en el móvil el número de teléfono que me dicta Antoñito y pregunto:

—¿Ahora qué hacemos?

—Yo cenar y tú lo que te dé la gana. Así que buenas noches y suerte. Y recuerda, máxima discreción, no trabajas para Private Eye.

—Eso no hace falta que lo jures, porque no voy a ver ni un euro...

—Te diría que son tiempos difíciles pero mentiría: siempre lo son.

Voy a replicar, pero Antoñito se ha sacado de la manga una sopa de pescado, y Recasens ya está cuchara en mano. Le deseo buen provecho y le digo que hablaremos pronto, si bien solo recibo por respuesta un distraído «sí, sí...».

Al salir miro a derecha e izquierda para confirmar que no hay nadie al acecho y me dirijo a la parada del metro al trote, porque no me apetece pasar el rato en una calle solitaria y con demasiados rincones oscuros. Además, mis amigos han organizado una fiesta en mi honor en *can* Huang y ya llego tarde.

—Va, Solo, cuéntanos algo más de tus aventuras en la cárcel —me anima Berni mientras abre otra Xibeca.

Están él y Pol, otros amigos del colegio, compañeros de facultad, algunas chicas que aparecen de vez en cuando, clientes habituales del bar Pirineus, amigos de amigos y gente que no conozco de nada. Samu no ha podido venir, porque está demasiado jodido por lo del trabajo.

—No estuve en la cárcel, solo en comisaría para responder algunas preguntas.
—¿Y compartiste celda con criminales? —pregunta *nosequién*.
—No, estuve todo el rato en un despacho.
—¿Te hostiaron? —quiere saber otro.
—No, no estuve en Guantánamo.

Y así unas cuantas preguntas más, aunque la gente va perdiendo interés a medida que mis respuestas desmienten sus fantasías. Luego me preguntan por el caso, aunque he aprendido la lección y consigo mantener la boca cerrada... por un tiempo. Entre las cervezas, la falta de comida y que se ha formado un círculo a mi alrededor con elevada presencia femenina, me vengo arriba:

—Mi teoría es que Marcos Maluquer ha sido víctima de un ajuste de cuentas. Al principio, todos pensábamos que se había fugado con su amante, y ya. Pero tiene que haber algo más... Quizás descubrió algo turbio en el banco o quiso ayudar a gente con problemas económicos para compensar sus errores del pasado. ¡Y eso le hizo ganarse enemigos muy poderosos!

—¡Qué fuerte! —comenta una chica de pelo muy rizado, casi a lo afro.

—¿Y por qué no analizáis su móvil? Comprobando las antenas de red a las que se había conectado se pueden reconstruir sus últimos pasos —sugiere un listillo.

—Esto es cosa de la policía, nosotros no tenemos acceso. Además, confirmamos que tanto Maluquer como Dalmau habían dejado de usar sus móviles.

—Quizás es parecido al caso Falciani y el tío tenía una lista de evasores fiscales, especuladores, corruptos o algo así —reflexiona una chica de cabello muy corto y ojos de color miel, que creo que estudia un máster en Resolución de Conflictos.

—Humm, pues no está mal la idea. ¡Bien pensado, gracias! Es posible que hubiera obtenido información valiosa y quisiera filtrarla —respondo.

Le voy a decir que, si no le parece mal, podríamos seguir con la conversación más tarde, pero un grito de Pol frustra mis intenciones:

—¡Y una mierda, Solo! A qué viene toda esta tontería de que la víctima era súper buena persona y que quería denunciar a corruptos y demás *hijoputas* y bla, bla, bla...

Va muy pasado, así que su vehemencia habitual se ha multiplicado por cuatro.

—Bueno, Pol, es una hipótesis inicial. Todavía no he entrado a fondo en su perfil psicológico y...

—¡Que no, joder! De clase alta, pijo, casoplón en Sarriá, que estafó a la peña con preferentes y huyó con el rabo entre las piernas. ¿Me vas a decir que se había convertido en el Che Guevara? Ni de coña, esta gente no cambia nunca.

—Ya... ¿Y por eso lo liquidaron? ¿Alguien que quería vengarse porque lo arruinó o lo echó de su casa?

—Mira, sabes que creo en la lucha de clases y en la revolución, pero aquí la gente sin recursos lo único que puede hacer es organizarse y hacer un escrache de vez en cuando. Gritar, molestar y poco más. El asesino es alguien de su misma calaña.

Un coro de voces se suma al debate y ya no entiendo nada, así que me escabullo para coger otra birra. Al cabo de unos minutos se suma Pol.

—Le puedo pedir a Clara que pregunte en la PAH, por si les suena el nombre del tal Maluquer —me dice.

—No estaría mal, *merci*, Pol. ¿Aún estáis juntos? —le pregunto.

—Pfff, cuando ella quiere. No lo tengo del todo claro —admite, y se bebe media Xibeca del tirón.

20

Me muero de ganas de mear, pero no me atrevo a ir al lavabo.

Estoy apostado desde primera hora de la mañana frente a la oficina del Banco del Norte de la Meridiana para intentar sonsacar información a algún empleado. Es casi la una y media y mi vejiga está a punto de explotar después de dos cafés con leche, un Red Bull, una botella grande de agua y varios litros de aburrimiento, pero me da miedo que si abandono mi puesto para visitar el retrete de la cafetería más cercana saldrán justo en ese instante y perderé la oportunidad.

Un poco antes de las ocho entraban juntos el director, un agente de seguridad y tres oficinistas, entre ellos el que nos atendió el día de la hipoteca. Ha sido, por lo tanto, imposible abordarlos, así que mi única esperanza consiste en que salgan por separado en algún momento. ¿Cómo les convenceré para que suelten prenda? De eso me preocuparé más adelante, porque ya tengo suficiente trabajo con mantener mi posición y, al mismo tiempo, disimular para no despertar sospechas. Y no mearme encima, claro.

Me vienen a la cabeza las palabras proféticas de Manolo en una soleada mañana de julio en Private Eye:

—Yo nunca me voy a una vigilancia sin mi cámara, un bocadillo de chorizo y una botellita para ir meando a chorritos.

De todos modos, Manolo dispone de un coche de empresa, mientras que yo no tengo más que mis bambas y una tarjeta de metro. Así que de nada me serviría una botella de plástico, porque puestos a montar un escándalo también podría mear en cualquier árbol. Como no aguanto más, entro en la cafetería con disimulo para no tener que consumir, me encierro en el lavabo, me bajo la bragueta y emito un sonoro «ohhh».

Este momento de placer no dura más que unos segundos, porque enseguida me asalta un sentimiento de culpa. Salgo a toda prisa, cruzo la Meridiana con el semáforo en rojo y me acerco a la puerta de la oficina para comprobar si todo sigue igual. Así es. Suspiro aliviado, aunque justo en ese momento sale el director, con su bigote de morsa y su traje de gentleman pasado de moda, y casi chocamos. Me lanza una mirada fugaz y me invade un terror intenso por si me reconoce, pero me ignora como si yo fuera otro de esos jóvenes a los que su banco jamás concedería una hipoteca. Cosa que es verdad.

Para poder vigilar más de cerca me quedo en esa misma acera, en la esquina, y espero detrás de un árbol a que salgan los demás.

A medida que se aproxima la hora de cierre, la frecuencia con la que me arreglo el flequillo aumenta. Estoy nervioso, y a eso se suma toda la cafeína que llevo encima. De vez en cuando finjo que hablo por el móvil, como si me hubieran dado plantón, no sea que alguien sospeche de mi actitud. Pero nadie se fija en mí. Como ya vaticinó la duquesa, paso desapercibido.

El debate interno sobre si esto me favorece o no queda interrumpido cuando detecto movimiento. El último cliente del día sale con toda la calma del mundo, repasando el estado de sus finanzas con la libreta pegada a la nariz. Justo a continuación aparece una de las empleadas, pero en apenas unos segundos se pone el casco y se sube a una scooter para perderse entre el tráfico en dirección a Les Glòries.

El siguiente en salir resulta ser un oficinista veterano con cara de pocos amigos, por lo que me colapso y no me atrevo a abordarle. Me maldigo y me preparo para lo que viene a continuación. Me quedan dos opciones: el *segurata* que, inmerso en su papel de agente de orden público no dudará en denunciarme a la primera de cambio, y el chico joven que, sin duda, guardará un recuerdo horrible de mí y de mi supuesto padre.

No obstante, él es mi mejor baza y por eso lo sigo a corta distancia cuando sale de la oficina y camina por la Meridiana hasta girar a la izquierda por el paseo de Fabra i Puig. El traje le vuelve a quedar grande. Si sube a un autobús o se monta en una moto se me escapará. Pero sigue caminando en dirección a Virrei Amat y doy cuatro zancadas largas para ponerme a su altura.

—Hola, ¿te acuerdas de mí? —me lanzo.

Me mira con cara de susto porque no se esperaba este atropello. Casi puedo escuchar cómo se mueven los engranajes de su memoria, hasta que una leve expresión de fastidio en su rostro me revela que, efectivamente, se acuerda de mí.

—Usted preguntó por una hipoteca hace un tiempo, ¿no es así? —pregunta.

—¡Sí señor, qué buena memoria! —exclamo haciéndome el simpático.

—En estos momentos no estoy trabajando, señor. Si quiere cualquier cosa, venga a vernos en horario de oficina.

—Claro, claro, pero te he visto y me han entrado ganas de saludarte. Me supo fatal el espectáculo que montó mi padre aquel día. Se vuelve tan antipático al hablar de dinero... Cuando se pone así no lo soporto, pero ¿qué le vas a hacer? Si le contradices, la reacción aún puede ser peor. Por eso, me gustaría pedirte disculpas.

—Acepto sus disculpas, no se preocupe.

Se despide fugazmente, acelera el ritmo y hace un quiebro por una calle estrecha para adentrarse en Nou Barris. Me lanzo de nuevo al ataque, sin saber en absoluto por dónde voy a llevar la conversación.

—De hecho, hay otra cosa que quería comentarte...

—¿Ah, sí? —pregunta seco, con una expresión que se endurece ahora que entramos en su territorio.

Su cambio de actitud me intimida. Ahora me doy cuenta de que es algo más bajo que yo, pero su espalda hace dos como la mía. Examino mis posibilidades, y llego a la conclusión de que solamente puedo jugar la carta de la verdad. De perdidos, al río.

—Mira, si te digo la verdad, no me interesa ninguna hipoteca... Soy detective privado.

Mi interlocutor se pone alerta y yo trago saliva.

—No te estoy investigando a ti ni a tu familia, tranquilo. Solo necesito recopilar datos sobre tu antiguo director, Marcos Maluquer. Como sabrás, ha aparecido muerto recientemente...

—Sí, pero yo no sé nada de eso.

—Sí, sí, por supuesto. Únicamente necesito averiguar algunas cosas más sobre la víctima para poder reconstruir su vida. Nada más.

—La policía ya habló con el nuevo director, el señor García. Para cualquier cosa, usted debe dirigirse a él. ¿Por qué está investigando por su cuenta? —pregunta con una cantinela ya no tan melódica, sino más dura, con las consonantes aspiradas.

—Bueno, es una larga historia…

—Pues muy bien, *broder* —dice enfatizando esta última expresión, supongo que para dejar claro que ya no tiene por qué mostrarse tan educado como en el banco—. Que le vaya bonito, pero no me moleste más.

—Espera, espera —le detengo—. Digamos que estoy en un lío. Porque antes de que apareciera el cadáver, yo estaba investigando la desaparición de una mujer por encargo de su marido. Descubrí que se había fugado con su amante, que resultó ser precisamente Marcos Maluquer. Y ahora todo el mundo piensa que el asesino es mi excliente y que, por lo tanto, yo puedo ser cómplice.

—Ajá.

—Por eso te pido que me ayudes. Cualquier información me vale: ¿Estaba metido en algún lío? ¿Tenía enemigos? ¿Notaste algo raro en su comportamiento?

—Escuche —dice, y su rostro se relaja—. Me gustaría ayudarle, pero no solo no sé nada, sino que no estoy en posición de hacer favores a nadie.

—Si yo solamente…

—Mire, mis papás llegaron de Ecuador cuando yo tenía trece años. Y no fue fácil para nadie. Mi mamá limpia casas y mi papá hace lo que puede después de quedarse en el paro.

—Sí, entiendo, pero...

—Todo el dinero que ahorraron acá fue para que pudiera ir a la universidad. Aprobé sin dificultades. Encontrar un trabajo ya fue otra cosa. Al final, logré este puesto en el Banco del Norte, que no está mal.... De momento, con contrato temporal, pero si todo sigue así me harán indefinido.

—Si yo solo necesito...

—Sí, ya me ha dicho qué necesita. El señor Maluquer no me trataba mal, nomás que siempre iba a la suya. El señor García se viene preocupando más por sus empleados y trata de que todo funcione bien. Pero no voy a poner en peligro mi esfuerzo ni el de mis padres por algo que no es asunto mío. Siento lo que le ha pasado al señor Maluquer, pero no quiero saber nada del tema, ¿entendido?

Me quedo paralizado mientras veo cómo se aleja cuesta arriba. Me ha tocado la fibra, así que no estoy pensando en Marcos Maluquer, Private Eye ni el Banco del Norte cuando le grito:

—¿Y te piensas que yo lo tengo mucho más fácil? ¿Crees que te lo ponen difícil porque hayas nacido en Ecuador? ¡Pues no, todos tenemos los mismos putos problemas! Entérate de una vez, porque estamos en el mismo barco. A mí me afecta tanto como a ti el paro, los contratos de mierda, los alquileres por las nubes, la falta de oportunidades... ¡A nuestra generación nos toman por gilipollas, así que no me vengas con chorradas!

Él se encoge de hombros, pero no cambia de opinión.

Doy una patada a la farola que tengo más cerca y le vuelvo a alcanzar tras un breve esprint. Último intento.

—Oye, perdona, es que realmente necesito tu ayuda. Al menos, piénsatelo —arranco un anuncio de «compro piso en esta zona» de la pared y apunto mi número de móvil en el dorso—. Si te enteras de algo, llámame, por favor. ¡Quedará entre nosotros!

Le entrego el papel y él lo coge sin decir nada. Podría hacer una pelota y tirarlo a la basura, pero se lo guarda en el bolsillo, lo que considero una victoria. Microscópica, pero victoria al fin y al cabo.

Aunque albergo pocas esperanzas, me paso los días siguientes mirando el móvil a cada minuto por si llama un número desconocido, pero no aparecen más que los sospechosos habituales. Entre ellos un mensaje de Layla que me convoca a una sesión de *running* en la playa, porque asegura que «al correr sobre la arena se trabajan más músculos».

He congelado nuevas tomas de contacto en la Meridiana por si resuelvo el tema por la vía rápida. Pero me temo que me tocará volver a hacer guardia en breve. También debería pasarme por la Bonanova, porque sigo sin tener claro si el traslado de Maluquer fue voluntario u obligado. Esto también lo estoy retrasando.

No es hasta el viernes —después de completar dos series de veinte minutos de carrera continua, además de un circuito de sentadillas, flexiones y abdominales—, que recibo un mensaje sin remitente que asumo que procede del empleado del banco. Lo celebro con el puño cerrado, aunque con moderación, como quien marca un penalti en un amistoso. ¿Por qué habrá cambiado de opinión? El texto dice:

«Venga a medianoche al Riobamba, cerca de Llucmajor.»

Interpreto que se trata de una discoteca latina, así que le pregunto a Layla:

—¿Sabes bailar reguetón?

Me mira extrañada, sin saber qué estoy tramando.

—Pues claro, pero... —Hace una breve pausa para pensar la forma más delicada de decirlo—. Jordi, ya sabes que estoy con alguien, ¿no?

—Sí, bueno, te vi salir del gimnasio con un tío, así que supuse que estabas con él. ¿Es muy serio?

—Nos estamos conociendo, de momento —responde con una sonrisa ilusionada, lo que me hace suponer que ella sí quiere que vaya en serio. Y, además, me ratifica lo que ya temía: tuve mi oportunidad y la lancé por la borda.

Procuro disimular la decepción y le cuento mis planes para que me acompañe. Acepta, pero a cambio me hace prometerle que, a partir de ahora, le explicaré «hasta el más mínimo detalle» de la investigación. Le digo que sí, más que nada porque no quiero ir solo a esa discoteca; me da cosa y el *perreo* no es que sea precisamente mi fuerte.

No obstante, al llegar frente al Riobamba nos damos cuenta de que no se trata de ninguna sala de ritmos latinos, sino de un restaurante de comida tradicional ecuatoriana, con la persiana medio bajada. Compruebo que hay gente dentro y me dispongo a entrar, pero antes Layla se despide:

—Creo que esto ya puedes hacerlo solo. Quizás aún

llego a tiempo de quedar con Santi. No te enfadas, ¿verdad? Pero cuéntamelo todo mañana, ¿eh?

—Claro, claro, gracias por acompañarme hasta aquí —respondo, aunque el nombre del tal Santi me sienta como una patada.

El taxi de Layla desaparece en dirección a algún punto indeterminado del *Upper Diagonal* y yo entro de cuclillas en el restaurante, donde se congrega una docena de personas alrededor de una mesa. Suena una música que no logro etiquetar y varios niños gritones juegan al pilla-pilla. El empleado del banco aparece enseguida y me conduce al fondo del local, mientras me presenta vagamente como un «amigo de la universidad».

—Te agradezco que hayas cambiado de opinión. Cualquier información que me puedas dar me ayudará mucho —digo a modo de saludo.

—Bueno, sí y no...

—¿A qué te refieres? —pregunto confuso.

—No cambié de opinión, al menos en lo principal.

—Pero entonces...

—Voy a decirle una cosa, de la que me he enterado hoy por casualidad. El señor director estaba hablando por teléfono muy arrechado...

Parece más relajado, porque sus frases han recuperado el seseo melódico.

—¿Sí...? —pregunto con grandes expectativas.

—Antes quiero dejarle algo claro: no quiero que mencione jamás mi nombre ni que vuelva a ponerse en contacto conmigo. Tiene que darme su palabra.

Una fuente anónima es mejor que ninguna, así que acepto sin dudarlo. Aunque soy consciente de que presentar una información sin revelar de dónde la he sacado tiene tanta credibilidad como las exclusivas del *Sálvame*.

—De acuerdo, tienes mi palabra.

—¿Está seguro?

—Oye, puedes fiarte de mí, en serio… Por cierto, ni nos hemos presentado. Yo me llamo Jordi.

—Jonathan —dice, pero no me tiende la mano.

—Vale, Jonathan, no quiero joderte la vida ni poner en peligro tu trabajo. Dime lo que me tengas que decir y me largo de aquí. Mira, solo necesito alguna señal para poder encontrar el camino correcto, porque si te soy sincero, estoy completamente perdido.

—Creo firmemente en el trabajo y en la honestidad. Odio a las personas que se aprovechan de los demás. O de su cargo…

—¿… y Marcos Maluquer se aprovechó de su cargo?

No responde. Yo ni respiro. Espero, hasta que por fin se decide a hablar:

—Escuché que se autoconcedió un crédito de cien mil euros dos semanas antes de dejar su puesto. Y eso que el máximo permitido son setenta y cinco mil. Supongo que los directores tienen privilegios.

—¡Joder! ¿En serio? Y tienes alguna prueba, algún papel… Quizás podrías mirar si encuentras…

Me detengo, porque ya ha comenzado a aparecer una expresión de reproche en su rostro. Antes de que diga nada me levanto y me despido:

—Gracias, me has ayudado mucho. Espero que te vaya todo bien en el banco. Por mi parte, no volveré a molestarte.

Cuando salgo a la calle comienzo a dar vueltas sin sentido. La información recibida me quema tanto que no puedo irme a casa sin más. El temporal de levante duró apenas un par de días y las temperaturas vuelven a ser más altas de lo normal, así que no me importa pasar un buen rato al aire libre.

Localizo un pequeño parque y me siento en uno de sus bancos de madera, a una distancia prudencial de unos adolescentes que beben ron mientras escuchan rap latino por un altavoz *bluetooth*. Pienso que a lo mejor aún podría localizar a Recasens y llamo al teléfono del bar de la Barceloneta. Responde la voz soñolienta de Antoñito:

—Estoy cerrando ya, ¿qué coño pasa?

—Soy Jordi Viassolo, busco a Recasens.

—¿Es urgente?

—Bueno, quería explicarle algo de lo que me acabo de enterar. ¡Es muy fuerte!

—¿Y no puedes esperar a mañana?

—Sí, claro, pero…

No puedo seguir, porque me cuelga sin mediar palabra. Ya que tengo el móvil en la mano, miro mi Instagram por si Sara Dalmau ha contestado, pero el buzón continúa vacío. Repaso la información que acabo de obtener para ver cómo puede encajar con lo que ya sabía. La tentación es enorme, así que al principio tiro por lo fácil:

Maluquer quería los cien mil euros para huir con su amante a Tailandia.

Entonces, ¿por qué vuelve a Barcelona?

¿Y cómo sabes que realmente viajaron a Phi Phi? Quizás esa era su intención, pero nunca lo hicieron.

Joder. Entonces, ¿dónde está escondida Dalmau?

Imagino que los mossos lo sabrán, porque habrán cotejado las listas de pasajeros del 1 de agosto. O habrán emitido una orden internacional para averiguar dónde sellaron sus pasaportes. ¿Cómo podría averiguarlo yo? Solo conozco a un mosso, es cierto, pero resulta que está perfectamente enterado del caso en cuestión. Y nos unen las horas de aburrimiento compartidas en la facultad. ¿Y sí…? No, imposible. ¿Seguro…?

Después de pensarlo un rato, lo busco en Facebook y, como quien no quiere la cosa, le solicito amistad. A ver qué sucede…

Y sucede que acepta de inmediato. Estimulado por los recitados combativos que surgen del altavoz de mis vecinos, le escribo un mensaje directo y al grano:

«¿Intercambiamos información?»

Transcurre un minuto, que se me hace eterno.

«Mañana no curro, así que esta noche salgo a muerte. Voy a Razzmatazz. Te veo a las tres en los lavabos. No tendrás otra oportunidad», responde finalmente.

«Ok, allí estaré.»

A pesar de que voy andando todo lo despacio que puedo, llego demasiado pronto a la discoteca del Poblenou, así que me meto en un bar cercano para hacer tiempo.

Fotos de grupos de rock duro cuelgan de las paredes y una bandera de Los Suaves preside la barra, en la que siguen sirviendo calimocho. Me pido uno como homenaje a uno de los pocos bares que sobreviven a la ola de modernización del barrio. No creo que aguante mucho más. Me siento extraño bebiendo yo solo un viernes por la noche, pero, de nuevo, nadie se fija en mí. Me despeino el flequillo para parecer más heavy y encajar mejor en el ambiente.

Como el bar cierra pasadas las dos, entro antes de tiempo a la discoteca, con el pelo ya en su sitio. Suenan Arcade Fire cuando alcanzo la pista, llena a rebosar. Me pido un gintónic en la barra lateral y disimulo hasta que llega la hora fijada.

Los lavabos del Razz están ubicados en la planta baja y se accede a través de una doble escalera ubicada al fondo de la pista. Hay casi tanta gente como en la propia sala, pero distingo fácilmente la figura esbelta de mi excompañero de clase y flamante mosso. Vestido con unos tejanos estrechos y una camisa de cuadros rojos y negros abotonada hasta el cuello no parece el mismo. Nada más verme, me grita:

—¡Viassolo, invítame a una copa!

Petición que, a pesar de mi maltrecha economía, cumplo encantado, a ver si se le suelta la lengua.

—Vaya papelón el otro día, ¿eh? —comenta.

—Ya ves, el tío ese me los puso de corbata.

—Tu nombre no hacía más que aparecer. ¡Estabas metido hasta el fondo!

—¡Bah! Estoy seguro de que Giralt no es el asesino.

—Al principio tenía todos los números, pero ahora no sé... Aunque tu cliente tiene un móvil cristalino.

—Excliente... ¿Y cómo es eso, qué habéis descubierto?

Me mira de arriba abajo, valiéndose de que me saca más de diez centímetros, y se parte de risa.

—Sí hombre, pavo. Eres tú el que querías intercambiar información. Primero tú.

—Está bien. Piensa que si nos ayudamos los dos ganaremos puntos...

—Humm, sí, eso no me vendría nada mal —dice riendo.

Miro a derecha e izquierda, por si alguien escucha. Obviamente nadie lo hace, y aunque así fuera, el volumen atronador con el que suena una canción de los Strokes impide cualquier intento de espionaje. Incluso nosotros hemos de hablar a gritos.

—La víctima se concedió un crédito de cien mil euros antes de largarse del banco.

Él, que ya se ha terminado su copa, vuelve a descojonarse:

—¡Joder, eso ya lo sabíamos! Lo primero que hicimos fue comprobar sus cuentas, y allí estaban esos cien mil euros. Pero la cosa no se queda aquí: al día siguiente ingresó doscientos mil euros procedentes de un fondo de inversión a nombre de su familia.

—¿Qué dices?

—Lo que oyes.

—¿Para qué quería tanta pasta?

—Supongo que para financiarse su escapada, aunque nunca los llegó a tocar.

—¿Y si tenía suficiente para vivir durante unos años sin dar un palo al agua, por qué vuelve a Barcelona?

—Eso es lo que estamos investigando. ¿No sabes nada más?

—Puessss no. ¿Otra copa?

—Pues claro, ya que no me vas a aportar nada, al menos gástate la pasta.

—Sí, ya... Oye, ¿habéis comprobado los pasaportes?

—Primero la copa. Y de ginebra de la buena, nada de la mierda de antes.

Pido un gintónic de Bulldog, que me cuesta casi el doble. Tras el primer sorbo, me dice:

—Primero volaron juntos a Tailandia.

¡Lo sabía!, exclamo para mis adentros.

—Pero luego regresó él solo —añade.

—¿Y qué hizo con Sara Dalmau? ¿Dónde está ella ahora?

—Esto es lo que tendrías que investigar tú, porque nosotros tenemos cuatro casos entre manos y no hay tiempo para nada. A Fonseca le cogerá un infarto un día de estos. Y yo me marcaría un tanto. Si te enteras de algo, me lo cuentas. Me lo debes, ¿eh?, que aquí el único que ha abierto la boca he sido yo.

—Claro, claro, eso está hecho —le aseguro, aunque pienso que ya veremos...

Sin despedirse se dirige al centro de la pista dando botes y yo me voy a casa. Andando, porque me he quedado seco después de tanto gintónic.

¿Por qué volvió Marcos Maluquer a Barcelona si ya estaba instalado en Phi Phi y con trescientos mil euros en su cuenta?, me repito. Además, ¿qué puedo averiguar yo que la policía aún ignore? Ya habrán registrado su antiguo apartamento de cabo a rabo y extraído toda la información del disco duro del ordenador. No hay nada que yo sepa y que ellos no. ¿O sí? Bueno, yo he entrado en contacto con una supuesta Sara Dalmau, aunque de momento no me ha servido de nada.

Pero hay algo más, algo que me da vueltas en la cabeza...

—¡Las agencias inmobiliarias! —grito a la oscuridad de la noche.

Los folletos y las tarjetas de visita aún deben de estar en el fondo de mi mochila. Me había olvidado por completo de ellos desde que los encontré en el piso de Maluquer. Pero entonces, ¿para qué coño quería comprarse un piso en Barcelona si su objetivo era fugarse a una isla paradisiaca?

21

Si pretendía sacarme a Layla de la cabeza, el vestido negro corto y ajustado con el que acaba de aparecer no va ayudarme en absoluto. Le he pedido otro favor, porque necesito una figura femenina a mi lado, y si es imponente mucho mejor. Además, es mi tope de seguridad: cuando quiero echarme para atrás, ella lo evita con su discurso sobre el desarrollo personal, la zona de confort, los objetivos y todas esas chorradas de *coach*. Conmigo funcionan, no tanto por el mensaje en sí, sino porque estoy dispuesto a hacer lo que sea para impresionarla.

—¿Le parece al señor mi vestido lo suficientemente elegante? —me pregunta con tono afectado nada más verme, invitándome a darle un repaso de arriba abajo.

—Sí, no está mal —afirmo de forma escueta, aunque enseguida me doy cuenta de que estoy perdiendo la oportunidad de alabarla, así que rectifico a tiempo, si bien con más vacilaciones de las deseadas—: Quiero decir… emmm… ¡Estás espectacular, Layla!

—Ah, gracias —replica algo incrédula, pero con una sonrisa que me indica que he acertado con la valoración—. A ver, ¿por dónde empezamos?

Después de analizar a fondo las tarjetas y folletos encontrados en el escritorio de Maluquer, he elaborado una lista de cuatro agencias inmobiliarias a visitar. No es que tenga un plan detallado, pero como mínimo voy a lanzar la caña a ver si pesco algo.

Sin embargo, no podía presentarme solo. Por el nombre de las agencias diría que son de esas que únicamente se toman en serio a aquellos con cierto estatus. Así que me he inventado una tapadera: Layla y yo nos vamos a casar y estamos buscando el nido de amor que nuestros padres —ricos hasta decir basta— nos comprarán como regalo de bodas. Y no nos conformaremos con cualquier cosa. Para representar el papel, Layla ha escogido ese vestido negro que quita el hipo. Yo llevo el traje azul marino que tuve que comprarme para la boda de mi primo.

La primera agencia tiene un nombre extranjero para aparentar glamur, aunque probablemente el propietario sea tan barcelonés como la Font de Canaletes. La entrada es de madera blanca y de sus grandes ventanales no cuelga ningún anuncio, como sí sucede en las inmobiliarias dirigidas al pueblo llano. El interior, espacioso y elegante, está decorado con muebles de diseño. Nada más entrar, una encargada nos recibe como si hubiéramos entrado en la boutique de Chanel del paseo de Gracia.

—¿En qué puedo ayudarles? —nos pregunta una vez que nos ha acomodado, ofrecido café y alabado la elegancia de Layla (no la mía).

—Mi prometida y yo estamos buscando casa. Nos corre un poco de prisa, porque nos gustaría mudarnos después de la luna de miel, en marzo —explico.

—Sí, además papá ya se está poniendo nervioso, porque quiere tenerlo todo atado cuanto antes. Nosotros, la verdad, nos lo hemos tomado con demasiada calma, ¿verdad, cariño? —me pregunta Layla, resaltando irónicamente la palabra *cariño*.

Este guiño me deja sin habla, pero por suerte interviene nuestra interlocutora:

—Ya entiendo. No habrá problema. Para asesorarles mejor, ¿de qué presupuesto disponen?

Ni lo había pensado, así que me dispongo a decir la primera cifra que se me pase por la cabeza, pero Layla se me adelanta:

—Digamos que nuestro presupuesto consiste en no tener presupuesto. No sé si me explico…

—Perfectamente —asume ella con complicidad—. ¿Quieren residir en Barcelona o mejor buscamos zonas más tranquilas, como Sant Cugat, Sant Just o Gavà?

—Barcelona —respondo sin dudar—. Zona alta.

—Claro, por supuesto. Disponemos de una promoción recién construida en Sant Gervasi o de pisos de segunda mano pero reformados con mucho encanto en Sarriá. Si no, ya estaríamos hablando de una casa unifamiliar en Pedralbes: trescientos metros cuadrados, jardín, piscina, garaje espacioso… No obstante, el precio es bastante elevado para una pareja joven. Puedo ofrecerles una promoción en Valldoreix que…

—Bueno, ya le hemos comentado que el precio no va a ser ningún problema… De todos modos, estamos abiertos a considerar varias opciones. Además, creo que los papás querrán dar su opinión. Los tuyos también, ¿no, cariño? —interviene Layla, mientras me coge la mano.

—Ehh, sí, claro —respondo ruborizado.

—Estupendo, podemos comenzar con las visitas mañana mismo.

—Antes deberíamos consultar nuestras agendas —respondo para frenar sus ansias vendedoras y, de paso, preparar mi ataque—: Además, nos gustaría que nos asesorara un amigo de la familia. Confiamos plenamente en su criterio. A lo mejor lo conoce, porque fue él quien nos recomendó venir aquí.

—Sí, por supuesto. ¿Cómo se llama?

—Marcos Maluquer —digo, deseando que no haya visto las noticias últimamente.

—Humm, pues ahora mismo no me suena, pero estaremos encantados de que nos acompañe. ¿Les apetece ver algunas fotos para hacerse una idea previa?

Tendría que inventarme alguna excusa para largarnos ya, porque o bien la agente inmobiliaria ha estudiado en el Institut del Teatre o realmente no conocía a Maluquer. Pero no sé reaccionar y respondo «sí, gracias» ante el asombro de Layla y la sonrisa radiante de la vendedora, que nos regala una detallada exposición durante casi una hora.

—¡Tienes que ser un poco más espabilado, Jordi! Vaya rollazo nos hemos tragado —me recrimina Layla cuando por fin logramos escapar.

La siguiente inmobiliaria que visitamos, después de coger un taxi a mi costa, se encuentra en la Ronda de Sant Antoni, frontera entre el Raval y el bajo Eixample, una ubicación extraña para nuestros supuestos objetivos. Pronto me doy cuenta de que allí no pintamos nada.

—Nos dirigimos especialmente a inversores que quieren entrar en el negocio de los pisos turísticos, que son mucho más rentables que cualquier alquiler a largo plazo. Nosotros nos encargamos de todo: la reforma, la licencia, el regalito para el concejal del distrito, la gestión con los inquilinos, el mantenimiento, la reputación en internet… Una buena inversión, se lo garantizo, pero no como vivienda —nos explica el propietario, que mira con expresión babosa a Layla.

—¡Te lo dije, no sé por qué me has arrastrado hasta aquí! —grita ella cuando se da cuenta, levantándose hecha una furia.

El propietario observa con detenimiento su salida, así que yo también me pongo de pie para interponerme entre su mirada y el culo de mi *prometida*.

—Es extraño —comento con desgana—. Nos recomendaron venir a esta agencia.

—¿Ah, sí? ¿Quién?

—El señor Maluquer —respondo obviando el nombre de pila expresamente.

—¿Maluquer? No conozco a nadie que se llame así, pero me suena… Espera, ¿no es ese tipo que apareció muerto hace unos días?

—No, no, es otro.

—Ah, pues ni idea.

Layla me espera fuera, con cara de fastidio y la cazadora abrochada hasta el cuello para evitar más miradas indiscretas.

—Vaya tío asqueroso. Seguro que está de mierda hasta el cuello.

—Sin duda, pero esa mierda no está relacionada con nuestro caso.

—¿Estás seguro?

—No he notado nada raro en su actitud cuando he mencionado a Maluquer.

Aunque, ¿cómo se nota algo raro? Ante la duda, prefiero callarme.

Nada más plantarnos frente a la tercera agencia —tras otro sangrante viaje en taxi hasta el Turó Parc—, ya sospecho que tampoco vamos en buena dirección. Un cartel en la entrada anuncia que se dedica a la *inversión patrimonial*. No sé qué significa, pero no creo que vendan pisos a parejitas, por muy ricas que finjan ser.

Esto hace que me replantee la hipótesis de que Maluquer quería comprarse un piso. Entonces, ¿para qué quería todos esos folletos? Le digo a Layla que será mejor olvidarse, pero ya está con medio cuerpo dentro y me susurra:

—Ya se te ocurrirá algo. ¡Improvisa!

No tengo más remedio que seguir su consejo, así que cuando la recepcionista nos pregunta con suspicacia que qué queremos, tengo una intuición y le suelto:

—Mi hermana y yo acabamos de recibir una herencia de nuestro abuelo, que en paz descanse. Se trata de una vieja finca en el Born, que se cae a trozos. Tiene cinco pisos, con inquilinos ya viejos. No sabemos qué hacer muy bien con ella, así que queríamos informarnos de las posibilidades. ¿Aquí nos podrían asesorar?

La recepcionista cambia de actitud al instante y nos invita a pasar a un despacho. A los cinco minutos aparece un tipo de unos cuarenta años vestido de manera informal, con una cuidada barba rollo *hipster*, desenfadado, que nos hace un par de bromas ingeniosas y se muestra muy atento a la historia que me invento sobre la marcha. Todo son sonrisas, consejos y colegueo, pero no me fío en absoluto. O no me fiaría si realmente hubiera heredado de mi abuelo un edificio entero. Tiene el símbolo del dólar impreso en los ojos y su radar ha detectado a un par de pardillos.

—Realmente resulta muy pesado gestionar un edificio de estas características hoy en día: el trato con los inquilinos, conseguir que paguen cada mes, el mantenimiento, los impuestos... Yo os recomiendo vender, podéis conseguir una muy buena cifra. Nuestra empresa se encargaría de remodelar la finca, sanearla y reintroducirla en el mercado de alquiler, pero revalorizada —explica como si se tratara de un servicio público.

—¿Y qué se hace con la gente que vive allí? —pregunta Layla.

—Un edificio con inquilinos suele venderse mucho más barato que uno libre de cargas. Es un tema que hay que saber manejar.

—¿Qué quiere decir? ¿Que se les echa? —repregunta ella.

—Bueno, cuando se les acaba el contrato no se les renueva, aunque también hay formas de animarles a que se marchen. Pero de eso no tenéis que preocuparos.

—Ya...

—De todas formas, si queréis puedo acercarme al edificio y os hago una primera valoración, sin compromiso alguno.

—Te lo agradezco —intervengo yo—. Aunque si te soy sincero, estamos pendientes de una valoración por parte de otra empresa.

—¿Sí? ¿Puedo saber cuál...? Lo digo porque en este sector hay mucho pirata... Y no me gustaría que cayerais en malas manos.

—Es la empresa de un tal Maluquer, ¿le suena?

—Humm. ¿No será de Corporación Inversora?

—¿Corporación Inversora? —pregunto esperanzado, a ver si obtengo por fin una pista.

—Ah, no, perdonad, ese se llama Margallo, Marjalizo o algo así. Será un agente independiente, mucho ojo con esos. Yo os puedo ofrecer un precio más elevado, seguro. Y todo legal, con papeles, notario, tasas, IRPF...

Tardamos un cuarto de hora en despedirnos, porque el tipo no quiere soltar la presa que le ha caído del cielo en esta oscura, pero suave, tarde de noviembre. Aunque quería arrancarme la dirección exacta, se ha tenido que conformar con un vago «cerca del mercado de Santa Caterina». Apuesto a que esta noche dará vueltas como un loco por la zona.

Más allá de la repugnancia que me genera su negocio —que consiste en comprar una finca entera, echar a los vecinos de toda la vida y revenderla luego por el triple—, no creo que conociera a Maluquer. Por si acaso, indagaré un poco sobre la tal Corporación Inversora, que por el nombre no me extrañaría que estuviera dirigida por Darth Vader.

La última visita del día, con una Layla que ya comienza a mirar al reloj, es a una agencia de nombre inequívocamente inglés, pero creada por y para ciudadanos rusos. O eso intuyo al oír el leve acento de la mujer rubia, alta, estilizada y de rasgos eslavos que nos recibe fríamente. Sus ojos felinos son de un azul tan transparente que incomodan. Aquí sí veo carteles de pisos en venta, así que retomamos la táctica original. En todo caso, no parece estar muy dispuesta a tratar con jóvenes indígenas.

—Nos enfocamos a compradores extranjeros de elevado patrimonio que buscan casa en Barcelona, como segunda residencia o inversión. No creo que pueda ser yo útil a ustedes, ya que nuestras redes comerciales se encuentran en Londres, Berlín o Moscú —comenta con unas erres algo más contundentes de lo habitual, pero nada exageradas.

—Ya. La cuestión es que nos hemos fijado en una de las casas que anuncian en el escaparate y corresponde exactamente a nuestra idea de hogar. ¿Sabe cuando uno siente un flechazo? Pues lo mismo. Y por amor se hace cualquier cosa... —insinúa Layla, ante mi asombro y admiración por sus dotes negociadoras. Lástima que vayamos de farol.

—Entonces siempre haber solución. Operamos con banca privada extranjera, por supuesto —señala.

—Me parece muy lógico. No habrá ningún problema —sigue Layla, porque yo me he quedado mudo.

—Además, preferimos que contratos se firmen en nuestras sedes internacionales. Es más cómodo y seguro. En caso de estar interesados, ¿podrían desplazarse para firmar contrato?

—Claro, aunque nosotros no nos encargamos de estas cuestiones personalmente. ¡Suficiente tenemos con la boda! Contamos con alguien de confianza para estos temas tan aburridos. ¿Cómo se llamaba, cariño?

—Ehhh, Maluquer. Marcos Maluquer. Él se haría cargo de las negociaciones en nuestro nombre. No sé si lo conoce... —remato tras el pase de la muerte de Layla.

—No —responde secamente la rusa.

—No habrá inconveniente en que los asuntos los lleve una tercera persona, ¿no?

—Así trabajamos habitualmente. Nadie quiere ensuciarse manos.

—Perfecto. ¿Nos enseña alguna casa más, por si acaso? —pregunto para averiguar si quiere sacársenos de encima rápido, algo que podría ser considerado sospechoso.

No es así. Responde que «será auténtico placer» y que le disculpemos un instante, porque tiene que ir a buscar «información disponible». Está en inglés, pero supone que eso «no será dificultad». «*Of course not*», contestamos. Ella, por supuesto, no se ríe. No lo ha hecho en ningún momento. Será algo cultural...

—Joder, Jordi, había quedado para dentro de media hora. Ya no llego. Enviaré un mensaje para cancelar —me reprocha Layla cuando nos quedamos a solas.

Como toda respuesta, me encojo de hombros. Porque ni de coña voy a permitir que ahora se marche y me deje aquí a solas con la reina del hielo.

Con maneras eficaces y escuetas —sin la cháchara habitual de los comerciales del sur de Europa— nos glosa las ventajas de diversas casas y chalets. Insiste en que esto es solo una primera presentación, pero que el resto de gestiones se deberán cumplimentar en el extranjero. Cuando termina, nos ofrece una tarjeta de una oficina en Londres y nos invita a ponernos en contacto con ellos.

—¿Y si queremos visitar alguna casa? —pregunta Layla.

—Ellos ya dirán cómo —responde, por supuesto, sin sonreír.

No tengo demasiado claro si hemos avanzado algo o no a raíz de estas cuatro visitas. A ver, tenemos una inmobiliaria muy interesada en vender pisos; otra a la que ni le va ni le viene (a no ser que seas un rico extranjero). Unos expertos en convertir pisos de vecinos en alojamientos turísticos y otros en especular con fincas antiguas. La nueva Barcelona en estado puro. Nadie conocía a Marcos Maluquer, o no han querido reconocerlo.

Ahora bien, ¿cómo averiguar quién miente? Si es que alguien lo hace. Está claro que Maluquer sí conocía estas agencias, porque guardaba información sobre ellas, cosa que indica que estaba interesado en efectuar algún tipo de negocio. O, por el contrario, tenía por objetivo frenar alguna injusticia.

Layla interrumpe mi reflexión con un comentario de tipo personal:

—Santi me dice que no puede quedar más tarde, porque tiene una cena con unos clientes. ¡Me debes una, Jordi, no me habías dicho que tardaríamos tanto!

—Lo siento, Layla. Se me ha ido un poco de las manos... Además, creo que no ha servido de nada.

—Bueno, no seas tan derrotista. Cuéntaselo todo al abuelo ese con el que trabajas y quizás él sabe ver algo más. Siento ponerme así, Santi me gusta mucho...

Estoy del tipo este hasta los huevos... Pero ¿qué puedo decir?

—Lo entiendo, Layla. Disculpa.

—Es maduro, con las cosas claras, seguro de lo que quiere y de cómo lo quiere...

Layla continúa un buen rato recitando las virtudes del tal Santi, pero yo tengo otra cosa más importante a la que prestar atención. Siguiendo los consejos de Recasens, ahora procuro fijarme más en mi alrededor para detectar si alguien me sigue. Más como un entrenamiento que como una precaución real. Al salir de la última agencia he visto a un par de gigantes rubios y trajeados charlando junto a una Yamaha X-Max. Me habría olvidado de ellos si no fuera porque ahora mismo nos están siguiendo.

—Espera, Layla, que tengo que abrocharme los cordones.

Mientras deshago y rehago el nudo de estos incómodos zapatos negros que he tomado prestados a mi padre, observo cómo la pareja se detiene a mirar un escaparate.

—Tú me pareces mono, Jordi. Pero necesito a alguien con más experiencia, que no esté dudando a cada momento y...

La charla de Layla se ha convertido en un rumor de fondo, como los pitidos de los coches que intentan avanzar por una colapsada Diagonal. Nos dirigimos a la parada de metro de María Cristina, pero me desvío de repente a la derecha. Disimuladamente miro hacia atrás y veo a uno de nuestros *nuevos amigos*. El otro ha desaparecido.

Vuelvo a girar provocando las quejas de Layla y llegamos de nuevo al lateral de la Diagonal.

—¿A qué juegas, Jordi?
—¿Tienes dinero?
—Sí ¿para qué lo preguntas?

Aparece una luz verde y alzo la mano.

—¿Para qué paras un taxi?
—Para ti. Sube.
—¿No íbamos a coger el metro?
—Yo sí, tú no.
—Yo no quiero coger ningún taxi.
—Sí, será lo mejor.

—Oye, ¿qué está pasando aquí?
—Mira, Layla, estoy cansado de escuchar tus historias amorosas. Así que haz el favor de subirte al taxi y dejarme en paz, que tengo mucho que hacer.
—Serás gilipollas. ¿De qué coño vas?
—Layla, de verdad, entra al puto taxi.
—Que te den, imbécil —me grita.

Por suerte, sube de un brinco al coche, que desaparece en sentido contrario al embotellamiento. Me fijo en si el tipo que nos perseguía reacciona, pero continúa allí, como si esperara para cruzar por un paso de zebra. Tampoco aparece ninguna moto o coche para seguir al taxi.

Primer tema solucionado, a ver cómo salgo ahora yo de esta.

Intento darle esquinazo de manera sutil, pero no hay manera. Veo un Starbucks y me meto. No pido nada, aunque a nadie parece importarle. Él no entra al local, pero intuyo que me vigila desde fuera.

Tengo miedo. ¿Qué coño querrán? Ni siquiera me alegro de haber tocado la tecla adecuada, porque está claro que me siguen por mi alusión a Maluquer. La rusa gélida les habrá avisado mientras fingía recopilar información. Dudo si llamar a los mossos o a Recasens, aunque ninguna opción me ofrece demasiadas garantías.

—¿Diga?
—Antoñito, soy Jordi Viassolo. Necesito hablar con Recasens.
—Uy, no sé si estará localizable, James Bond. ¿De qué se trata?
—Antoñito, es muy urgente.
—Ya me conozco tus urgencias...
—Joder, es una cuestión de vida o muerte. ¡Necesito a

Recasens, ya! —grito entre la multitud devoradora de *frappuccinos* gigantes y *muffins*.

—...

—¡Por favor!

—Cuelga y te vuelvo a llamar cuando lo encuentre.

Pasan cinco interminables y angustiosos minutos hasta que suena el móvil.

—¿Recasens?

—¿Qué mosca te ha picado, *nano*?

—¡Me están siguiendo unos extranjeros... seguramente rusos!

—¿De qué coño hablas?

—Encontré el contacto de varias agencias inmobiliarias en casa de Maluquer. Las he visitado hoy. En todas he mencionado su nombre, pero han hecho como si nada. Al salir de la última, me han empezado a seguir. ¡Seguro! He hecho lo que me dijiste, me he fijado... Buff, ¡no sé qué hacer!

—Vale, vale, no entiendo nada de lo que me estás contando. ¿Estás seguro de que te siguen?

—¡Sí!

—¿Dónde estás?

—En la Diagonal, cerca de El Corte Inglés.

—¿Hay una parada de taxis cerca?

—Creo que sí.

—Coge uno y que te lleve a la Barceloneta. No corras, que no te vean asustado. Si a los diez minutos aún te siguen, vuélveme a llamar y te daré más instrucciones.

Hago exactamente lo que me indica, pero a una velocidad bastante mayor de la sugerida. De hecho, bato la marca de los cien metros lisos para alcanzar el primer taxi de la fila. Doy un portazo y me gano la bronca del conductor:

—Que me vas a joder los amortiguadores, me *cagüen* todo.

—Perdón, a la Barceloneta. Ehh, tengo prisa.

—Pues tal y como está el tráfico hoy…

—Bueno, ya llegaremos. Salga ya, por favor.

—Pfff, ¿adónde de la Barceloneta?

—Ya le diré más adelante.

Me observa por el retrovisor negando con la cabeza, pero arranca y toma la Diagonal. Con la pulsaciones desbocadas, no dejo de mirar a todos lados.

—¿Huyes de alguien o qué? —pregunta el taxista.

Pues la verdad es que sí, le diría. Pero prefiero mantener la discreción.

—No, no, pero estoy nervioso porque llego tarde a un sitio —respondo.

—Pues haber madrugado más.

Llegamos a Francesc Macià y creo que nadie nos sigue, así que respiro casi por primera vez en la última media hora.

Entonces me entran las dudas: ¿Estaré paranoico? Necesito pensar con claridad, pero el corazón se me sale por la boca. Me arreglo el flequillo, respiro hondo múltiples veces y parece que consigo calmarme un poco.

Todo se va a la mierda cuando una moto se coloca detrás del taxi y empieza a imitar sus movimientos, como si estuviera unida a él mediante una cinta elástica. En ella van montados dos tipos corpulentos, trajeados y, a pesar de los cascos negros, diría que rubios. Una oleada de pánico se adueña de nuevo de mí y me tiemblan los dedos al marcar el teléfono del bar. Por suerte, responde Recasens a la primera:

—Estoy en el taxi y creo que me están siguiendo con una moto.

—¿Seguro?

—Sí, bueno, yo qué sé. ¡Estoy acojonado, Recasens!

—Bueno, mantén la calma y haz todo lo que te diga. Dile al taxista que se dirija a Juan de Borbón, que gire por Almirall Cervera y luego que vuelva a girar a la izquierda a la primera que pueda, hasta llegar a la parroquia. Cuando la veas, deja un billete de veinte euros en el asiento, sal del taxi y ve a tu derecha, en dirección al mercado. La calle es estrecha, así que la moto no podrá pasar hasta que el taxi arranque de nuevo. Tardará, porque el taxista intentará coger el dinero.

—Vale, ¿y luego?

—Eso déjamelo a mí.

El trayecto hasta la Barceloneta resulta una tortura insufrible, como si estuviera en el corredor de la muerte y el carcelero me obligara a avanzar a pasitos muy cortos. La moto sigue detrás y mis nervios se disparan a cotas estratosféricas. Me hundo en el asiento deseando convertirme en una partícula de polvo más y estoy tentado de decirle al taxista que me lleve directamente a comisaría para ingresar en el programa de testigos protegidos, si es que existe algo así.

Cuando avanzamos por la última calle descrita por Recasens, el taxi aminora la marcha y la moto queda prácticamente enganchada. Ya ni disimulan. Falta un centenar de metros para llegar a la plaza donde está la iglesia, pero no podemos seguir avanzando por culpa del camión de la basura. Miro atrás y veo los ojos del motorista fijos en mí. El taxista se acuerda de la madre del basurero. Yo preferiría cerrar los ojos y desaparecer, pero reacciono y le digo al conductor:

—Le dejo aquí veinte euros, quédese con el cambio. Tengo prisa. *Adéu!*

Abro la puerta sin prestar atención a sus insultos y salgo corriendo.

Me giro y veo cómo la moto intenta rodear el taxi y avanzar, pero no puede por culpa de la estrechez de la calle. El tipo que va de paquete se baja.

Doblo la esquina y corro más que en toda mi vida. Prefiero no volver a mirar atrás para no tropezar.

Entonces frente a mí aparecen no dos, sino cuatro armarios más. No son rubios, ni extranjeros ni tampoco jóvenes, pero tienen una pinta patibularia que echa para atrás. En condiciones normales, daría la vuelta con disimulo y buscaría un camino alternativo. Ahora solo me queda una opción; seguir corriendo y rezar para que no se les ocurra detenerme.

Tres, dos, uno… Los matones me abren paso. Nada más atravesarlos, se juntan de manera compacta formando una muralla humana. Juraría que incluso escucho un clac metálico. No sé cómo reaccionan mis perseguidores, porque solo alcanzo a ver un muro de espaldas fornidas. Al volver la vista al frente, me encuentro cara a cara con Antoñito.

—¡Freeeena, hombre!

Casi derrapo para no llevarme al dueño del bar por delante. No puedo ni hablar. Se acerca a mi oreja y me susurra:

—Gira a la derecha y luego a la izquierda por la calle de la Sal. Entra en el 5.

Antes de seguir sus instrucciones, necesito hacer esfuerzos titánicos para aspirar algo de aire, porque mis pulmones han dicho basta. Cuando llego al número 5, veo que la puerta de la planta baja está entreabierta, imprimiendo en las baldosas una estrecha franja de luz. Miro atrás por si los rusos han logrado atravesar el muro. Nada. Tampoco se escucha ningún grito. Así que entro.

—Vaya aventura, ¿eh, *nano*?

Recasens observa mi entrada con una sonrisa socarrona, aunque noto en él algo que no había visto hasta ahora. Quizás se trate de un punto de preocupación.

—¿Quiénes eran esos que me han ayudado? —pregunto aún alterado.

—Unos amigos del barrio, nada más.

Está sentado en una butaca a cuadros, lleva una bata de lana raída y lo acompaña un viejo gato atigrado que no deja de mirarme fijamente, como si compartiera con su dueño la habilidad de escanear personas. Un rayo anaranjado cruza el salón y se sube al alféizar de la ventana para vigilarme con ojos redondos. Este parece más joven.

Echo un vistazo a mi alrededor, pero no necesito demasiado tiempo; estamos en uno de los tradicionales *quarts de casa* de la Barceloneta. Apenas treinta metros cuadrados para acoger, en su tiempo, a familias enteras. Quizás la suya. Ahora lo ocupa solamente él junto a sus colegas felinos.

El apartamento dispone de una pequeña cocina abierta —no por razones estéticas, sino por necesidades de espacio—, una estantería con libros amontonados y una mesa de madera cubierta por un mantelito blanco de ganchillo, con un frutero en el centro. Poca cosa más. No hay televisor, teléfono ni, obviamente, ordenador. Sí un viejo tocadiscos conectado a unos altavoces que, si bien no son de última generación, al menos parecen fabricados en este siglo. Junto a ellos, en el suelo, tres cajas repletas de discos de vinilo. No alcanzo a ver ninguna portada, pero por el póster enmarcado de un concierto de un tal Dexter Gordon en el Jamboree en 1965, intuyo que serán de jazz. No porque yo conozca al tipo ese, sino porque en la foto sale con sombrero, cigarrillo y saxofón.

A simple vista no distingo el retrato de ningún familiar. Solamente veo, apoyada contra los libros, una fotografía de grupo. Está tomada de lejos para lograr que entren un centenar de personas, con la Torre del Reloj de fondo. Diría que justo en el centro se encuentra un Recasens algo más joven. Tendría que acercarme más para confirmarlo.

De una cosa estoy seguro. Si estuviera aquí el propietario de la segunda agencia inmobiliaria que he visitado esta tarde, la cabeza comenzaría a darle vueltas de la emoción; este tipo de apartamentos van muy buscados hoy en día para turistas.

—Siéntate... ¿Me vas a contar lo que ha pasado o qué? —pregunta Recasens.

El gato más veterano secunda la petición con un maullido afónico.

Después de buscar una silla, beber un par de vasos de agua e intentar varios inicios fallidos, encuentro el hilo adecuado y relato mis últimos movimientos, seguramente con más detalles intrascendentes de lo necesario. Transito sin mucho orden del Riobamba al Razzmatazz, de los trescientos mil euros a las agencias inmobiliarias y de la rusa de ojos transparentes a los dos armarios que me seguían hasta hace poco.

—Bueno, el resto de la historia ya la conoces.
—Ajá —asiente Recasens.
Nada más.
—Bueno, ¿y tú? ¿Has conseguido algo? —pregunto para romper el silencio.
—Puede ser.
—¿La familia?
—Gente de orden. Si por orden entiendes lo que ellos entienden, claro.
—¿Y los amigos esos? Fran y el otro…
—Fran Garriga y August Bofill. Pedí a Marina que elaboraran un dossier sobre ellos, pero aún no les he hecho ninguna visita, ya habrá tiempo.
—Pues vaya…

Recasens me mira severamente, como suele hacer cuando pide una rectificación. También el gato atigrado, que se ha subido a su regazo. Ambos consiguen su objetivo.

—Bueno, me refiero a que pensaba que tendrías tiempo de visitarlos, solo eso. No habrás podido, supongo…
—Digamos que me he dedicado a cosas más importantes.
—Qué bien. ¿Y son…?

Pausa dramática, a él nadie le mete prisas. Entretanto, el gato anaranjado salta de la ventana a la mesa y se estira para observarme más de cerca.

—He conseguido la autopsia. Por suerte, aún quedan forenses razonables.

—¿Y...?

—El disparo se produjo a quemarropa; la bala entró por el estómago y salió por el omoplato derecho, como si le hubiera disparado alguien mucho más bajo que él.

—¿Un enano? —pregunto asombrado.

—No, alguien más bajo, simplemente. Quizás una mujer...

—¿Una mujer? No me dirás qué sospechas de Dalmau..

—Sospecho de todo el mundo. Además, hay otra cosa...

—¿Sí?

Otra pausa dramática. Ningún gato se mueve. Yo tampoco.

—La pistola utilizada fue una vieja Super Star de nueve milímetros. Barata y fácil de conseguir. La policía la encontró en el fondo de un canal.

Maullido interrogativo de uno de los gatos, no sé cuál.

—¿Y eso nos dice algo del asesino? —pregunto, porque yo también necesito más información.

—Quizás sí, aunque esa no era la pistola del asesino.

—¿Entonces?

—Esa pistola la compró el propio Maluquer dos días antes de morir.

—¡Jooooder!

Maullido doble. El gatito anaranjado intenta subir al regazo de Recasens, pero su compañero le hace saber que ni hablar. Entonces decide subirse al mío. Le dejo hacer, aunque no me siento muy cómodo.

—Sí, joder, *ja ho pots ben dir*... Mis contactos en los bajos fondos se han quedado anticuados, pero aún conservo cierta influencia con los más veteranos del sector.

Supongo que la víctima necesitaba la pistola cuanto antes y recurrió al mercado negro de toda la vida, en vez de comprarla por internet. De ahí que lo único que consiguiera fuera un viejo modelo de fabricación española.

—Entonces, ¿Marcos Maluquer compró la pistola que le quitó la vida?

—Eso parece.

—¿Y para qué la quería, para protegerse de alguien?

—O para amenazar a alguien.

—Ya… ¿Y cómo acabó en manos de su asesino?

—Supongo que era la primera vez que empuñaba un arma, y eso cualquiera con un poco de experiencia lo nota a la primera. La gente normal, por muchas películas que vea, no tiene ni pajolera idea de cómo usar una pistola.

—¿Saben los mossos que el arma era de Maluquer?

—No lo creo… Y ya veremos si se lo decimos.

—¿Y por qué en el mirador de El Prat?

—Porque Maluquer convocó allí a su asesino. O viceversa. En cualquier caso, el informe forense deja claro que la víctima murió allí. Nadie trasladó el cuerpo.

—Entonces, ¿el asesino quiso dejar un mensaje o no?

—No podemos saberlo. Y, por ahora, me da igual.

El gato anaranjado reclama atención y le acaricio la cabeza con un dedo. No me fío ni un pelo. Cuando su ronroneo me confirma que todo va bien, prosigo:

—Entonces, ¿los mossos siguen creyendo que fue Óscar Giralt quien lo mató? ¿O que contrató a alguien para hacerlo? ¿O tienen otros sospechosos?

—El detective que lleva el caso, el sargento Fonseca, es perro viejo. Va lento, pero si le dejan acaba atrapando a cualquier presa, como la misma muerte…

—Sí, ya —afirmo recordando su lúgubre presencia.

—Aunque seguro que le están presionando para cerrar el caso cuanto antes.

—¿Y tú qué piensas de todo esto?

—Bueno, nos encontramos ante un bonito rompecabezas. Necesito pensar y hacer alguna que otra averiguación. Dame la dirección de la última agencia que has visitado, y descríbeme a la mujer que te ha atendido.

Lo hago y pregunto:

—¿Y ahora qué?

—Ahora a dormir, *nano*, que ya me duele la cabeza de tantas preguntas.

El gato viejo parece pensar lo mismo. El joven no, porque se queja amargamente cuando dejo de acariciarlo. Eso sí, no se digna ni a darme las gracias.

—Ehh, pero ¿cómo vuelvo yo a casa? —pregunto alarmado, mientras ojeo la calle desierta a través de la ventana.

—Antoñito te llevará en moto. No te preocupes, es una bala. Ah, y estos próximos días mejor quédate tranquilito en casa. No te dejes ver demasiado.

Realmente Antoñito resulta ser un piloto rápido y temerario, capaz de *tumbar* su Vespa Primavera del 72 como si fuera una Ducati de Moto GP. Nadie nos ha seguido, pero por si acaso entro en la portería a velocidad meteórica.

Ya en mi habitación, me meto en la cama de un salto y me tapo con la funda nórdica hasta la cabeza, dispuesto a pasarme ahí una semana entera. O toda la vida. Mis padres duermen tranquilamente pero mis orejas captan hasta el más mínimo crujido. Me pregunto qué haría si escuchara el ruido de alguien forzando la cerradura. ¿Cómo podría defenderme? Estoy tan alterado que pego un salto cuando suena el móvil. Es un mensaje de Pol, que echa más leña al fuego:

«A los de la PAH sí les suena el nombre del tal Marcos Maluquer. ¡Y mucho! Está implicado en un huevo de desahucios. Ya te lo decía, Solo, esta gente lo lleva en la sangre.»

Decido recluirme unos días en casa ante la sorpresa de mis padres, sobre todo porque cada media hora asomo la cabeza por el balcón para comprobar si alguien me vigila. A los tres días ya se me caen las paredes encima, pero me mantengo firme en mi decisión. Aprovecho el encierro para pensar de qué forma pueden encajar los hechos y completar los huecos con suposiciones. Acabo en un túnel sin salida.

A ver, recapitulemos —me aconsejo a mí mismo, tumbado en la cama aún con pijama a pesar de ser casi mediodía—. Maluquer se compra una pistola porque teme algo o porque necesita intimidar a alguien. Entonces, el encuentro en el mirador no es casual: tiene que cerrar un asunto… o vengarse de alguien.

La clave de todo pasa, por lo tanto, por resolver esta pregunta: ¿Por qué vuelve?

Como me siguieron unos matones después de mencionar a Maluquer, parto de la base de que estaba relacionado de alguna manera con la agencia inmobiliaria rusa. ¿De qué manera? ¿Y si estaba enfrentado a ellos porque…?

—Nada de hipótesis creativas —imagino que me reprende un imaginario Recasens.

—Sí, ya… Pero ¿qué otra cosa puedo hacer aquí encerrado? —respondo airado a su imagen virtual.

Luego vuelvo a llamar a Layla, pero como en los últimos diez intentos no me coge el teléfono, seguramente de forma deliberada. Así que le escribo un mensaje explicando los motivos de mi comportamiento del otro día. «Llámame y te lo cuento todo. Lo que dije no era verdad, solo quería que te fueras de allí cuanto antes», termino, esperando que valore mi heroicidad.

Hay algo que también puedo hacer, aunque no me apetece en absoluto: llamar a la exmujer de Maluquer, Julia, quien me señaló como cómplice de asesinato. No es que yo sea rencoroso, pero no creo que le haga gracia volver a oír mi voz.

—¿Julia? Hola, no cuelgues por favor. Soy Jordi Viassolo, el detective que...

—¿Cómo te atreves? ¿No te había detenido la policía?

—No, los mossos solo me interrogaron.

—Tendría que haberte denunciado a la Guardia Civil, no a esos blandengues...

—Solo quiero preguntarte una cosa. Y asegurarte que mi excliente no es culpable de nada y que, por lo tanto, el verdadero asesino sigue libre.

—No me vengas con historias.

—Vale. Solo una cosa: ¿Marcos tenía la intención de vender su casa?

Ríe despectivamente y suelta:

—¿Tú eres tonto? Qué iba a vender, si vivía de alquiler. Y la casa de Sarriá está a mi nombre, porque mis padres nos ayudaron a comprarla. No sirves para esto, chaval.

Y cuelga, qué asco de tía...

Sin embargo, me ha aclarado un punto importante sin querer. Aunque sigo igual de confundido, o más.

Solo hay una persona que podría resolver mis dudas. Por desgracia, esta persona sigue escondida en unas remotas islas tailandesas.

—O bien oculta en Barcelona después de haber asesinado a su amante —replica el holograma de Recasens.

—¡Calla ya, joder! —le grito con rabia, aprovechando que se trata de una imagen ficticia. Aunque eso no quiere decir que no pueda tener razón.

Espanto el espejismo y me centro en el siguiente paso. No necesito salir de casa para volver a contactar con Sara Dalmau. Únicamente tengo que demostrarle que puede confiar en mí, pero ¿cómo?

Ensayo distintas fórmulas: un mensaje persuasivo, un ejercicio de transparencia, una muestra inequívoca de comprensión, un ruego desesperado e incluso pruebo con la psicología inversa, pero ninguna me convence. Si yo estuviera escondido a millones de kilómetros de casa, muerto de miedo, ¿qué me gustaría escuchar? Que todo saldrá bien, sin duda. Aunque no nos engañemos, quien afirma tal cosa en realidad no tiene ni puta idea de si las cosas saldrán bien o no.

Por otro lado, un náufrago en una isla desierta no tiene más remedio que confiar en que ese hilito de humo en el horizonte pertenece a un mercante que cubre un trayecto poco frecuente y, por lo tanto, debe dejarse la voz pidiendo socorro. Para Dalmau, yo he de convertirme en ese hilito de humo. Así que le escribo un mensaje privado a la cuenta de Instagram, que espero que siga revisando de vez en cuando:

«Sara, ¿estás bien? Sigo investigando por orden de tu marido. He averiguado que Marcos volvió a Barcelona para llevar a cabo algún tipo de gestión y que, seguramente, eso provocó su asesinato. Si las cosas sucedieron como creo, tú no estás en peligro. Así que podría ayudarte a preparar tu regreso. Sé que ahora no confías en nadie, pero me gustaría demostrarte que te digo la verdad. Si quieres contactar conmigo puedes hacerlo a través de un servicio de mensajería encriptado que...»

Espera, no conozco ningún sistema parecido. Mierda. Como estoy actuando de *agente encubierto* no puedo consultarle al informático de Private Eye, y tampoco puedo pecar de cutre y pedirle que se abra una cuenta de Skype. Quizás Samu sepa de alguna alternativa.

—¿Cómo lo llevas, Samu? —le pregunto cuando responde a mi llamada.

—Pues jodido, la verdad. No paro de enviar currículos y no me han respondido ni una puta vez. Te ignoran, Solo, como si no existieras, como si no merecieras ni un solo segundo de su tiempo...

—Qué putada. Lo mejor será que no te rayes, algo saldrá —le corto, porque si no puede pasarse horas así. Pero como me sabe mal no prestarle atención, rompo mi cuarentena y lo convoco esta noche en el Pirineus.

—Me lo cuentas todo con calma luego —añado.

—Vale, me irá bien salir un rato de casa...

—Genial, allí nos vemos... Oye, ya que estamos, una pregunta... ¿Conoces algún chat ultraseguro, a prueba de hackers, escuchas ilegales y todo eso?

Después de pensárselo un rato, responde:

—Humm, me suena un sistema que se llama Cryptochat. Creo que lo utilizan los adolescentes para que sus padres no se enteren de sus líos, pero tiene una encriptación muy alta, mucho más que los correos electrónicos, Whatsapp o incluso Telegram.

Después de darle las gracias y reafirmar la cita de esta noche, me descargo la aplicación y, tras comprobar la documentación del caso, me creo una cuenta con el usuario TheNutcracker291198. Satisfecho, retomo el mensaje:

«... un servicio de mensajería encriptado y de alta seguridad que se llama Cryptochat. He creado un usuario con un nombre y una fecha que solo tú puedes saber. Y que yo conozco porque estuve en tu casa invitado por tu marido. Busca una cuenta que contenga el nombre de la primera obra de ballet profesional en la que participaste en Londres y la fecha exacta del estreno (en números y sin guiones). Si me necesitas, allí me encontrarás.»

Pulso el botón de envío y, de nuevo, me veo abocado a una espera indeterminada e imprecisa, sin saber si mi mensaje ha sido recibido y mucho menos si va a obtener respuesta. En toda la tarde no recibo ninguna señal al respecto.

A medida que transcurren las horas se añade otro motivo para que se me dispare la ansiedad: mi inminente salida de casa para la cita con Samu. Pero ya va siendo hora de acabar con este encierro, ¿no? A lo mejor tendría que pedirle a Layla clases de defensa personal en vez de tanta carrerita. Cuando se digne hablar conmigo, claro.

Paso la siguiente hora pegado al móvil por si recibo respuesta tanto de ella como de Sara. Pero ambas me ignoran. Así que, con cierta actitud fatalista, me visto de negro de pies a cabeza, me pongo una gorra con el escudo del Barça para pasar desapercibido y emprendo con sigilo el camino hacia el Pirineus, dándome la vuelta cada dos por tres, haciendo rodeos y cambiando mi trayectoria de forma repentina. Nadie me sigue, pero debido a estas medidas preventivas llego media hora tarde.

—¿Te has perdido o qué, Solo?

Samu no está enfadado por mi retraso, sobre todo porque a su lado se encuentran Berni y Pol, y sobre la mesa de madera rústica ya hay unas cuantas cervezas vacías.

—Vaya, dichosos los ojos, ¿dónde te metes? ¿Y qué coño haces con esa gorra? —pregunta Berni.

—Cosas del curro —me defiendo mientras me la quito y me arreglo el flequillo con la punta de los dedos.

—Va, cuéntanos cómo va tu investigación, que así Samu se distrae un poco y nos deja de dar la brasa.

—¡Qué hijo de puta! —replica el interpelado, con colleja incluida.

—No puedo, tengo que ser más discreto que nunca —respondo mientras doy un repaso a la clientela, formada en su mayoría por habituales, excepto una mesa ocupada por un grupo de chavales que se aprovechan de la buena voluntad del señor Huang (o de su sentido comercial) para emborracharse con cubatas baratos.

A pesar de mi negativa, todos saben —incluso yo— que es cuestión de tiempo que acabe largándolo todo. Y más después de estar dos días encerrado. Así que no tardo en exponerles todas mis dudas y suposiciones, especialmente en torno al motivo por el cual Maluquer vuelve de una isla paradisiaca para dejarse asesinar en Barcelona. Y eso que ya tenía trescientos mil euros en su cuenta. ¿Para qué los quería entonces?

—Quienes creen que el dinero lo hace todo terminan haciendo todo por dinero —interviene el señor Huang, que ha seguido la conversación desde la barra.

—Vaya, ¿es un proverbio chino? —pregunto asombrado.

—Voltaire —responde orgulloso intentando pronunciar la *erre* de forma exquisita. Casi lo consigue, aunque suena demasiado forzado. Todos nos reímos, incluso él.

—Bueno, ya, pero ¿qué tiene que ver con lo que estamos hablando?

—Supongo que no conformar con trescientos mil euros y querer más. Codicia ser mala consejera —concluye mientras nos sirve otra ronda y unos frutos secos revenidos.

—Además, no puedes dejar a deber una pasta descomunal a un banco y pretender irte de rositas, aunque huyas al culo del mundo —reflexiona Samu, que ha emergido de su mar de preocupaciones.

—Aún se lo habrán cargado los del banco… —tercia Pol.

—¡No jodas! Solo me faltaba eso —exclamo asumiendo que se trata de una broma, aunque un escalofrío me recorre el cuerpo. ¿Y si los matones que me persiguieron no trabajaran para la inmobiliaria sino para el Banco del Norte?

—¿Sigues aquí?, parece que te has quedado lelo —interviene Berni.

—Sí, sí…

—De todos modos —continúa— no creo que la víctima quisiera hacerle la pirula al banco sin tener en cuenta las consecuencias. Yo creo que sí quería devolver el crédito al banco, pero no pudo. Por eso volvió.

—Pero no había tocado el dinero de su cuenta, así que ¿para qué lo necesitaba? No creo que fuera para devolverlo sin más, algo querría hacer con él.

—Elemental, querido Solo. Y eso es lo que tienes que averiguar.

—Ya, ni que fuera tan fácil, puto Sherlock.

—Por cierto, ¿habéis visto a esas dos chicas de la esquina? Llevan con la antena puesta desde hace un rato. ¡Eo! —les grita—: ¿Queréis resolver un caso de asesinato con nuestro colega? Es detective privado, como...

—Joder, Berni, que intento pasar desapercibido —le recrimino mientras examino la reacción de las chicas.

Por su forma de ignorarnos, no creo que se trate de detectives siguiendo a su objetivo. Es decir, a mí. Aunque a lo mejor son muy buenas...

Cuando el señor Huang saca la escoba para recoger, les convenzo de forma sutil para que me acompañen a casa, así me siento más protegido. Las chicas también salen del bar, pero toman otra dirección.

Como el frío sigue brillando por su ausencia, alargamos la conversación en la calle. De vez en cuando compruebo si recibo algún mensaje. El resultado siempre es negativo, así que continúo de palique hasta la madrugada. Total, mañana puedo dormir hasta las tantas.

Sin embargo, me equivoco. El sonido de una bala que pasa silbando a apenas un milímetro de mi oreja me despierta al alba, sumiéndome en un estado de confusión tal que durante unos segundos pienso que soy un soldado que se ha quedado dormido en la trinchera y hundo mi cabeza contra el suelo para esquivar nuevos disparos. Pasan varios segundos hasta que mis sentidos sintonizan con la realidad y se dan cuenta de que no se trata de un ataque sino del móvil lanzando una señal sonora hasta ahora desconocida.

Anoche subí al máximo el volumen del teléfono por si

recibía un mensaje. El de ahora no suena como un aviso de Whatsapp, Facebook, Instagram, Twitter, Snapchat y demás redes sociales que uso habitualmente. No, parece distinto, y en las últimas semanas solo me he instalado una nueva aplicación: Cryptochat.

Salto de la cama aún con la vista nublada y me esfuerzo en enfocar los caracteres que aparecen en la pantalla. El remitente es un usuario desconocido, pero solo puede tratarse de Sara Dalmau.

«Sigo escondida. No saldré hasta que se sepa quién asesinó a Marcos y por qué. ¿Has hablado con alguien?», leo mientras se me acelera el pulso.

«No, con nadie, puedes estar tranquila. ¿Sigues en Phi Phi?», tecleo enseguida.

Dalmau sigue conectada y prosigue con el diálogo:

«No… Y no voy a decirte nada más. ¿Cómo averiguaste dónde estábamos?»

«Encontré varias veces el símbolo *phi*, y averigüé su significado.»

«Ya… Lo que parecía un sueño se ha convertido en una pesadilla.»

«Lo sé, pero todo saldrá bien.»

«Nada está saliendo bien.»

«Me refiero a ti. Volverás a casa.»

«Si no me matan antes.»

«¿Quién crees que quiere matarte? ¿Quién ha asesinado a Marcos?»

«No lo sé, de verdad. Pero tengo miedo.»

«Sara, necesito que me ayudes. ¿Por qué volvió Marcos a Barcelona?»

Pasan un par de angustiosos minutos hasta que responde:

«Solo me dijo que tenía un plan para conseguir el dinero suficiente para vivir sin preocupaciones. No quería usar el dinero de la cuenta corriente para no dar pistas.»
«¿Qué plan?»
«No me lo dijo nunca. Solo me pidió que confiara en él.»
«¿Sabes que se concedió a sí mismo un préstamo?»
«No, no lo sabía.»
«Seguro que tenía la intención de hacer algo con ese dinero. ¿No recuerdas nada? Algo que te comentara de pasada o que te llamara la atención. ¿Quizás un negocio inmobiliario?»

Durante treinta segundos el chat permanece paralizado. Yo también. Si no saco nada en claro de esto seguiré en un punto muerto. El chat se reactiva:

«Una vez me habló de una casa que encontró a través del banco. Dijo que era un auténtico chollo y que era una lástima que no pudiéramos comprarla. Luego dijo que se lo comentaría a sus amigos. No volvió a sacar el tema.»
«¿Sus amigos? ¿August y Fran?»
«Supongo. Eran sus mejores amigos.»
«Les preguntaré si saben algo.»
«Tengo que cerrar.»
«Si necesitas cualquier cosa, escríbeme por aquí.»
«Ok.»

Estoy escribiendo una última frase cuando el chat se cierra. Le quería preguntar si tenía algún mensaje para su familia, pero supongo que no...

No puedo volver a dormirme, a pesar de las escasas tres horas de sueño. Aprovecho para preguntarle a Layla si sigue «enfadada conmigo». Su silencio confirma que sí.

Me quedo estirado hasta que el despertador marca las

nueve, momento en el que, en teoría, Antoñito tendría que estar subiendo sus persianas. Hoy habrá hecho el remolón más de la cuenta, porque hasta las nueve y media no contesta.

—Otra vez te persiguen unos matones, James Bond. ¡No paras, ¿eh?!

—No, no… ¿Dijeron algo esos de la otra noche?

—Salieron por patas. Me da a mí que eran novatos, porque si no se lía pero bien.

—Ya… Necesito hablar con Recasens.

—Pues no está por aquí, ¿es muy urgente?

—Bueno, he conseguido nueva información.

—¿Vital? —pregunta socarrón.

—Joder, pues no sé, quizás sí.

—No te veo muy seguro… Dímelo a mí, y si lo veo se lo cuento.

—¿Está muy ocupado salvando las sardinas de la Barceloneta o qué?

—¡Ja! Aquí me has hecho algo de gracia. Pero ya sabes cómo van las cosas.

—En fin… Dile que he podido contactar de nuevo con S. D.

—Qué código secreto más currado, ¿eh? Vale, has hablado con *nosequién* ¿y qué?

—S. D. recuerda que la víctima le habló en una ocasión de una casa en venta que le llegó a través del banco. Estaba convencido de que era una gran oportunidad.

—Oído, cocina, ¿algo más?

—De momento no, ¿cuándo crees que…?

No termino la pregunta porque cuelga. Recasens debería de estar desayunando allí mismo y disfrutando del espectáculo, porque me devuelve la llamada enseguida.

—¿Has confirmado que se trata de la auténtica Sara Dalmau? —me pregunta.
—Bueno, más o menos.
—¿Más o menos?
—Le he hecho una pregunta que solo ella podía contestar.
—¿Y cómo la podías saber tú?
—Porque durante la investigación encontré un programa de cuando era bailarina en Londres y...
—¿Y solo tú podías encontrar ese programa? ¿Era un secreto de Estado?
—No, pero...
—Bueno, da igual. ¿Qué te ha dicho?
—Que Maluquer tenía un plan para conseguir el dinero suficiente para poder vivir sin preocuparse de nada. Ha mencionado un chollo inmobiliario. Quizás por eso visitó esas agencias, aunque no sé qué pretendía.
—De acuerdo, tomo nota, *nano*.
—Dice que quizás sus amigos Fran y August saben algo más.
—Vale, pues pásate a verlos.
—¿No ibas a hacerlo tú?
—Yo me encargo de las inmobiliarias... Y de sus matones.

Y me cuelga. Así es como Recasens me enchufa un trabajo que le tocaba hacer a él, pero he de reconocer que el trueque no está tan mal. Aunque ahora que caigo, no me ha dado las señas de los amigos. Seguramente él también se ha dado cuenta, porque el teléfono vuelve a sonar con el volumen todavía a nivel de taladradora.

—Viassolo, escucha bien atento —ordena una voz imperativa que no corresponde a Recasens sino a Marina del Duque, que procede a dictarme la dirección y cuatro notas sobre los amigos de la víctima—. No te identifiques como detective, y menos de Private Eye. No podemos arriesgarnos a que corra la voz de que seguimos en el asunto.

—Sí, ya me lo imaginaba...

—Y una cosa más: recibirás en tu correo electrónico un mensaje anónimo con una dirección. Preséntate allí a medianoche. Alguien de confianza te dará algo que quiero que lleves siempre encima.

23

Mientras subo por una cuesta empinada del Poble Sec fantaseo con la posibilidad de que Marina del Duque quiera entregarme una pistola para mi protección. Me imagino cómo me sentaría una Browning de nueve milímetros a la vez que caracoleo por los millones de terrazas de la calle de Blai, que se ha convertido en un museo al aire libre del pincho. De hecho, ejemplifica un fenómeno muy barcelonés: si algo funciona se explota hasta la saciedad.

Mi hipótesis armamentística se desmorona cuando llego a la dirección indicada, tocando ya a Montjuic. Subo al cuarto piso (sin ascensor) y, siguiendo las instrucciones, llamo con tres timbrazos cortos y otro largo. Tras la puerta aparece la sonrisa irónica de Álex, el detective de Private Eye que estuvo en cuarentena por grabar esa conversación sobre corrupción en un restaurante del Eixample.

—Vaya, vaya. Nos volvemos a ver. ¿Se puede saber qué estáis tramando tú y la duquesa?

—Eh, bueno, la verdad es que...

—Joder, Viassolo, espabila. Aquí lo que me tienes que decir es que «eso a ti no te importa una mierda».

—Ya, pero...

—Además, la duquesa me ha hecho jurar que no haré preguntas indiscretas. Y no quiero cabrearla, así que vamos al grano. ¿Sabes por qué estás aquí?

—No.

—Voy a enseñarte cómo funciona una cámara-botón. Cuidado porque vale una pasta, así que no la rompas —me avisa mientras me enseña un artilugio minúsculo.

Después de enumerarme todas sus características técnicas, y recalcar de nuevo su precio, me explica cómo se camufla:

—Para no cagarla, coges esparadrapo y te enganchas el aparato al pecho. Luego, te vistes con una camisa y le arrancas el segundo botón. Lo substituyes por el objetivo de la cámara, que se parece precisamente a un botón. Luego, con un toque se enciende y con dos empieza la grabación. Ojo, que la batería dura una hora. Para descargar el vídeo, la conectas al ordenador como si fuera un lápiz USB. Pim pam.

—Entonces, tengo que grabar mis conversaciones con...

—¡Que no me expliques nada, tío! No quiero saberlo.

—Vale, pero con qué excusa he de...

—No le des más vueltas, hazlo y ya está. Oye, ¿vamos a cenar unos pinchos?

—Ehh, no, que aún tengo que preparar las entrevistas con...

—¡Shhhh, a callar! Hala, buenas noches y recuerda: échale morro, Viassolo.

Pero por mucho morro que le eche, resulta que debo hablar con dos personas sin identificarme como detective privado para sonsacarles información valiosa. ¿Y cómo se hace eso? De nuevo, me encuentro a punto de entrar en terreno desconocido, sin apoyo y con todas mis inseguridades tronando como tambores en una batucada.

Ojalá Layla no estuviera enfadada conmigo, porque ella sabría cómo encarar la situación. Dudo si enviarle otro mensaje de disculpa, pero me contengo. Harto un poco de todo, incluso de mí mismo, me voy a dormir intentando no pensar en nada.

Al día siguiente salgo de casa más tarde de lo previsto, porque me he pasado una hora frente al espejo colocándome la cámara-botón correctamente. Cuando estoy listo, vuelvo a coger el iPad y salgo directo a la oficina de August Bofill.

Según las escasas notas transmitidas por la duquesa trabaja como AFI, es decir, asesor financiero independiente. Google me lo aclara: gestiona fondos de capital riesgo, invirtiendo tanto en *start-ups* como en empresas consolidadas.

Su despacho se encuentra, obviamente, en la zona alta, en Tres Torres. Llego allí tras pasar cuarenta y cinco minutos en el autobús disfrutando del tráfico barcelonés de media mañana.

—Buenos días.

—Buenos días —responde el agente de seguridad que se sienta tras el mostrador de un edificio acristalado, que muestra sus interioridades sin pudor.

—Qué calor, ¿eh? ¡Vaya otoño más raro que hace!

—¿En qué puedo ayudarle, caballero? —pregunta ajeno a mi intento de entablar una conversación amigable.

—Busco el despacho de August Bofill.

Me mira de arriba abajo, consciente de que no soy el tipo de persona que suele preguntar por Bofill.

—Soy periodista. Del diario digital *Economía Positiva* —aclaro mientras le enseño la portada en el iPad.

—¿Tiene cita con él?

—Supongo que habrá llamado mi productora. Yo no me encargo de eso.

Descuelga el teléfono no muy convencido y anuncia mi presencia. Dice «ya» un par de veces, niega con la cabeza, me mira y cuelga.

—Nadie ha avisado de su visita. Lo siento.

—¡Qué raro! En todo caso, no le robaría demasiado tiempo. Estoy preparando un reportaje sobre los mejores inversores de la ciudad y me gustaría entrevistarle.

El agente de seguridad se encoge de hombros y me aconseja:

—Concierte una cita.

—Lo entiendo, pero es que me corre mucha prisa. Mis jefes lo quieren publicar mañana mismo. Ya sabe cómo somos los periodistas: ¡todo es para ayer!

Nuevo encogimiento de hombros, esta vez sin soltar palabra.

—¿Me deja hablar con su secretaria? Así le puedo explicar…

—No. Siga el procedimiento establecido.

Entonces hago algo de lo que jamás me hubiera imaginado capaz. Algo leído mil veces, pero tan irreal para mí como una excursión a Saturno. En una rápida maniobra, me doy la vuelta mientras saco de la cartera un billete de cincuenta euros —que me tenía que durar hasta final de mes—, lo agarro por la punta con el pulgar y el índice y lo doblo en dos con la otra mano, para depositarlo encima del mostrador cuando he completado el giro de trescientos sesenta grados. Entonces pregunto:

—¿Seguro que no hay nada que podamos hacer?

Pasan unos segundos. Su rostro no expresa enfado, sino más bien desconcierto; supongo que es la primera vez que le sucede algo así. Ahora que me fijo bien en él, no creo que sea mucho mayor que yo, así que por su cabeza deben de estar desfilando las infinitas posibilidades que ofrece ese billete. Me siento como si hubiera apostado todo al rojo y la ruleta aún estuviera girando... Mi corazón sigue encogido cuando coge el billete sin mirarlo y dice:

—Discúlpeme, pero no puedo seguir hablando. Tengo que hacer la ronda por el exterior. Siempre advierto a mis jefes que es un error, porque alguien podría colarse.

Salto el torno de entrada casi sin apoyarme, cojo el ascensor, salgo, atravieso la puerta del despacho muy decidido y vuelvo a soltar el discurso del periodista a quien me sale al paso.

—Ya he comentado a seguridad que no me consta su petición. No entiendo cómo le han dejado subir —responde la secretaria, una veterana con cara de malas pulgas.

—La cuestión es que quería explicarle en persona de qué va el reportaje, porque sería una lástima que el señor Bofill no apareciera en él. Estoy seguro de que se tirará de los pelos al ver las declaraciones de la competencia, pero no las suyas.

—¿De qué diario dice que viene?

—*Economía Positiva*, el digital de referencia del sector de las finanzas en España. ¿No lo conoce? —pregunto mientras muestro de nuevo la portada de la web con el iPad.

Ella duda. Y yo doy un paso más:

—Creo que sería una equivocación no aparecer en este reportaje... Se lo aseguro.

—Espere aquí. Voy a preguntarle —accede de mala gana.

Como no puedo quedarme quieto mientras espero, me arreglo el flequillo varias veces. Tantas que casi me olvido de encender la cámara.

—Puede pasar. Pero dispone solamente de diez minutos.

August Bofill me recibe sin ni siquiera levantarse, pero no lo interpreto como un gesto de mala educación, sino como una consecuencia de su exceso de trabajo, que se refleja en varios montones de papeles sobre la mesa, dos ordenadores encendidos y una corbata arrugada, como si la llevara puesta desde la primera comunión.

Parece la antítesis de Marcos Maluquer. Rellenito, casi calvo y con unas gafas metálicas que le dan un aire de empollón envejecido. Una sensación que confirman las maquetas de trenes, camiones y demás medios de transporte que decoran la estantería de caoba situada a su espalda. También contiene un velero aprisionado en una botella y varias fotos por el estilo, cuidadosamente enmarcadas. Se da cuenta de que estoy observando su museo particular, porque comenta:

—Me relaja trabajar con las manos. Antes de afrontar una operación importante me concentro un rato en una maqueta. Luego estoy más despejado.

—Guau, parecen reales —le alabo con la idea de cambiar de tema de conversación lo más pronto posible.

Tengo poco tiempo y quiero empezar a lanzar mis preguntas. No sé muy bien cuáles, eso sí.

Después de explicarle por encima qué tipo de publicación es *Economía Positiva* (lo que se supone que es, no que me sirve como tapadera) y formularle varias cuestiones improvisadas sobre el sector bursátil, intento dar un giro decisivo al diálogo:

—¿Recomendaría invertir en activos inmobiliarios actualmente?

—El ladrillo siempre representa una apuesta segura, y prueba de ello es que en plena crisis continuó actuando como un valor refugio, con un elevado índice de rentabilidad. Los bancos siguen sin conceder hipotecas a la gente de a pie, porque no les conviene aumentar su stock en caso de impago, pero los fondos no tienen ningún problema de financiación. Y saben que, en unos años, cuando salgamos definitivamente de la crisis, los precios se multiplicarán.

—¿Existe la posibilidad de encontrar actualmente algún chollo inmobiliario?

—Difícil, a no ser que dispongas de información privilegiada. Lo que ofrece una mayor rentabilidad es comprar un edificio todavía con inquilinos, que multiplica su valor de manera instantánea cuando se queda vacío.

—Sí, ya he oído hablar de ese tipo de empresas... Pero ¿cree que es posible dar un pelotazo?

—Lo ignoro, no soy un experto en la materia. Ahora, si me disculpas, tengo mucho que hacer. Ya me avisarás cuando se publique el artículo.

Sin tiempo para reaccionar, me veo ya en el ascensor de bajada. Podría especular y pensar que se me ha quitado de encima al mencionar el tema inmobiliario porque tiene algo que esconder. Pero no creo que sea cierto.

Es absurdo no poder presentarme como detective para preguntar sin rodeos. No sé qué pretende la duquesa; supongo que cubrir el expediente y punto. Si esto es lo que quiere, redactaré un breve informe sobre los dos amigos y me concentraré en mi nueva hipótesis: Maluquer estaba intentando llevar a cabo algún tipo de chanchullo para ganar dinero fácil y le salió como el culo.

Recasens está investigando las agencias inmobiliarias, cosa que ya me va bien. Por mi parte, una vez que cumpla el trámite con el otro amigo, intentaré contactar de nuevo con Dalmau. Quizás incluso informe de mis avances al abogado de Giralt. Así al menos me marcaré un tanto. Aunque tampoco me puedo saltar a Recasens y la duquesa…

Joder, estoy atrapado. Por si fuera poco, caigo en la cuenta de que la cámara solo tiene una hora de autonomía, así que no tengo más remedio que volver a casa a cargar la batería. Pfff, ya iré mañana a hablar con el tal Garriga.

Aprovecho la tarde libre para ver si por fin puedo hablar con Layla, pero sigue con la boca cerrada.

Al día siguiente, después de repetir el show para camuflar la cámara de vídeo, me dirijo al restaurante Fogons Blaus, propiedad del grupo Fogons, gestionado por el empresario Fran Garriga.

Me he presentado con la excusa de estar redactando un artículo sobre el nuevo paradigma gastronómico barcelonés. Ni yo sé qué significa, pero suena tan resultón que consigo audiencia con él de forma inmediata. Eso sí, con la condición de que la entrevista dure lo que dura el trayecto hasta el nuevo restaurante que están a punto de abrir en la cercana calle de Santaló: el Fogons Nous.

Así que me pongo a caminar junto a Garriga que, a diferencia del amigo de ayer, sí coincide con Maluquer en eso de la elegancia innata. Incluso diría que le supera. Alto, de espalda ancha y melena ondulada, tiene pinta de exjugador de waterpolo. Viste un polo blanco y lleva un reloj que costará un pastizal, acompañado de una colección de pulseritas de cuero compradas en cualquier mercadillo hippy-chic de Ibiza.

Me siento muy poca cosa a su lado, y no solo porque me saca dos palmos, sino porque todos los poros de su piel rezuman un estatus de superioridad. Además, él reafirma esta posición cada vez que interrumpe nuestro diálogo para responder al móvil, con la justificación de que «es muy importante». Pronuncia esta frase no como si lo importante fuera una excepción en su vida, sino el pan de cada día.

Entremedio le formulo algunas preguntas sobre el negocio de la restauración, las tendencias gastronómicas y demás tonterías, hasta que harto de respuestas insustanciales cambio de táctica. Es probable que se me quite de encima, pero tampoco me importaría. Además, como caminamos uno al lado del otro, la cámara solo estará filmando la calle, así que el vídeo no va a ser ningún éxito de taquilla.

—¿Sabes que te he seleccionado para aparecer en el reportaje por recomendación de una amiga común?

—¿Ah, sí? ¿Quién?

—Julia... —rebusco en mi memoria el apellido de la exmujer de Maluquer—: Julia Villalba.

A él se le ensombrece la cara, aunque no deja de ser algo normal. Y más por lo que me revela a continuación:

—Es extraño, nunca le caí bien. Decía que era una mala influencia para Marcos —asegura, con algo que interpreto como melancolía.

—No conocía bien a Marcos, pero me quedé de piedra cuando escuché la noticia por la tele. ¡Qué desgracia!

—Sí, fue algo terrible. Todavía sigo en shock. Aunque nos habíamos distanciado últimamente, ha sido una pérdida enorme.

—¿Se sabe algo ya del asesino? No se ha dicho nada más…

—No, no, la investigación sigue su curso. Aunque a mí no me informan de nada.

—¿Es cierto eso que he oído de que había huido con una amante y que volvió porque se había quedado sin dinero?

Esta pregunta indiscreta hace que salte la campana, como en ese viejo concurso de la tele, y me expulsen por saltarme las reglas.

—Si no tienes más preguntas te dejo, que queda mucho trabajo por hacer —dice, y entra en el local en obras, donde ya se adivina una barra de madera reciclada.

Vaya balance más desastroso: he perdido el tiempo y no he conseguido nada útil para la investigación. Aunque una máquina tragaperras podría haber sido más hábil que yo a la hora de conducir el diálogo, ¿qué más podía hacer sin revelar mis intenciones?

Callejeo sin rumbo planteándome cómo seguir hasta que alguien grita a lo lejos un «Jordiiiiii» que se va apagando lentamente. Miro por todas partes y no veo a nadie familiar. Me encojo de hombros y sigo caminando, absorto en mis pensamientos. Tanto que cruzo con el semáforo en rojo y un coche pega un bocinazo que desencadena lloros de bebés y ladridos de perros.

Con las pulsaciones disparadas, trato de disculparme y luego busco una callejuela tranquila para recuperar la calma. Respiro hondo y grito tres veces «joder», antes de advertirme a mí mismo que hay que estar más atento, hostia.

Decido que lo mejor será volver a casa para descargar la grabación de hoy en el ordenador. Pero hay algo que me lo impide: dos brazos del tamaño de un oso que me empujan violentamente contra una persiana metálica. Sin tiempo para preguntarme qué coño está pasando, un puño se estrella en mi ojo izquierdo.

En apenas un segundo, la zona golpeada se hincha y mi campo de visión queda reducido a una luna en cuarto menguante. Lo siguiente en llegar es un puñetazo en la boca del estómago, que me deja doblado como un burrito mexicano. Caigo de rodillas e intuyo una inminente patada, pero consigo impulsarme en la pared y salgo disparado hacia la derecha, junto al pie de apoyo de mi agresor, que no puede rectificar el golpe. Logro dar tres o cuatro pasos, pero acabo rodando sobre el asfalto, aunque por suerte en ese momento no pasa ningún coche.

Quizás hubiera sido mejor final, porque una masa enorme se acerca hacia mí con algo estrecho y reluciente en la mano que tiene toda la pinta de ser una navaja.

—Tú y el viejo nos vais a *dejarrr* en paz de una puta vez. ¿Tú entiendes?

—...
—¿No? Esto te hará *entenderrr*.

Noto cómo la punta afilada entra en contacto con mi mejilla. Intento dar una patada a la desesperada, pero solo consigo impactar contra la suavidad del otoño barcelonés. El terror que siento no me deja ni gritar. Alguien lo hace por mí:

—¡¡¡Ehhh, ¿qué coño haces? Basta ya, hemos llamado a la policía!!!

Conozco esa voz. ¿Qué hace aquí?

Mi agresor me deja por un instante, pero no para salir corriendo, sino para arrear un puñetazo a Layla, que lo esquiva ágilmente. El tipo vuelve a la carga.

—¡No, no, vete Layla! —intento gritar, pero mi voz suena como un motor gripado.

La caballería acude al auxilio en forma de un todoterreno blanco, que aparece por la esquina quemando rueda y pitando de forma frenética. Mi agresor decide que esto ya es demasiado y se larga corriendo. Yo cierro los ojos y me estiro, porque un sueño terrible se ha apoderado de mí. Dos bofetadas de Layla me hacen resurgir de las tinieblas, y el contenido de un botellín de agua vertido sobre mi cabeza hace el resto.

—Jordi, ¿estás bien? ¿Qué ha pasado? —me grita.

Efectúo un rápido control de daños para comprobar si tengo algún hueso roto; el resultado parece negativo. Eso no quiere decir que no sienta un dolor terrible por todo el cuerpo, además de una mezcla de humillación y rabia que se traduce en lágrimas que me escuecen en el ojo hinchado.

—Sí, tranquila, creo que estoy bien —digo mientras intento ponerme de pie.

—Calma, calma, no te levantes aún.

Le hago caso, porque estoy tan desorientado que ni siquiera acierto a tocarme el flequillo. Su voz chillona no me hace sentir mejor:

—Pero ¡¿quién era ese y qué quería?! ¡¿Matarte?! Por Dios… Iba en el coche de Santi y te he visto. Te he llamado a gritos, pero no te has enterado. Luego hemos parado en el semáforo y me he dado cuenta de que te seguían. Me he acordado de tu mensaje del otro día, y eso que pensaba que te lo habías inventado todo. ¡Ha sido una suerte! Si no… Aunque sin la intervención de Santi no sé qué habríamos hecho.

—Gracias —balbuceo, porque no hay otra cosa más que decir.

—Ya hablaréis más tarde, Layla. Ahora hay que llamar a una ambulancia. Y a la policía —dice el tal Santi, al que dadas las circunstancias no puedo seguir odiando.

Pero nada de policía.

—No, no, estoy bien.

—Tiene que verte un médico, Jordi —insiste Layla.

—No hace falta, no ha sido nada. Mejor que nadie sepa qué ha pasado, al menos de momento.

—¡¡Jordi!!

—¡Layla, por favor, es mejor así! Acompáñame a casa, y luego ya iré a urgencias. De verdad. Ya te lo explicaré, pero por el momento necesito que me hagas caso.

Me levanto para dejar claro que me encuentro bien, aunque tengo que lidiar con una sensación permanente de mareo. La visión en mi ojo izquierdo es casi nula y un chichón del tamaño del Everest se alza en la parte posterior del cráneo. El estómago aún me vibra del golpe pero, aparte de eso, todo funciona correctamente.

Me llevan a casa a pesar de las protestas de Layla, que no para de repetir la gran pregunta: «¿Qué te hubiera pasado si no llegamos a aparecer?». Pues me habrían rajado la cara, seguramente. Ha hablado de un viejo que no puede ser otro que Recasens. ¿Qué cojones habrá hecho para cabrearles tanto? ¿Y a quiénes?

Entro en casa renqueante y como recibimiento me gano los gritos de mi madre y los lamentos de mi padre por haberme permitido ser detective y no gestor, como él. Les digo que no tiene nada que ver, porque me ha atropellado una bicicleta. «El conductor ha huido, pero en la ambulancia ya han comprobado que no tenía nada grave», les aseguro. No se lo creen.

Les pido una bolsa de ensaladilla y otra de guisantes congelados para colocarme sobre el ojo y el chichón. Insisto en que estoy bien, aunque no hay quien engañe a una madre. Teléfono en mano, me amenaza con llamar a la policía. Le suplico que no, porque se trata de un tema del trabajo. Desiste del plan inicial, pero a cambio llama muy indignada a Marina del Duque, quien se presenta en casa a la media hora.

—Hemos ido demasiado lejos, estamos entrando en terreno peligroso —me dice la duquesa tras hacerme un rápido chequeo y llamar a un médico de confianza.

—¿Quién crees que me ha atacado?

—No lo sé, quizás tenga que ver con el USB que me ha traído un mensajero hace una hora. Lleva una nota de Recasens en la que nos avisa de que va a desaparecer por un tiempo. También dice que veamos el vídeo que contiene, porque encontraremos algunas respuestas. Me temo lo peor.

—¿Qué, qué ha hecho?

—No tengo ni idea, pero los métodos de Recasens pueden llegar a ser demasiado expeditivos. Ahora descansa, mañana volveré.

Con toda la tranquilidad del mundo, Recasens habla sin alzar la voz, mientras camina en círculos alrededor de su interlocutora, que está sentada en una silla plegable y tiene las manos atadas a la espalda con un cabo de amarre azul eléctrico.

Es la rubia de ojos transparentes de la agencia inmobiliaria, de origen ruso según mis suposiciones. La misma que, seguramente, ordenó seguirme. Y darme una paliza de propina. Ella responde a todas las preguntas con un imperturbable «no sé de qué me está hablando». Él sigue susurrando, disfrutando de cada palabra con una sonrisa cruel, más lobuna que nunca:

—A ver, Natasha Ivanova, ¿de qué conocías a Marcos Maluquer?

Como no obtiene respuesta, repite la misma pregunta una y otra vez, remarcando siempre el nombre y apellido de la interrogada (que yo ignoraba hasta ahora). Sin perder los nervios, sin abandonar la sonrisa. El vídeo no tiene demasiada definición, pero sí la suficiente para adivinar que se encuentran en un almacén de pesca o similar. La frialdad de la mujer demuestra que miente; cualquier persona que realmente no supiera nada estaría temblando de miedo.

Cada vez transcurre más tiempo entre tanda y tanda de preguntas, no sabría decir cuánto, porque la grabación está editada de forma rudimentaria. Podrían ser horas. La escena se va repitiendo de forma idéntica, hasta que Recasens decide cambiar de fase. Y lo hace sacando un revólver.

—Eres rusa, ¿no? Entonces sabrás jugar a este juego —dice suavemente.

—Soy ucraniana, ignorante —escupe ella, y creo percibir que sus erres son ahora más categóricas, como si el peligro rebajara su interés por una correcta pronunciación.

—Para mí todos seguís siendo rusos.

Recasens saca entonces una bala del bolsillo y se la enseña con cuidado. Luego abre el tambor del revólver y, como en un truco de magia, demuestra al público que está vacío. La diferencia es que aquí la función es para una sola espectadora. Coloca la bala, gira el tambor, quita el seguro y apunta a la mujer, a un metro de distancia.

—No se atreverá —dice ella con voz helada y agallas de agente de la KGB.

—Probemos —responde él.

Unos segundos de tensión estratosférica, que me aceleran el pulso. Si fuera una peli de Tarantino, veríamos en primer plano cómo el sudor resbala por sus rostros. Pero se trata de un vídeo casero, con poca luz e imagen cada vez más temblorosa. Recasens aprieta el gatillo e Ivanova grita. Pero no se oye ninguna detonación.

—Has tenido suerte. ¿Probamos con dos balas?

Recasens se lo está pasando en grande mientras coloca la segunda bala, de forma teatral. La representación tiene éxito, porque la resistencia de la interrogada, al final, se quiebra.

—¡No, está loco! ¿Qué quiere saber? Yo no soy más que intermediaria.

—Quiero que me expliques todo lo que sepas, así de simple —responde con calma.

Tras recuperar el aliento, la exrusa y ahora ucraniana se suelta.

—Ese hombre apareció en agencia asegurando que sabía de palacete en zona de Pedralbes que estaba en venta después de desahucio. Precio de salida era muy bajo, por irregularidades de anterior dueño. Pero solo si nadie más iba a subasta de banco. Él se encargaba de eso. Además, se tenía que pagar en *cash*. Me ofreció colaborar.

—¿En qué consistía la colaboración? —pregunta Recasens mientras desata el nudo que ataba las muñecas de Natasha Ivanova y le ofrece un botellín de agua.

—Maluquer compraba palacete de forma discreta y yo me encargaba de reventa, en negro. Esto es algo habitual en sector, así que no suponía ningún problema. Negocio parecía interesante, porque precio de compra en subasta era de setecientos mil euros y ganancias se podían multiplicar por cinco o seis. Casas como esa se están vendiendo por más de cuatro millones. Yo aportaba cien mil euros y obtenía beneficios correspondientes más buena comisión de venta.

—Pero nunca se llegó a hacer esa venta.

—Teníamos comprador interesado, pero no quiso firmar contrato, porque pedía garantías. Negocio quedó a la espera de tener noticias suyas. O de encontrar comprador más dispuesto. Hasta que vi por televisión que Maluquer estaba muerto.

—¿Estaba muerto? Curiosa forma de decir que lo mataste...

—¡No es verdad! Por quién me toma. Yo intento llevar negocio de forma legal, pero a veces hay que ser flexibles. Si no haces eso, no sobrevives. Esto es como jungla.

—¿Y por qué Maluquer acudió precisamente a ti?

—No sé, era primera vez que nos veíamos.

Recasens da un par de vueltas alrededor de su interlocutora y luego susurra:

—Natasha Ivanova, ¿quieres que te repita la pregunta?

—Supongo que alguien recomendó agencia —admite ella, con unos ojos que ahora mismo podrían disparar témpanos de hielo.

—¿Quién? ¿Las páginas amarillas? —se burla Recasens.

La mujer calla durante un tiempo, hasta que deja ir entre dientes:

—No era primera vez que en agencia hacíamos este tipo de negocios. Y tampoco era nuevo para él. Digamos que teníamos amigos comunes.

—¿Quiénes?

—Si hablo, ellos sí me matarán. Y no con simple bala.

Tras esta declaración, Recasens se da por satisfecho, no sin antes interpretar un final apoteósico, que hubiera merecido el crescendo vibrante de una orquesta sinfónica. Se acerca a la cámara y muestra una bala. A continuación, abre el tambor del revólver. Está vacío. Siempre lo estuvo.

—¡Jooooder! —exclamo mientras me llevo las manos a la cabeza.

—Este truco me suena —apunta la duquesa, que ha aparecido por casa a media mañana.

Me intriga el comentario, pero lo dejo para mejor ocasión. Ahora necesito poner algo de sentido a todo lo que acabo de ver, siempre y cuando me lo permita mi cabeza embotada tras quince horas de sueño y un cóctel de analgésicos, antiinflamatorios y medio diazepam.

Después de ver el vídeo por segunda vez, la duquesa me pregunta muy seria de dónde salió «exactamente» la pista de las agencias inmobiliarias. Le cuento todo, pero me callo que he logrado contactar con una presunta Sara Dalmau. Entiendo que Recasens no le ha comentado nada, así que sigo su ejemplo. Le expongo, eso sí, mis primeras conclusiones:

—Maluquer estaba conectado con una mafia de especuladores. Quizás les avisaba cuando su banco ejecutaba un desahucio para conseguir pisos a un precio por debajo de mercado. Pero se entera de un chollo que le va a permitir ganar mucho dinero e intenta ir por libre, para luego huir con su amante. Pensaba que la venta sería más rápida, pero la operación se ralentiza y se ve obligado a regresar a Barcelona. La mafia se entera, se cabrea y, para dejar claro que nadie puede jugársela, le pega un tiro.

—Como guion para *Los Soprano* no está mal. Incluso a lo mejor has acertado en algo, pero ¿podrías demostrar todas estas acusaciones?

—Bueno, aún no, pero todo encaja, ¿no?

—No, no todo encaja. Una investigación no puede plantearse como una hipótesis que luego intentas que coincida con los hechos. Debe ser al contrario, porque si no creas vacíos que solo puedes llenar con suposiciones. El método es la clave.

—Algo de creatividad siempre ayuda, ¿no?

—No, las cosas no funcionan así. Pongamos que es verdad que la víctima estaba implicada en algún negocio turbio con una mafia de especuladores. ¿Por qué asesinarlo?

—Como venganza por haber ido por libre. Y como aviso a navegantes.

—¿Y crees que se expondrían a un cargo por asesinato? Una muerte así no les conviene en absoluto; este tipo de especuladores prefieren actuar de la forma más discreta y silenciosa posible.

—Ya, bueno... ¿Y la paliza que me he llevado?

—Los profesionales, cuando quieren dar una paliza, la dan como Dios manda. La mujer del vídeo habrá contado alguna verdad, pero se habrá callado muchas otras cosas. Intuyo que su implicación con esa mafia es mucho mayor, pero tampoco me extrañaría que pretendiera usar el negocio que le proponía Maluquer para ir ella también por libre. Quizás haya montado su propia red, pero aún estén *en prácticas*.

—Sí ya, serán becarios... En todo caso, ¿qué hacemos ahora?

—Nosotros nada, este asunto se escapa de nuestras posibilidades. Hablaremos con los Mossos d'Esquadra para ponerles al día y que continúen ellos.

—Pero...

—No, punto y final. Además tus padres me han amenazado con denunciarme por explotación laboral y mil cosas más.

—Espera, hay algo que aún no te he contado...

—A ver —dice la duquesa, asumiendo algún intento a la desesperada por mi parte.

—He logrado contactar con Sara Dalmau.

Sus ojos revelan un cierto interés, aunque mantiene el escepticismo.

—¿Cómo lo has conseguido?

Le explico todo y, al final, pregunta algo que ya he escuchado antes:

—¿Has verificado que es ella? ¿Has mantenido contacto visual?

—No, pero estoy prácticamente seguro de que se trata de Dalmau.

—Ya veremos... Por el momento, nos guardamos esta información para nosotros. Se lo comentaré al abogado de Giralt, con todas las reservas del mundo. Su cliente está cada vez más impaciente, pero le ha aconsejado que no haga ruido hasta que se descarte cualquier sospecha. Le interesará saber que tenemos una pista de su mujer. Aunque una cosa no quita la otra: vamos a hablar con los mossos. Tú conocías a uno que estaba metido en el caso, ¿no? No quiero utilizar mis contactos; hay que ser discretos.

—Bueno, sí, fuimos juntos a algunas clases.

—Habla con él y pídele que investiguen a la tal Ivanova. También que se enteren de cuántas mafias de especuladores actúan en Barcelona y cómo trabajan. Supongo que habrá más de una. No le comentes nada de Dalmau, eso es cosa nuestra.

Las órdenes de la duquesa son claras y la vigilancia de mis padres, estricta. A lo que se une la preocupación de Layla, que me escribe a cada momento. Así que no me queda más remedio que obedecer. De buena gana, dicho sea de paso, porque mi ojo color berenjena y mi chichón me recuerdan que sería conveniente no meterse en líos durante una temporada. Si esa temporada puede abarcar mi vida entera, mejor.

Mi colega mosso accede a reunirse conmigo mañana por la tarde en un sitio de mi confianza. Es decir, el Pirineus. Para convencerlo, he tenido que jurar solemnemente que dispongo de información clave sobre el caso Maluquer, que le servirá para marcarse un tanto dentro del cuerpo y, si juega bien sus cartas, ascender.

«No me fío, pavo. Avánzame algo», me presiona.

Le hablo de mafias de especuladores, pelotazos inmobiliarios y venganzas.

«Allí estaré.»

A finales de noviembre, en Barcelona anochece demasiado pronto. Continúa sin hacer frío, pero el cielo se muestra implacablemente oscuro pasadas las seis. Suerte que el ayuntamiento ha encendido ya las luces de Navidad para llenarnos a todos de buenos sentimientos.

Aplicando el sentido común, lo más normal sería recluirse en casa y comenzar a preparar la cena, al estilo europeo. Pero el extensivo horario mediterráneo sigue vigente, y los niños apenas han empezado a merendar mientras encadenan actividades extraescolares. Las oficinas siguen en plena efervescencia, si bien algunos empleados con jornadas más ajustadas tienen la suerte de encontrarse ya en medio de un embotellamiento.

Al menos el bar Pirineus permanece en calma, con su aspecto de cabaña rústica ajena al estrés urbano. Apenas hay un par de clientes sentados a la barra con cara de aburrimiento, mientras los hijos de los señores Huang despliegan sus deberes sobre una mesa. Ni rastro del mosso.

Espero durante media hora frente a una insípida cerveza sin alcohol y comienzo a inquietarme. El propietario me mira con cara de lástima, no sé si por mis moratones o porque piensa que una chica me ha dejado plantado. Después de otros diez minutos me largo, porque ya estoy hasta los huevos. No llego ni a la esquina.

—Viassolo —me llama una voz a mi espalda.

Mi cerebro revive la escena de la paliza en una centésima de segundo.

—Tranquilo, soy yo —dice mi colega mosso al notar mi reacción.

Me giro, me repasa de arriba abajo al darse cuenta de mi deplorable estado físico y me indica con un gesto que entre en un coche que está aparcado en doble fila. Antes me susurra algo así como «no se ha creído que fuera cosa mía». Cuando me acomodo en el asiento posterior, entiendo el significado. En la calle no hace frío, pero el interior del coche está helado, como si el crudo invierno viviera en él. El sargento Fonseca me espera con cara fúnebre.

—Veo que sigue liando las cosas, señor Viassolo.

—Solo hago mi trabajo —respondo.

—Ya veo adónde lo ha llevado su trabajo —replica señalando mi ojo morado.

—Son gajes del oficio —sentencio, empujado por una chulería que no sé de dónde me sale, aunque necesito arreglarme el flequillo para compensar.

—Oiga, déjese de juegos —dice con una voz de infinito cansancio—. Estamos hasta los topes, así que cuéntemelo todo. Quizás así podamos evitar males mayores.

He de reconocer que tiene razón, aunque no me guste ni un pelo. Y debo cumplir con el encargo de la duquesa, así que le resumo los hechos de forma extensa, precisa y quizás algo subjetiva. Fonseca no apunta nada, pero permanece atento. Creo que ya me toma más en serio. Eso sí, cuando finalizo me despacha por la vía rápida:

—Gracias. Ya le avisaremos si necesitamos algo más.

Pasan los días, diciembre entra en escena y todo mi mundo parece congelado. Recasens sigue desaparecido, Marina del Duque evita cogerme el teléfono, los Mossos d'Esquadra no dan señales de vida, la ventana del chat con Sara Dalmau no se abre, los matones —por suerte— se han esfumado, Óscar Giralt sigue agazapado y yo no tengo ni idea de qué hacer.

Mis amigos insisten para que les cuente la historia de la paliza, pero por una vez, no tengo ganas de relatos. Prefiero concentrarme en los problemas amorosos de Samu.

—Marta dice que se ha dado cuenta de que nuestra relación hace tiempo que está estancada. Que ya no es como antes y que quizás nos equivocamos al comprar el piso.

Todos pensamos la misma frase («ya te lo dijimos»), pero nos callamos.

—Qué típico de las tías. Primero te lían y luego te dejan tirado —dictamina Berni.

—Estuvimos hablando y me dijo que sentía que no

había vivido lo suficiente. Que necesitaba hacer cosas nuevas y experimentar.

—¡Follarse a cuantos más tíos mejor! —exclama Pol con nula sensibilidad.

—Joder, Pol, no tiene por qué ser así —intervengo—. No hagas caso, Samu, quizás está un poco deprimida y...

—No, no, Solo. Si tiene razón... —me corta Samu—. Me ha pedido un tiempo para pensar, pero creo que ya estoy sentenciado.

Para animar a Samu, insultamos y maldecimos a Marta durante un rato, aunque a mí no me caía mal. Pero estas cosas se hacen por un amigo, ¿no? Seguro que ahora ella también está hablando con sus amigas, si bien con un tono más constructivo y maduro. O no... Realmente no puedo dármelas de entender a las mujeres.

Además, mi situación sentimental tampoco pinta mejor. Layla sigue insistiendo en quedar cuanto antes para empezar las clases de defensa personal. Pero nada más.

—Solo, chaval, has entrado definitivamente en la *friend zone* —sentencian todos cuando les explico la situación.

Los cabrones tienen razón, así que respondo los mensajes de Layla con la misma fórmula que utiliza todo el mundo en estas fechas cuando quiere aplazar algo:

«Mejor lo dejamos para después de fiestas».

Finalmente, mi colega mosso me cita en un bar de copas cerca de la comisaría de Les Corts y, previo pago de unos gintónics, me cuenta una historia muy distinta a la que deseaba escuchar. La Unidad Central de Homicidios de los Mossos d'Esquadra ha decidido sacarse de encima el muerto y endosarle el caso a sus colegas de Asociaciones Ilícitas. Ellos, a su vez, están intentando traspasarlo a la Policía Nacional, a la Guardia Civil o al primero que pase por ahí.

—La tal Ivanova cuenta con un largo historial de chanchullos inmobiliarios como parte de un grupo especializado en la especulación. Parece ser que no era la primera vez que trabajaba con Marcos Maluquer, y en el Banco del Norte ya han comprobado que la víctima controlaba los pisos que se subastaban para avisar a los especuladores, que hacían una oferta a la baja.

—¿Y eso por qué?

—Según la ley, cuando un banco procede a una ejecución inmobiliaria, el piso va a subasta, en la que si no hay ningún postor, el propio banco se queda el piso por el setenta por ciento de su valor. Pero si aparece alguien lo puede obtener por mucho menos siempre y cuando pague una buena parte en metálico. Incluso los propios bancos son los que a veces les avisan, para no tener que comerse más pisos vacíos. Maluquer se encargaba de ello por una comisión, no sabemos si con la connivencia de sus superiores o no. No me extrañaría.

—Ya, a mí tampoco...

—Suponemos que Ivanova se situaba en el extremo final de la red, es decir, era la que se encargaba de poner de nuevo los pisos en el mercado, con un notable incremento de precio. En este último negocio, Maluquer se quiso saltar toda la estructura intermedia y hacer negocios directamente. Pero la jugada le salió mal, porque los especuladores se acabaron enterando.

—¿Y por eso lo mataron?

—¡Qué va! Vas a flipar, pavo. Este grupo proviene

sobre todo del este de Europa. No sabemos de dónde sacan tanto dinero, pero no cuesta imaginárselo. Pueden ponerse violentos en alguna ocasión, aunque no pesa ningún cargo de homicidio sobre ellos. Lo que sí sabemos es que operan en Barcelona desde hace poco tiempo, intentando hacerse un hueco. ¿Y sabes quién utiliza desde hace décadas el negocio inmobiliario para blanquear dinero?

—¿Quién?

—¿No te lo imaginas? El nombre te sonará...

—¡Joder, dímelo ya!

—Nada más y nada menos que la Camorra napolitana, que desde los años ochenta está fuertemente establecida en Barcelona. Joder, si incluso tienen pizzerías y todo.

—¿Entonces...? —pregunto con voz temblorosa, porque ya me imagino viviendo rodeado de guardaespaldas como el italiano que escribió *Gomorra*.

—Mis superiores creen que la Camorra está eliminando la competencia. El pobre Maluquer ha pagado el pato.

—Me cago en la puta, ¿estáis seguros?

—Qué quieres que te diga... Solo sé que ya nos hemos sacado de encima toda la documentación del caso. Fonseca ha protestado, pero tampoco demasiado. Si te sirve de consuelo, parece que a mí me van a destinar definitivamente a Homicidios.

No, no me sirve de consuelo.

—Pero entonces, ¿Óscar Giralt...? —pregunto.

—Ese está descartado desde hace tiempo, aunque el sargento se lo ha tomado con calma. Creo que no le caía bien, y menos su abogado. Le tiene manía a los listillos.

Vuelvo a casa alucinando. Nada más llegar, llamo a Antoñito por si Recasens ya está por ahí, pero me jura que aún no le ha visto el pelo. Curiosamente, al cabo de una hora el propio Recasens me llama desde un número oculto.

Le traslado punto por punto toda la historia que me ha explicado el mosso, con la sensación de que esto supone el final definitivo. Tras una carcajada despectiva, suelta:

—¿La Camorra? ¡Bah, no me lo trago! Mañana preséntate a primera hora en la Barceloneta. Antoñito te indicará cómo encontrarme. Y tráeme los vídeos que grabaste con los amigos de la víctima.

—¿Para qué? Si no sirven de nada.

—Tú tráelos, *nano*.

25

Sin saber muy bien cómo, me veo a bordo de una vieja zódiac gris que apesta a gasolina rumbo a un punto indeterminado del Mediterráneo, con el sol aún durmiendo a pierna suelta y el viento azotándome en la cara. Antoñito —hombre para todo— pilota la lancha igual que conducía la Vespa: sin preocuparse del bienestar de su pasajero, que no es precisamente un lobo de mar.

Mi nariz se ha convertido en un cubito de hielo y el resto del cuerpo no le va a la zaga. Me rechinan los dientes durante los veinte minutos que dura el trayecto, hasta que aparece en el horizonte un pesquero de casco azul y redes de arrastre en la popa, enmarcado por los primeros rayos del nuevo día.

En una maniobra que yo definiría como suicida, Antoñito coloca la lancha en paralelo a la embarcación y se amolda a su velocidad, mientras va aproximándose a ella con la misma indiferencia con la que me prepararía un café con leche. Una escalerilla de cuerda cae del cielo y recibo una orden tajante:

—Arriba, James Bond.

Coloco un pie inseguro en el borde de la zódiac, palpando el casco del barco hasta agarrar la escalerilla, a la que me aferro como si me fuera la vida en ello. A duras penas logro subir los peldaños inestables, haciendo un esfuerzo enorme para evitar el balanceo, mientras me golpeo las rodillas y las manos se me llenan de rasguños. Antes de llegar al final, unos brazos poderosos me atrapan y me lanzan sobre la cubierta como si fuera una vulgar sepia. El marinero, africano y de sonrisa enorme, me señala una escalera. Bajo a trompicones y allí, con delantal y cucharón, me recibe Recasens ante un *suquet* de pescado.

—No te habrás mareado, ¿verdad, *nano*?

—Hasta ahora me he concentrado en no morir congelado. ¿Qué haces aquí?

—Es un buen sitio para desaparecer durante un tiempo —asegura, a la vez que me lanza una manzana verde de un cesto—. Ten, come. Van bien para el mareo.

Devoro la manzana en cuatro mordiscos, y pido otra, porque sí empiezo a notar que la cabeza me da vueltas. Recasens baja el fuego y se sirve un vaso de vino.

—¿Por qué no te cuadra la versión de los mossos? —pregunto mientras me arreglo el flequillo y él se llena un segundo vaso.

—Porque resulta más inverosímil que una película yanqui. Muy conveniente eso de hacer entrar en el juego a la mafia napolitana, ¿no? Algún mandamás de los mossos ha querido quitarse el caso de encima y ha aprovechado la mínima oportunidad. Además, *nano*, existen dos formas de interpretar la realidad. La primera, intentando que coincida siempre con tus creencias y prejuicios. Es lo que hace la mayoría de la gente. La segunda, mirando las cosas como un explorador que se sube a un árbol y, simplemente, se dedica a observar aquello que tiene enfrente. Y a partir de aquí saca sus conclusiones. Esto es lo que tienes que hacer si quieres ser un buen detective.

—Sí, ya, pero no es tan fácil.

—Yo creo que sí, solo has de saber qué mirar. Fíjate, en primer lugar, en el modus operandi: ni la escena del crimen, ni la forma de morir, ni el arma, ni la trayectoria de la bala, ni el hecho de que se deshicieran de la pistola lanzándola al canal más cercano... Nada de esto cuadra con una ejecución de la mafia. Sea napolitana o de Kuala Lumpur.

—Bueno...

—Además, tenemos este ojo tuyo a la virulé... Los que te dieron esa paliza no sabían ni tu nombre, ni tu dirección, ni para quién trabajas. ¿Cómo te explicas que te encontraran de repente en plena calle?

—¿Ehhh?

—¿Quién te sugirió que fueras a ver a los dos amigos de la víctima?

—Fue Sara Dalmau, a través del chat.

—Ya... —dice con una sonrisa de esas suyas.

—¿No pensarás que...?

—No pienso nada. Solo pongo los hechos sobre la mesa.

—Pero esto significa que quien me contesta los mensajes no es Sara Dalmau, sino el asesino, que me tendió una trampa.

—...

—¡O que la asesina es la propia Dalmau! —exclamo poniéndome de pie, aunque me mareo y me siento de nuevo.

—No te adelantes... Simplemente quiero que cambies la perspectiva, que valores todos los enfoques. De hecho, soy partidario de buscar la explicación más sencilla.
—Que es...
—¡Piensa un poco, *collons*!
—Joder. No sé, estoy mareado y tengo la cabeza hecha un lío.
—No seas criatura. Tanto dices que quieres ser un buen detective y ahora te echas atrás a la primera dificultad.
—¿La primera?
—O la segunda. Va, piensa.
—Buff... No sé. Si no me vigilaban a mí, será que estaban vigilando a otros y me encontraron por casualidad.
—Ajá. ¿Y a quién podían estar vigilando?
—A los amigos de Maluquer.
—¿Y por qué los vigilaban?
—¡Porque deben de estar implicados! —respondo tras unos segundos de reflexión.

Recasens sonríe, diría que con cierto orgullo. O quizás son los efectos del mareo.

—Por eso, vamos a hacerles una nueva visita. Pero antes quiero repasar los vídeos que grabaste.
—Son una mierda. La duque..., ejem, Marina del Duque no me dejó presentarme como detective privado, así que apenas pude conseguir nada.
—Igualmente.

Saco el iPad de la mochila, cruzando los dedos para que funcione a pesar de que está empapado. Cargo los vídeos y Recasens me sugiere que me vaya a dar una vuelta a donde no moleste. Como no tengo demasiadas opciones, subo a cubierta y me siento en la proa, con los pescadores faenando a mi espalda. No se está mal del todo, si obviamos el viento racheado y las olas que me trago. Por si fuera poco, me pongo a pensar en Layla y Santi.

Mi estómago sube y baja como si estuviera saltando en una cama elástica, pero al menos el frío amortigua el mareo. Los celos ahí siguen. Cuando ya me he adaptado a mi nueva ubicación, Recasens me grita que baje y me ordena que repase los vídeos de nuevo, mientras él vuelve a su guiso.

—Si los he visto mil veces —me quejo.

—Míralos con otra perspectiva.

Lo hago, del derecho y del revés. Pero sigo viendo lo mismo. Al final, de mala gana, como si fuera la prueba definitiva de que las nuevas generaciones somos inútiles, Recasens me indica un segundo concreto de la primera grabación, la que corresponde al asesor financiero, August Bofill. Me manda apretar la pausa y me señala con el dedo el extremo superior izquierdo de la imagen, donde está la estantería.

—¿Qué ves aquí?

—Una foto enmarcada —digo achinando los ojos para ver más nítidamente, porque se trata de apenas un borrón.

—¿De qué?

—De un avión.

—¿Y adónde va la gente que quiere hacer una foto de un avión?

Los engranajes de mi cerebro rechinan, hasta que suena un clic:

—¡Al mirador de El Prat! —grito—. ¡Entonces, el

lugar de la muerte no esconde ningún mensaje; Bofill conocía bien el lugar y citó allí a Maluquer! —exclamo aún más fuerte—. Pero ¿por qué?

—Te adelantas de nuevo. Esto no quiere decir que Bofill sea el asesino. ¿Qué te he dicho? Vayamos paso a paso.

—Vale, vale... ¿Cuál es el siguiente paso entonces?

—Mañana iremos a ver al tipo este. Tú y yo. Y no seremos precisamente amables.

—De acuerdo —asiento, aunque me viene un sudor frío al recordar toda la escena de la ruleta rusa—. ¿Volvemos ya a puerto?

Recasens me mira irónicamente y me espeta:

—*Nano*, la gente de arriba está trabajando. Volveremos cuando acaben.

El «cuando acaben» se traduce en seis horas más de viaje mareante, con *suquet* de pescado incluido. Yo no me atrevo a probarlo por miedo a vomitarlo. La conclusión de la tripulación —multirracial, pero con una marcada identidad de barrio— es unánime:

—Estos de Barcelona no están hechos para navegar.

A la mañana siguiente, todavía con el mareo a cuestas, me cito con Recasens cerca del edificio transparente que alberga el despacho de August Bofill. Cuando le planteo cómo conseguiremos que el guardia de seguridad nos deje pasar, me contesta sin pestañear:

—Lo esperaremos en el aparcamiento.

Ya, bien pensado.

Nos situamos junto a la rampa haciendo ver que charlamos, mientras superviso los coches que van siendo absorbidos por la puerta corredera. Cuando aparece el de Bofill, nos deslizamos por la entrada de peatones y le esperamos en la escalera que conecta con el interior del edificio. Vigilo a Recasens de reojo por si saca el revólver. Va desarmado, aunque su voz suena como un cañonazo cuando grita:

—¡Bofill!

August Bofill iba flechado, como hacen aquellos a los que les esperan toneladas de trabajo sobre la mesa. No se había fijado en nada ni en nadie, así que pega un bote digno de campeón de salto de altura cuando escucha su apellido.

—¿Qué, qué quiere? —pregunta.

—Hablar —responde Recasens.

—Oiga, yo no tengo que hablar de nada con un desconocido. Y menos aquí.

—Creo que le conviene hacerlo.

Entonces repara en mi presencia y se enfurece cuando ata cabos.

—¿Qué significa esto? ¿Quiénes son ustedes?

—Somos detectives privados y estamos investigando el asesinato de Marcos Maluquer. Hemos obtenido varias pruebas que conducen hacia usted. ¿Quiere que siga hablando o que nos marchemos? —responde Recasens.

—¿Cómo, pero qué dice?

—Nuestro lema es la discreción por encima de todo. No creo que también sea el de la policía. Usted elige.

Bofill mira a ambos lados, y cuando se asegura de que no hay nadie, accede fastidiado:

—¿Qué quieren saber?

—Por qué lo mató, simplemente.

—Se ha vuelto loco, yo no..., cómo se atreve. ¡Era mi amigo! —grita, con una mezcla de sorpresa, indignación y repulsa.

A mí me parece convincente, por lo que la esperanza de resolver el caso de una vez por todas se esfuma. Otra vez.

A Recasens parece que también le ha convencido su reacción, aunque no podría asegurarlo.

—Usted suele acudir al mirador de El Prat para fotografiar aviones. No lo juzgo, cada uno tiene sus aficiones, las hay peores.

—¿Co-cómo? —balbucea confundido.

—Aquí el compañero —dice, señalándome con la barbilla— aún se chupa el dedo, pero podrá intuir que yo no. Y si algo he aprendido es que las casualidades no existen. Maluquer apareció asesinado en el mirador de El Prat, como si quisiera contar aviones durante toda la eternidad. O hacerles fotos. Así que...

—¡Esto no prueba nada! —exclama con voz aguda—. Yo le había hablado a Marcos de ese lugar muchas veces, incluso le pedía que me acompañara algún día, para relajarse. Él siempre se burlaba... A mí también me extrañó que encontraran su cuerpo allí. Pero yo no lo maté, ¿por qué iba a hacerlo?

—A ver Bofill, voy a admitir que tiene usted razón —concede Recasens, aunque su cara sigue sin expresar ni un atisbo de relajación—. Pero Maluquer estaba metido en un negocio de especulación inmobiliaria y usted lo ayudó. ¿Me equivoco?

—Solo sabía que estaba intentando cerrar un negocio con un piso subastado que había encontrado a través del banco. Me aseguró que todo era legal. De esta forma podría largarse de aquí con...

—Sara Dalmau —apunto yo.
—Sí, cuando hablaba de ella se le iluminaban los ojos. Quería empezar una nueva vida, pero para eso necesitaba dinero. Los ahorros estaban destinados a pagar la pensión de sus hijos. Por eso, cuando se le presentó la ocasión de hacer un negocio rápido, no lo dudó. Solo me pidió que...

Y se calla.

—Le pidió que... —le anima Recasens.
—Que le abriera una cuenta en un paraíso fiscal donde mover el dinero destinado a la compra del piso y desviar luego los beneficios.
—¿Y lo hizo?
—Sí, claro, es algo bastante corriente entre mis clientes.
—Evasores fiscales —le recrimino yo.
—No, solo utilizamos todos los mecanismos al alcance para sortear imposiciones fiscales que...
—Eso ahora no importa —corta Recasens—. ¿Con quién hacía negocios Maluquer?
—No lo sé.
—¿Quién más estaba metido en el ajo?
—No lo sé, de verdad.
—¿Usted participó de algún modo en el pelotazo inmobiliario que tenía en mente Maluquer? ¿Le prestó dinero, quizás? Para usted debe ser fácil conseguir liquidez.
—Ehhh, no.
—Escuche, Bofill. En el campo de la investigación privada, muy a mi pesar, ya no trabajamos de un modo tan artesanal como hacíamos antes. Ahora los chavales tocan cuatro teclas y pueden averiguar el saldo del mis-

mísimo Papa. Así que no nos mienta, y nos ahorramos todos faena extra.

—No participé en ninguna operación inmobiliaria, se lo aseguro. Si examinan mis cuentas solo encontrarán un préstamo que hice de ciento cincuenta mil euros. Pero no a Marcos, sino a Fran, que está abriendo un nuevo restaurante y me pidió ayuda.

Recasens me mira y corroboro la información con un gesto. Entonces dice:

—Lo comprobaremos. ¿No sospecha de nadie que quisiera matarlo?

— No, ojalá. Éramos amigos, de los de verdad. No hablo de relaciones que se mantienen por compromiso. Fran y yo éramos sus verdaderos amigos. Solo nosotros —asegura con lágrimas en los ojos.

—Según tengo entendido, Fran y Marcos se habían distanciado, ¿no? —intervengo yo, recordando la conversación camino al restaurante.

Con cara extrañada, pero ya recompuesto, responde:

—No creo, de hecho, he de admitir que me sentía un poco celoso, porque siempre prefirió hablar de sus planes con Fran y no conmigo. Quizás soy demasiado ingenuo. En cualquier caso, no sé nada más y ya llego tarde. Si quieren denunciarme, háganlo, pero les estoy contando toda la verdad. Lo mismo le diría a la policía.

—¿Los mossos no han hablado con usted? —pregunto sorprendido.

—No —dice mientras comienza a subir las escaleras de salida.

Cuando llega al primer descansillo, Recasens le grita:

—Bofill, espere, una última pregunta. ¿También le abrió una cuenta en un paraíso fiscal al tal Fran Garriga?

El asesor financiero se detiene, se gira y dice, encogiéndose de hombros:

—No hizo falta, él ya tenía una. De hecho, fue Fran quien se lo sugirió a Marcos.

Aunque la luz del parking se ha apagado, juraría que a Recasens le han salido colmillos. Yo no puedo quedarme quieto, porque intuyo que hemos dado en el clavo.

—¿Vamos a interrogarle? —pregunto eufórico, casi agarrándole por las solapas de su desgastada chaqueta de cuero.

—No, vamos a ir a hablar con los mossos —responde, y esto me sienta como si me vaciaran encima una piscina entera.

—¿Qué? Ni de coña, este es nuestro caso, Recasens. ¿Para qué vamos a regalarlo?

—Porque las cosas no funcionan como tú te crees. Vámonos de aquí.

Ya en la calle, insisto:

—Sigamos hasta el final, ya casi lo tenemos.

—¿Qué tenemos?

—Fran Garriga lo sabe todo, él ayudó a Maluquer en ese negocio.

—Yo aún diría más: es uno de los firmes candidatos a asesino.

—¿Sí? Joder, pues aún con más razón, vamos a verlo y le hacemos confesar todo y lo grabamos y luego se lo enseñamos a la policía y…

—Si quieres hacer una acusación tan grave necesitas pruebas, y no las tenemos. Y lo peor, no podemos conseguirlas. Pero la policía, sí.

—¿Qué pruebas? —pregunto abatido.

—Ya lo verás. Llama con tu móvil a Marina del Duque

y pídele que concierte una reunión con Fonseca en un sitio discreto.

El sitio discreto no podría serlo menos: el bar Zurich de la plaza de Catalunya, epicentro del terremoto turístico. Sin embargo, la duquesa me alecciona:

—Este es el sitio más anónimo de la ciudad, todo el mundo está de paso.

No debe de ser la primera vez que usan este lugar porque un camarero de vieja escuela, con bigote de emperador alemán, nos conduce a una esquina íntima. A los cinco minutos vuelve a aparecer seguido de Fonseca y mi colega mosso, que a su lado parece un osito de peluche. Cuando se sientan, nos saludan con un escueto gesto con la cabeza y piden dos cortados. El sargento cenizo abre la partida:

—Estamos fuera del caso, Recasens, ¿qué quieres?

—Os lo queremos poner en bandeja.

—Lo lleva otro departamento; la Camorra napolitana... ya sabes.

—Eso he oído, ¿y tú te lo crees?

—Yo soy un simple funcionario. Cumplo órdenes.

—Si te doy un nombre, ¿podrías hacer unas comprobaciones?

—Prueba.

—Fran Garriga.

Fonseca mira a mi colega mosso, que tras un gigantesco esfuerzo de memoria, informa:

—Uno de los mejores amigos de Marcos Maluquer. Empresario del sector de la restauración. Se le tomó una rápida declaración.

—¿Y qué quieres que busque en concreto? —pregunta Fonseca.

—*Cherchez la femme* —responde Recasens con ironía.

—¿La fama? —replica alucinado mi colega mosso.

—¡No! La mujer. Sara Dalmau —apunto yo exaltado, porque de esta forma soy yo quien tiene la clave de todo el asunto.

Fonseca y Recasens sueltan una carcajada, aunque más bien suena a graznido. La duquesa mira al techo, como si pidiera explicaciones por verse emparedada entre dos vejestorios y dos novatos. Le suena el móvil y se aleja para contestar.

—La mujer es el dinero. Siempre lo es —proclama Recasens.

—Siempre has sido un romántico —intercede Fonseca, que en la alegre compañía de Recasens parece menos tétrico.

Mi colega mosso y yo los miramos alucinados. Él no puede más y pregunta:

—¿De qué estáis hablando? ¿*Cherchez* la no sé qué?

—Significa busca a la mujer, pero es igual, porque supongo que tanto Recasens como el sargento Fonseca consideran que las mujeres fatales no existen en la vida real.

—Dinero, el maldito dinero. Esa es la causa de todos los males —añade Fonseca.

—¿Entonces? ¿Qué dinero buscamos? —pregunta de nuevo el mosso.

Recasens, con un tono didáctico que jamás ha usado conmigo, dice:

—Si fuera yo, comprobaría las cuentas bancarias de

Fran Garriga, especialmente la que tiene en un paraíso fiscal. Suiza, Belice, las islas Caimán, las Vírgenes... No creo que sea en Andorra o Gibraltar, porque no tienen tanto glamur. En todo caso, me juego el pescuezo a que por ahí habrá trescientos mil euros en movimiento.

—Recasens, no me jodas. Sabes qué significa secreto bancario, ¿no? —interviene el sargento Fonseca.

—Pues busca un atajo...

—Ya me conozco yo tus atajos.

—Presiona un poco al otro amigo, August Bofill. Y cantará *La bohème*.

Se hace un silencio. Mi colega mosso me mira extrañado y creo que me pregunta qué es eso de *La bohème*. Me suena a ópera, pero qué coño importa ahora.

—¿Y por qué trescientos mil euros? —pregunto yo, puesto que nadie se atreve a hacerlo.

Recasens me mira y se toma su tiempo para responder. Yo aprovecho la espera para toquetearme el flequillo, porque no me gusta ser el centro de atención.

—Maluquer se autoconcedió un préstamo. ¿De cuánto?

—Cien mil euros —respondo enseguida.

—¿Por cuánto dinero pretendía comprar el palacete de Pedralbes?

—Por setecientos mil euros —respondo lentamente, como si pisara terreno pantanoso.

—Exacto. Maluquer se encargaba de las gestiones y de la subasta, utilizando sus influencias en el banco. Pero necesitaba dinero en metálico, y él no tenía suficiente. Así se autoconcede un crédito de cien mil euros, que imagino que prevé devolver una vez complete la operación. Sabemos, además, que desvía doscientos mil euros de un fondo familiar, por lo tanto, consigue un total de trescientos mil. También le pide a Ivanova que haga, según ella misma confesó, una aportación de otros cien mil euros. ¿Me sigues?

—Sí, sí...

—¿De dónde saca el resto? De Garriga. Pero este tampoco tiene todo el dinero, porque supongo que no es un empresario tan exitoso como quiere aparentar. Así que él pone ciento cincuenta mil euros y le pide la mitad al otro amigo, Bofill, con la excusa de que necesita dinero para abrir su nuevo restaurante. Así queda fuera del negocio y, por lo tanto, de los beneficios. O quizás sí estaba al corriente y nos ha mentido. En todo caso, tenemos setecientos mil euros y a cuatro personas implicadas.

—¿Y la mafia de especuladores? —pregunto.

—El hecho de que se enterasen del negocio hizo que todo se precipitara. Supongo que amenazaron de alguna forma a Maluquer, quien por eso se compra una pistola en el mercado negro.

—¿Seguro que ellos no lo mataron? —pregunta mi colega mosso.

—No tendría sentido —intercede Fonseca—. En su expediente no consta ninguna muerte, y esto solo puede significar dos cosas: o que no son unos asesinos o que sí lo son, pero muy buenos. Es decir, que no dejan rastro. En ambos casos, no concuerda con un cadáver expuesto a la vista.

—¿Y la Camorra?

—Déjate de camorras, *nano*.

—Entonces, tenemos a tres sospechosos —concluyo.

—Dos, más bien —matiza Recasens—. No te citas de

noche con alguien en un sitio tan solitario y alejado como es el mirador de aviones si no tienes mucha confianza con tu interlocutor. Te aseguro que Natasha Ivanova no quedaría nunca en un lugar así.

—De acuerdo, quedan dos posibles asesinos: Bofill o Garriga. Pero ¿qué motivo tendrían para matar a su mejor amigo?

La pregunta se queda flotando en el aire como un globo aerostático. Y todo porque los mossos nos piden que nos quedemos quietos mientras llevan a cabo las «averiguaciones pertinentes». Me pongo a su entera disposición, pero declinan mi generosa oferta, a la vez que la duquesa censura mi predisposición con un contundente «ni hablar».

Ahora solo queda esperar, me aconsejan todos. Una espera que se hace eterna, porque nadie me informa de los progresos (o la falta de ellos) que se producen.

De nuevo encerrado en casa, sin nada que hacer y sin poder ponerme en contacto con los otros participantes en *la cumbre del Zurich*, me entrego a la especulación. Y, al final, llego a dos posibles conclusiones:

1. August Bofill se entera del negocio en el que están involucrados sus amigos y, al comprender que lo han dejado al margen, entra en cólera. Y, por eso, mata a Marcos Maluquer. Pero entonces, ¿por qué no elimina también a Fran Garriga?

2. Fran Garriga se deja llevar por la codicia y quiere quedarse con los beneficios para él solito, así que se

carga a su socio y amigo. Pero entonces, ¿por qué no elimina también a Natasha Ivanova?

En fin, que pensaba que tenía las cosas más claras.

Los días pasan y la ausencia de noticias me impide hacer nada de provecho excepto mirar el móvil a cada minuto. En un intento desesperado de compensar el nerviosismo con una buena descarga de endorfinas, acepto el ofrecimiento de Layla y enseguida me veo inmerso en una sesión de introducción al *body combat*.

—Se trata de imitar los movimientos de las artes marciales, aunque sin resistencia en el golpeo. Te ayudará a incrementar la capacidad cardiovascular y podrás comenzar a familiarizarte con los movimientos básicos, especialmente puñetazos y patadas. Luego ya me las apañaré para conseguir unas manoplas y, si hay suerte, un saco —aclara una Layla feliz por mi llamada, pero no en plan romántico. Eso me lo ha dejado claro con su «para eso están los amigos».

Si alguna vez me había imaginado entrenando en un destartalado gimnasio de barrio conflictivo regentado por un exboxeador con malas pulgas, ahora me veo dando golpes al aire sobre un pedazo de hierba seca del parque de la Ciutadella, con infinidad de espectadores no deseados.

—Partes de la posición de en guardia y golpeas con el puño más adelantado. Eso es un *jab*. ¡Dale, dale! —grita.

Lo hago, sin mucha convicción.

—Ahora golpeas cruzado con el puño retrasado, con una leve torsión de cuerpo. Un *cross*. ¡Venga!

Encadeno diez golpes al aire según su descripción.

—¡Ahora combina: *jab*, *jab*, *cross*, *jab*, *jab*, *cross*…!

Y así sigo un buen rato, hasta que Layla introduce dos nuevos golpes: el gancho y el *uppercut*. No sé si esto me ayudará en futuras peleas, pero al finalizar el corazón me late como si quisiera desprenderse de mi caja torácica para irse a vivir su propia vida.

—En las próximas sesiones subiremos la intensidad e introduciremos las patadas —amenaza mi entrenadora personal.

Cuando nos sentamos a descansar en un banco, me pregunta cómo va el caso, si me han vuelto a perseguir, si sé algo de Sara... Y luego me da la estocada definitiva:

—Y qué, ¿has conocido a alguna chica interesante últimamente?

El resto de semana ocupo mi excesivo tiempo libre espiando a los dos sospechosos, con la esperanza de que cometan alguna imprudencia y se delaten ellos solos, porque necesito que esto se acabe de una vez por todas. Pero parece que siguen con sus vidas como si nada hubiera pasado.

August Bofill llega pronto al despacho y sale tarde, siempre con un enorme peso de responsabilidad sobre sus espaldas, como si de sus inversiones dependiera el futuro del sistema financiero mundial.

Fran Garriga mantiene una actividad frenética supervisando la marcha de sus restaurantes y ultimando la apertura del nuevo local, cuyas obras parecen ir con retraso, para su desesperación.

Y así pasan los días, hasta que decido que ya es hora de actuar por mí mismo.

Como no puedo contar con los recursos de Private Eye, me gasto mis últimos ahorros comprando un aparato de escucha en una tienda del Eixample para supuestos espías, y que consiste en un micrófono camuflado en un ratón de ordenador. Me cuesta ciento quince euros. Como nos encontramos en plena campaña navideña, no hay descuento que valga, por mucho que le asegure al dependiente que «yo soy un detective de verdad».

Funciona como un ratón ordinario, pero incorpora un sistema telefónico a través de una tarjeta SIM oculta. Al llamar al número asociado se produce el mismo efecto que si se dejara un móvil descolgado: se escucha todo. El plan consiste en introducirme en el despacho de Bofill y el restaurante de Garriga, intercambiar el ratón y esperar a que se incriminen de alguna forma. ¿Cómo voy a acercarme a sus ordenadores sin que nadie sospeche? Ni idea, ya veremos. También soy consciente de que lo mejor hubiera sido comprar dos ratones, pero el presupuesto no me daba para más.

Comienzo por el restaurante, que considero algo más accesible. Pero, de nuevo, comienza un tira y afloja entre mi voluntad y mi sentido de la prudencia.

El primer día vigilo los movimientos de Garriga.

El segundo día, los de sus trabajadores.

El tercer día pido a Samu que me acompañe y comemos en el restaurante. Entre que está abarrotado a causa de las comidas de empresa prenavideñas y que él no para de lamentarse por su situación (la separación está al caer) no me concentro. Cuando en las mesas vecinas comienzan a correr los carajillos de Baileys, nos vamos.

El cuarto día está cerrado.

El quinto me presento currículo en mano fingiendo que

soy un parado en busca de empleo. Llego a un metro del ordenador, pero no me dejan solo ni un segundo. Sí que averiguo que el sueldo de camarero raso por la jornada completa es de ochocientos euros.

El sexto merodeo.

El séptimo pregunto si hay alguna novedad respecto a mi solicitud de empleo. Me aconsejan que espere calladito en casa.

El octavo hago un nuevo intento, pero me quedo a las puertas al ver demasiado movimiento.

Y el noveno, harto de mi cobardía, me dirijo al restaurante dispuesto a proceder al intercambio de ratones de una vez por todas. Estoy dispuesto a jugarme el todo por el todo, aunque esto suponga ser descubierto.

Respiro hondo, repaso el plan, pongo la espalda recta, me arreglo el flequillo y me obligo a ponerme en marcha. Doy cinco pasos hasta que un tipo se pone a mi altura y me empuja por la cadera para obligarme a cambiar de dirección de forma discreta.

Pero ¿qué pasa ahora?

—Tranquilo, Viassolo, sígueme y no hagas nada raro.

Es mi colega mosso.

—¿Qué coño haces aquí? —pregunto sorprendido.

—Ahora verás. Casi lo estropeas todo.

Lo que casi estropeo resulta ser la entrada triunfal de los Mossos d'Esquadra al restaurante, con el objetivo de incautarse de los ordenadores, ficheros y documentos, así como de arrestar a Fran Garriga por el cargo de homicidio.

—Lo tenemos —afirma el mosso mientras me guiña el ojo.

—¿Cómo habéis conseguido las pruebas? ¿El dinero?

—Sí, como dijo tu amigo Recasens, dos semanas antes de la muerte de la víctima hubo un movimiento de trescientos mil euros entre las cuentas opacas de Garriga y Maluquer.

—¿Pudisteis acceder con alguna orden internacional?

—No, qué va. El sargento tuvo una larga conversación con el otro amigo, Bofill.

Me da un ligero escalofrío al recordar los interrogatorios del sargento Fonseca.

—Se cagó de miedo —continúa— y le acabó mostrando las cuentas en la plataforma online de un banco suizo. Guarda las contraseñas de todos sus clientes, dijo, para actuar en caso de emergencia.

—¿Y eso es suficiente?

—No, sobre todo está el posicionamiento del teléfono móvil.

—¿El posicionamiento?

—Gracias a las antenas de telefonía móvil, hemos situado a Garriga muy cerca de la escena del crimen. Luego apagó el móvil, pero se ve claramente cómo se dirige hacia el mirador de El Prat.

—Con el móvil, ¿eh? Así se resuelven los misterios hoy en día…

—Pues sí, ¿qué querías? ¿Qué encontráramos un pelo suyo con una lupa?

—Qué poco emocionante —digo decepcionado—. Entonces ¿por qué lo mató?

—Ni idea, a ver si confiesa y nos olvidamos ya del temita. Le vamos a aplicar una noche en el calabozo, para que se ablande, y mañana toca interrogatorio.

—Ya.

—El sargento dice que puedes asistir.

—¿En serio?
—Sí.
—¿Pero puede acceder gente de fuera?
—Normalmente no.
—¿Entonces?
—Fonseca está de vuelta de todo y, aparte, tiene más influencia de lo que parece. Te colaremos como si fueras un estudiante de la escuela policial.
—Vale.
—Pero no abras la boca, como si no estuvieras allí.
—Claro, claro. Dale las gracias de mi parte.
—Bueno, aunque no te extrañe si antes te comes otra bronca.

Me da igual la bronca que me pueda caer, porque en cierta manera he recibido un regalo de Reyes anticipado. Hubiera preferido descubrir la prueba definitiva yo solito, pero he de reconocer que esta vez ha funcionado correctamente la colaboración público-privada. Aunque si no les hubiéramos servido el caso en bandeja todavía estarían pensando cómo lavarse las manos ante el lío ese de la Camorra. Porque dudo que se hubieran atrevido con ellos; no les pagan lo suficiente para según qué cosas.

Llego puntual a la comisaría. El despacho contiguo a la sala de interrogatorios —con pantalla y altavoces— está a reventar y me colocan en el peor sitio. A pesar de ello, no pienso quejarme.

El sargento Fonseca procede a formular las preguntas rutinarias con el mismo tono fúnebre que a mí me tocó experimentar. Se trabaja al interrogado metódicamente, como una gota malaya. Pero no necesita esforzarse demasiado, porque Fran Garriga no es un asesino con nervios de acero, sino una persona normal que se ha visto inmersa de repente en una pesadilla.

Una hora de interrogatorio basta para que se quiebre como una masa de hojaldre que ha pasado demasiado tiempo en el horno. Entonces, con un hilo de voz tan bajito que tengo que alargar el cuello hacia el altavoz para escuchar algo, confiesa:

—Marcos me habló de un negocio inmobiliario que nos permitiría ganar mucho dinero en poco tiempo. Así él podía fugarse con su amante, que es lo que más deseaba, y yo podía financiar las obras de mi nuevo restaurante. Además, me sobraría dinero para no estar pendiente cada noche de la caja.

—La víctima identificó un palacete en Pedralbes afectado por un proceso de desahucio inusual. El plan consistía en adquirirlo y luego revenderlo a través de una red de especuladores, utilizando cuentas en paraísos fiscales. ¿No es así? —resume Fonseca.

—Sí, aunque el contacto con la red siempre fue cosa suya. Ya los conocía de otras ocasiones.

—Pero esta vez quiso saltarse a los intermediarios.

—Sí.

—¿Qué pasó después?

—Conseguimos el dinero. En mi caso, lo extraje del presupuesto para las obras y de un préstamo que le pedí a nuestro amigo August.

—¿Quién compró el palacete?

—Un testaferro. Me dijo que siempre se hacía así.

—¿Y luego?

—Me aseguró que ya teníamos comprador y que estaba todo controlado. Hasta él pensó que podía largarse y recibir el dinero una vez que ya estuviera instalado en Tailandia.

—Pero no fue así.

—No. Al principio parecía que el comprador se había echado atrás, aunque creo que los especuladores se enteraron y exigieron su parte. Una parte muy elevada.

—¿Cómo se enteraron?

—No lo sé. Solo me dijo que la rusa la había cagado.

—Ucraniana.

—¿Eh?

—Da igual. Entonces, la víctima vuelve a Barcelona para negociar una solución.

—Sí. Yo no podía hacer ninguna gestión, porque no conocía a nadie.

—¿Qué sucede entonces?

—Le entra un ataque de pánico. Me dice que le han amenazado, que vamos a perder el dinero, que sus contactos quieren quedarse con el palacete. Menciona a no sé qué mafia, que también quiere su parte. Está desesperado. Y me desespera a mí.

—¿Y qué hace entonces?

—Me cita una noche en el mirador de aviones de El Prat, porque está paranoico. Asegura que lo están vigilando y tiene miedo. Por eso escoge un sitio tan solitario. Lo conocíamos porque August… Bueno, no importa. Una vez allí, me anuncia que al día siguiente cogerá un avión y desaparecerá, renunciando al dinero. Que comenzará de nuevo. Y me recomienda que yo haga lo mismo.

—Pero usted no puede…

—¡Claro que no! Había puesto todo lo que tenía, e

incluso lo que no en este negocio. Era mi última esperanza, después de hacer algunas inversiones desastrosas. No he tenido suerte... ¿Cómo iba a empezar de nuevo? Sin ese dinero no podría pagar las obras del nuevo restaurante y quebraría. Me embargarían los otros locales y todo se iría definitivamente a la mierda.

—¿Y entonces?

—Le advierto que no voy a permitir que se marche así. Que tenemos que hablar con ellos y exigir nuestra parte. O, al menos, recuperar lo invertido. Él me responde que esa gente nos puede arruinar la vida. Le repito que no permitiré que me deje colgado. ¡Por encima de mi cadáver! —grita como si estuviera reviviendo la escena.

—¿Y entonces él saca su pistola?

—Sí. No tenía ni idea de que tuviera una. Le temblaba la mano. En sus ojos había algo diferente, me hubiera matado si hubiera podido.

—Pero usted le acabó matando a él.

Garriga comienza a sollozar a bajo volumen.

—¿Cómo sucedió? —insiste el sargento, más fúnebre que nunca.

—Me lancé contra él para quitarle el arma. Estaba a punto de conseguirlo cuando se disparó. No sé cómo. Lo siguiente que vi fue una mancha roja en su camisa. Iba a caerse al suelo, pero lo cogí en brazos y conseguí sentarlo en uno de esos bancos. Pensé en llamar a una ambulancia, pero murió al cabo de unos segundos. No sabía qué hacer, estaba asustado... Tiré la pistola a una canal y me fui. Lo dejé allí, solo. Para siempre...

Esto último lo dice llorando desconsoladamente, así que el sargento Fonseca da por terminado el interrogatorio, con tanta alegría como si acabara de lanzar la última palada de tierra sobre una tumba. No es que yo sea un experto, pero creo que la autopsia encaja con la declaración del acusado. Todo el mundo debe de pensar lo mismo, porque la sala se desaloja en silencio mientras yo me quedo en una esquina, muy quieto. Quizás con alguna lágrima en los ojos que no me esfuerzo en disimular.

Marcos Maluquer se enamoró de una mujer que no era suya. Así comenzó todo. Escribió una carta de despedida que no le correspondía. Trató con la gente equivocada. Tomó decisiones erróneas. Sujetó una pistola que nunca debería haber tenido entre las manos. Y murió deseando estar dentro de ese avión que, a lo lejos, emprendía su vuelo hacia el mar.

Fue lo último que hizo Maluquer antes de despedirse definitivamente de todo.

Epílogo

Salgo de comisaría con el caso resuelto, pero no estoy contento. No siento esa felicidad que creí que experimentaría la primera vez. Aunque por todas partes brillan las luces de Navidad que decoran con más o menos gusto calles, escaparates y balcones, a mí me parece que todo se ha vuelto más gris. Como un filtro de Instagram en blanco y negro.

Este pensamiento me lleva al último cabo que aún queda suelto: Sara Dalmau. Y de eso me quiere hablar Recasens cuando aparece, de repente, a mi lado.

—Ha confesado, ¿no? —pregunta.

Asiento con la cabeza.

—Entonces solo queda una última cosa por solucionar, *nano* —dice mientras coloca una mano sobre mi hombro.

Ya en casa, le escribo un largo mensaje a Dalmau por Cryptochat, explicándole todo lo sucedido, concretamente desde el momento en que su amante la dejó aparcada en una isla paradisiaca para venirse a morir a Barcelona.

Contra todo pronóstico, me responde cuando apenas

ha transcurrido media hora. Arreglo una cita para mañana al mediodía para que hable con su marido. Todo esto me lo saco de la manga, porque no tengo tiempo para consultar a nadie, pero con las cosas resueltas todo el mundo se muestra mucho más abierto a mis sugerencias.

Sara Dalmau también ha estado de acuerdo conmigo en que ya va siendo hora de volver y empezar de nuevo, como si esta aventura no hubiera sido más que uno de esos telefilmes malos que dan los domingos por la tarde. No sé si serán capaces de salvar su matrimonio, pero supongo que un billete de vuelta será un buen comienzo.

Mucho antes de la hora convenida, llego a Private Eye para prepararlo todo. No hay nadie, porque es sábado. Y encima solo faltan dos días para Nochebuena, así que todos estarán de vacaciones o haciendo cola en cualquier centro comercial.

Solamente me encuentro con la cara satisfecha de Marina del Duque.

—No pensaba que todo este lío fuera a acabar bien, lo admito. Así que te felicito. Si tenemos éxito hoy y conseguimos que esos dos arreglen las cosas, creo que Giralt va a ser generoso con nosotros —dice guiñándome el ojo—. No te preocupes, que tú también recibirás lo que te mereces. Sin factura, ¿eh?

—Sí, claro —respondo sin demasiado entusiasmo.

—Y ya hablaremos de tu futuro...

—¿Sí? —pregunto algo más optimista.

—Una de las chicas del equipo de laboral está embarazada. En unos meses cogerá la baja, así que he pensado en ti para sustituirla. Si ya te has sacado el título, por supuesto —proclama.

—Vale, gracias, ya me avisarás... —respondo asumiendo que un contrato temporal es a lo máximo que se puede aspirar en la Barcelona actual.

Aparece Giralt y me da un fuerte apretón de manos, pero parece impaciente, por lo que su abogado nos anima a que nos pongamos manos a la obra. Recasens, por cierto, no ha aparecido. ¿A quién se le ocurre reunirse a la hora del vermut...?

He creado dos usuarios de Skype, uno para Sara Dalmau y otro para su marido. El informático dejó ayer un portátil preparado en la sala de reuniones, así podrán verse a solas para hablar y solucionar su futuro. Las cortinas están bajadas para que tengan más intimidad, aunque es una pena, porque el mar se muestra tan apacible que parece que se haya olvidado de que hoy empieza el invierno.

De todos modos, no creo que necesiten hablar demasiado, porque Giralt se está comportando como un adolescente minutos antes de su primera cita. Supongo que ya la habrá perdonado.

Por mi parte, sigo sin sentirme del todo satisfecho, como si me hubiera dejado el alma en escalar una montaña y al llegar a la cima las vistas no fueran para tanto.

Por la noche, Berni, Pol, Samu y yo cumplimos con una tradición propia y nos emborrachamos como medida preventiva ante la sucesión de celebraciones familiares que están por venir. Este año, sin embargo, hay algo que enturbia la velada.

—Marta ha hecho las maletas y se ha largado a casa de sus padres. Yo me quedo con el piso. No sé cómo voy a pagarlo... —informa Samu, visiblemente preocupado.

En nuestro grupo nos encanta discutir. Basta que uno manifieste una opinión para que los otros le lleven la contraria. Esta vez, sin embargo, todos coincidimos:

—Samu, acabas de ganarte tres compañeros de piso.

Ya pensaremos más adelante cómo lo haremos para embutirnos cuatro tíos en un piso de sesenta y cinco metros cuadrados y dos habitaciones, pero ahora bebemos, reímos, saltamos, bailamos y cantamos *Lust for life* a pleno pulmón cuando el DJ del Sidecar comienza a tirar de clásicos.

Me voy hacia la barra y los dejo dando botes. Luego, en vez de volver al meollo, busco la salida porque necesito aspirar un poco de aire fresco que, para no desentonar, sigue siendo mucho más suave de lo que debería ser en estas fechas. Así es Barcelona, te pone las cosas difíciles pero luego te regala una agradable madrugada en pleno diciembre.

Me siento en un escalón y pienso en todo lo que me ha pasado desde el verano. ¿Ha valido la pena? Tanto tiempo deseando convertirme en detective privado para terminar comprobando que es un trabajo tan miserable como cualquier otro. Y con el agravante de peligrosidad, encima. Además, ¿sirvo para este oficio? Nunca seré como Recasens, y tampoco estoy seguro de que quiera serlo. Sin olvidar que todavía me falta por aprobar la estúpida asignatura de grafología.

Doy un trago largo al gintónic que he sacado a la calle sin que el portero se diera cuenta y me quema la garganta. Lo he pedido de ginebra Larios, la más barata, porque estoy pelado y no cobraré la suculenta paga que me prometió la duquesa hasta dentro de tres meses. Cumple su cometido, porque voy borracho, pero en vez de animarme me da el bajón. Pienso en Layla y admito que estoy a años luz de lo que ella busca. Me planteo investigar al maldito Santi para sacarle algún trapo sucio, pero lo descarto con unos desquiciados toques de flequillo. Si pudiera me raparía el pelo ahora mismo, joder.

Por si fuera poco, parece que continúo obsesionado con el caso. A pesar de estar a un solo sorbo de gintónic para comenzar a ver doble, distingo claramente ante mí un símbolo de sobra conocido: Φ.

Achino los ojos, me golpeo la frente y sacudo la cabeza para alejarlo.

Pero el símbolo ahí sigue, solo que ahora ya entiendo de dónde sale: reconozco esa nuca tatuada. Es Philana, que está hablando con una amiga. De pronto se gira, me ve y se acerca fingiendo una gran sorpresa.

—Vaya, el señor Jordi Viassolo. ¿Has resuelto ya tu caso?

—La verdad es que sí —respondo, sin tanto orgullo como cabría esperar y con una voz bastante más gangosa de la que hubiera deseado.

—Muy bien, ¡felicidades!

Me encojo de hombros y mascullo un simple «gracias», aunque se merecería una respuesta mucho más extensa y calurosa. Como prácticamente no puedo articular palabra, lo dejo para otra ocasión. Quizás le pida amistad en Facebook.

Aparte, comienzo a darme cuenta de que he ido dando tumbos de una casualidad a otra, por lo que mi talento investigador no ha tenido nada que ver.

—Tienes ante ti a todo un detective privado, ¿sabes? —le anuncia a su amiga, de ojos increíblemente azules y sonrisa luminosa.

Alzo la copa a modo de presentación y me preparo para que me suelte cualquier chorrada. Ella, sin embargo, pregunta:

—¿Ah, sí? ¿Como Philip Marlowe?

«Siempre se espera un verano mejor y propicio para hacer
lo que nunca se hizo.»
MANUEL VÁZQUEZ MONTALBÁN

Desde LIBROS DEL ASTEROIDE queremos agradecerle el tiempo
que ha dedicado a la lectura de *No cerramos en agosto*.
Esperamos que el libro le haya gustado y le animamos
a que, si así ha sido, lo recomiende a otro lector.

Al final de este volumen nos permitimos proponerle otros títulos de
nuestra colección.

Queremos animarle también a que nos visite en
www.librosdelasteroide.com y en nuestros perfiles de Facebook, Twitter
e Instagram, donde encontrará información completa y detallada sobre
todas nuestras publicaciones y podrá ponerse en contacto con nosotros
para hacernos llegar sus opiniones y sugerencias.
Le esperamos.

Otros títulos publicados por Libros del Asteroide:

110 Verano en English Creek, **Ivan Doig**
111 La estratagema, **Léa Cohen**
112 Bajo una estrella cruel, **Heda Margolius Kovály**
113 Un paraíso inalcanzable, **John Mortimer**
114 El pequeño guardia rojo, **Wenguang Huang**
115 El fiel Ruslán, **Gueorgui Vladímov**
116 Todo lo que una tarde murió con las bicicletas, **Llucia Ramis**
117 El prestamista, **Edward Lewis Wallant**
118 Coral Glynn, **Peter Cameron**
119 La rata en llamas, **George V. Higgins**
120 El rey de los tejones, **Philip Hensher**
121 El complot mongol, **Rafael Bernal**
122 Diario de una dama de provincias, **E. M. Delafield**
123 El estandarte, **Alexander Lernet-Holenia**
124 Espíritu festivo, **Robertson Davies**
125 El regreso de Titmuss, **John Mortimer**
126 De París a Monastir, **Gaziel**
127 ¡Melisande! ¿Qué son los sueños?, **Hillel Halkin**
128 Qué fue de Sophie Wilder, **Christopher R. Beha**
129 Vamos a calentar el sol, **José Mauro de Vasconcelos**
130 Familia, **Ba Jin**
131 La dama de provincias prospera, **E.M. Delafield**
132 Monasterio, **Eduardo Halfon**
133 Nobles y rebeldes, **Jessica Mitford**
134 El expreso de Tokio, **Seicho Matsumoto**
135 Canciones de amor a quemarropa, **Nickolas Butler**
136 K. L. Reich, **Joaquim Amat-Piniella**
137 Las dos señoras Grenville, **Dominick Dunne**
138 Big Time: la gran vida de Perico Vidal, **Marcos Ordóñez**
139 La quinta esquina, **Izraíl Métter**
140 Trilogía Las grandes familias, **Maurice Druon**
141 El libro de Jonah, **Joshua Max Feldman**
142 Cuando yunque, yunque. Cuando martillo, martillo, **Augusto Assía**
143 El padre infiel, **Antonio Scurati**
144 Una mujer de recursos, **Elizabeth Forsythe Hailey**
145 Vente a casa, **Jordi Nopca**
146 Memoria por correspondencia, **Emma Reyes**
147 Alguien, **Alice McDermott**
148 Comedia con fantasmas, **Marcos Ordóñez**
149 Tantos días felices, **Laurie Colwin**
150 Aquella tarde dorada, **Peter Cameron**
151 Signor Hoffman, **Eduardo Halfon**
152 Montecristo, **Martin Suter**
153 Asesinato y ánimas en pena, **Robertson Davies**
154 Pequeño fracaso, **Gary Shteyngart**
155 Sheila Levine está muerta y vive en Nueva York, **Gail Parent**
156 Adiós en azul, **John D. MacDonald**

157 La vuelta del torno, **Henry James**
158 Juegos reunidos, **Marcos Ordóñez**
159 El hermano del famoso Jack, **Barbara Trapido**
160 Viaje a la aldea del crimen, **Ramón J. Sender**
161 Departamento de especulaciones, **Jenny Offill**
162 Yo sé por qué canta el pájaro enjaulado, **Maya Angelou**
163 Qué pequeño es el mundo, **Martin Suter**
164 Muerte de un hombre feliz, **Giorgio Fontana**
165 Un hombre astuto, **Robertson Davies**
166 Cómo se hizo La guerra de los zombis, **Aleksandar Hemon**
167 Un amor que destruye ciudades, **Eileen Chang**
168 De noche, bajo el puente de piedra, **Leo Perutz**
169 Asamblea ordinaria, **Julio Fajardo Herrero**
170 A contraluz, **Rachel Cusk**
171 Años salvajes, **William Finnegan**
172 Pesadilla en rosa, **John D. MacDonald**
173 Morir en primavera, **Ralf Rothmann**
174 Una temporada en el purgatorio, **Dominick Dunne**
175 Felicidad familiar, **Laurie Colwin**
176 La uruguaya, **Pedro Mairal**
177 Yugoslavia, mi tierra, **Goran Vojnović**
178 Tiene que ser aquí, **Maggie O'Farrell**
179 El maestro del juicio final, **Leo Perutz**
180 Detrás del hielo, **Marcos Ordóñez**
181 El meteorólogo, **Olivier Rolin**
182 La chica de Kyushu, **Seicho Matsumoto**
183 La acusación, **Bandi**
184 El gran salto, **Jonathan Lee**
185 Duelo, **Eduardo Halfon**
186 Sylvia, **Leonard Michaels**
187 El corazón de los hombres, **Nickolas Butler**
188 Tres periodistas en la revolución de Asturias, **Manuel Chaves Nogales, José Díaz Fernández, Josep Pla**
189 Tránsito, **Rachel Cusk**
190 Al caer la luz, **Jay McInerney**
191 Por ley superior, **Giorgio Fontana**
192 Un debut en la vida, **Anita Brookner**
193 El tiempo regalado, **Andrea Köhler**
194 La señora Fletcher, **Tom Perrotta**
195 La catedral y el niño, **Eduardo Blanco Amor**
196 La primera mano que sostuvo la mía, **Maggie O'Farrell**
197 Las posesiones, **Llucia Ramis**
198 Una noche con Sabrina Love, **Pedro Mairal**
199 La novena hora, **Alice McDermott**
200 Luz de juventud, **Ralf Rothmann**
201 Stop-Time, **Frank Conroy**
202 Prestigio, **Rachel Cusk**
203 Operación Masacre, **Rodolfo Walsh**
204 Un fin de semana, **Peter Cameron**
205 Historias reales, **Helen Garner**

206 Comimos y bebimos. Notas sobre cocina y vida, **Ignacio Peyró**
207 La buena vida, **Jay McInerney**
208 Nada más real que un cuerpo, **Alexandria Marzano-Lesnevich**
209 Nuestras riquezas, **Kaouther Adimi**
210 El año del hambre, **Aki Ollikainen**
211 El sermón del fuego, **Jamie Quatro**
212 En la mitad de la vida, **Kieran Setiya**
213 Sigo aquí, **Maggie O'Farrell**
214 Claus y Lucas, **Agota Kristof**
215 Maniobras de evasión, **Pedro Mairal**
216 Rialto, 11, **Belén Rubiano**
217 Los sueños de Einstein, **Alan Lightman**
218 Mi madre era de Mariúpol, **Natascha Wodin**
219 Una mujer inoportuna, **Dominick Dunne**
220 No cerramos en agosto, **Eduard Palomares**
221 El final del affaire, **Graham Greene**
222 El embalse 13, **Jon McGregor**
223 Frankenstein en Bagdad, **Ahmed Saadawi**
224 El boxeador polaco, **Eduardo Halfon**
225 Los naufragios del corazón, **Benoîte Groult**
226 Crac, **Jean Rolin**
227 Unas vacaciones en invierno, **Bernard MacLaverty**
228 Teoría de la gravedad, **Leila Guerriero**
229 Incienso, **Eileen Chang**
230 Ríos, **Martin Michael Driessen**
231 Algo en lo que creer, **Nickolas Butler**
232 Ninguno de nosotros volverá, **Charlotte Delbo**
233 La última copa, **Daniel Schreiber**
234 A su imagen, **Jérôme Ferrari**
235 La gran fortuna, **Olivia Manning**
236 Todo en vano, **Walter Kempowski**
237 En otro país, **David Constantine**
238 Despojos, **Rachel Cusk**
239 El revés de la trama, **Graham Greene**
240 Alimentar a la bestia, **Al Alvarez**
241 Adiós fantasmas, **Nadia Terranova**
242 Hombres en mi situación, **Per Petterson**
243 Ya sentarás cabeza, **Ignacio Peyró**
244 El evangelio de las anguilas, **Patrik Svensson**
245 Clima, **Jenny Offill**
246 Vidas breves, **Anita Brookner**
247 Canción, **Eduardo Halfon**
248 Piedras en el bolsillo, **Kaouther Adimi**
249 Cuaderno de memorias coloniales, **Isabela Figueiredo**
250 Hamnet, **Maggie O'Farrell**
251 Salvatierra, **Pedro Mairal**
252 Asombro y desencanto, **Jorge Bustos**